門徒培育 S P，開展門徒新生命。

門徒培育 **S P**，開展門徒新生命。

開展門徒新生命

一切都始於耶穌基督的呼召:「來跟從我!」
於是,我們成了耶穌基督的門徒。
出乎我們意料的,這代表的是有分於新的創造,成為新的人類,
是「上帝的子民」,要實現上帝給亞伯拉罕的應許,使萬民蒙福。

在這榮耀的使命當中,也蘊含著新生命的開展;
跟隨耶穌,走上一條向世界死、向自己死的路,
通往與三一上帝親密互動的嶄新生命,真實活出基督的樣式。

去探索這份使命的豐富內涵,以及經歷這份生命的榮耀,
正是「門徒培育SP」書系的目標;
以聖經(Scriptures)塑造門徒,依主題(primacy)拓廣門徒的視域,
「門徒培育SP」書系邀請讀者與眾聖徒一同走上門徒之路,
和摩西、以賽亞、以西結、馬太、馬可、路加、約翰、保羅,
也和馬丁路德、加爾文、魏樂德、賴特、提摩太·凱勒一起學作主門徒,
從聖經所揭示的異象與方向、動力與熱情、方法與途徑,
探索門徒生命的簡單與不簡單!

門徒培育SP,塑造「世界在等待的門徒」。

門徒培育
SP

已出版書目

主題系列

《大使命與大抗命——再思耶穌的門徒訓練》
The Great Omission: Reclaiming Jesus's Essential Teachings on Discipleship
魏樂德（Dallas Willard）著

《操練的力量——過好基督徒生活的13個法則》
Spiritual Disciplines for the Christian Life
惠特尼（Donald S. Whitney）著

讀經系列

《加拉太書點燃福音爆炸力》
Galatians for You
提摩太·凱勒（Timothy Keller）著

《羅馬書一本通：從上帝的信實到人的忠心》
陳維進 著

查經系列

《加拉太書查經材料：福音真重要》
Galatians: Gospel Matters
提摩太·凱勒（Timothy Keller）著

預計出版書目

主題系列

《新天國運動》（暫譯）
Living in Christ's Presence: Final Words on Heaven and the Kingdom of God
魏樂德（Dallas Willard）、奧伯格（John Ortberg）著

《門徒的品格》（暫譯）
After You Believe: Why Christian Character Matters
賴特（N. T. Wright）著

《世界是耶穌的》（暫譯）
Jesus the King: Understanding the Life and Death of the Son of God
提摩太·凱勒（Timothy Keller）著

讀經系列

《顛覆生命的士師記》（暫譯）
Judges for You
提摩太·凱勒（Timothy Keller）著

《啓示錄的天與地》（暫譯）
Reversed Thunder: The Revelation of John and the Praying Imagination
畢德生（Eugene Peterson）著

查經系列

《士師記查經材料》（暫譯）
Judges: The Flawed and the Flawless
提摩太·凱勒（Timothy Keller）著

門徒培育SP 書系總序

剛加入校園的那些年，好幾位年輕同工如我，服事幾年後，都很想編一些學生同工服事、門徒訓練相關的手冊，教導學生如何計劃時間、規劃讀經、讀屬靈書籍、運作一個團契、傳福音等，認為這樣應該會比疲於奔命地到處去講道更有效率，也更廣泛地幫助學生成為門徒。當時果真有些同工，為個人或小組，編寫了一些門徒訓練小冊；可是出版後卻發現這些手冊乏人問津，馬上成為庫存。編寫者很懊惱，以為是同工們「看不中他和他的作品」，後來發現，差不多每次都如此，跟誰執筆似乎無關，因此我們中間就流傳一則笑話：在校園出版任何門訓手冊，印出來的那天就過時，沒人要用了，或者就只有編寫者自己在用。

幾次經驗之後，也就不太有人想編寫這種門徒訓練手冊了。後來我們發現原因，也形成共識，並不是校園同工自視太高，瞧不起「別人和他的作品」，而是因為我們接觸的學生太多樣化了，有善於邏輯思辨的、有直覺充滿想像的、有很喜歡閱讀的、也有很喜歡實作

的⋯⋯千百樣的學生，甚至同一個學校的學生也都很不一樣，很難使用同一個模式「訓練」每個學生成為「一種門徒」。於是我們放棄「訓練」的概念，改採「培育」的理念，其實也就是古人所說的「因材施教」，按每個人不同的特質、喜好，提供不同的素材。這當然是沒有效率的，但我們也發現，培育門徒不能講求效率，因為每個人都是獨特的個體。

到了出版社後，我發現出版書籍很像帶團契，而且讀者的面向更廣，閱讀目的各有不同，因此我們的出版方針跟學生工作一樣，是透過閱讀，提供眾弟兄姊妹從各個不同的角度，操練自己成為門徒。譬如神學研經類的「里程碑」、「聖經圖書館」、「神學叢書」、「丁道爾聖經註釋」、「聖經信息系列」等書系，目標是建立門徒的聖經、神學知識，形塑基督信仰的世界觀，以更深的思想底蘊，面對劇變的世界；當然，有完整的教義知識，不見得能使一個人認識神、愛神，所以，我們也出版生活靈修類的書，如「Living生活館」、「move」、「Land」等書系；而關乎一個門徒如何本於信仰，在工作、生活與家庭中對應時代的趨勢、潮流，則有「Home」、「Sweet」、「Work」等書系；另外還有許多傳福音用的

禮物書、聚會材料等。所以，校園的出版品，也可說都與形塑門徒相關。

當然，要使用這些素材來培育自己或別人成為門徒，比起直接使用現成的門訓材料要繁複許多，需要個別認識每個人不同的程度、特質、閱讀喜好等，為其挑選合適的內容和書籍。但面對後現代人喜愛多元、強調適性發展，以及為神國培育多元人才的需要，相信這樣的「沒有效率」是值得的。

許多教會牧者為了牧養信徒，採用一些現成的門訓材料，甚至很勤奮地自己編寫，這些在形塑門徒基本品格（如靈修、禱告、作見證等）都很寶貴；而培養信徒形成共識一起達成教會的異象與目標，也是很重要且合宜的。校園是在這些門徒訓練材料與課程之外，再提供更多適性書籍，輔助培育門徒。雖說所有書籍都為形塑門徒，不過為幫助讀者更容易聚焦門徒這個主題，我們規劃了這個新的書系──「門徒培育SP」，有讀經系列、主題系列、查經系列三個路線，初期規劃了提摩太・凱勒和魏樂德的幾本書，精彩可期。

陳濟民老師在《成為宣教的教會》中說：「許多讀者將馬太福音二十八章的『大使命』這段經文的重點，

放在『你們要去』的『去』字。然而，在希臘原文中，大使命最主要的動詞，其實是使萬民『作門徒』。『去』字在原文是分詞，雖然可以當命令動詞解讀，卻絕對不是主要的動作。意思是說，要萬民作主耶穌的門徒，必須要先『去』到他們那裡，但是『去』了以後，做什麼呢？就是要使萬民作主的門徒，這才是更重要的焦點。」

原來大使命不只是一個福音運動，更是一個門徒培育運動，祈願這個書系在門徒培育運動中作出貢獻。

黃旭榮

校園書房出版社總編輯

操練的力量

過好基督徒生活的13個法則

Spiritual Disciplines
for the **Christian Life**

惠特尼（Donald S. Whitney）/ 著

譚達峰 / 譯

操練的力量——過好基督徒生活的13個法則

作　　者／惠特尼（Donald S. Whitney）
譯　　者／譚達峰
責任編輯／陳玟錚
美術設計／李家珍

發 行 人／饒孝楫
出 版 者／校園書房出版社
發 行 所／23141台灣新北市新店區民權路50號6樓
電　　話／886-2-2918-2460
傳　　眞／886-2-2918-2462
網　　址／http://www.campus.org.tw
郵政信箱／10699台北郵局第13-144號信箱
劃撥帳號／19922014，校園書房出版社
網路書房／http://shop.campus.org.tw
訂購電話／886-2-2918-2460 分機241、240
訂購傳眞／886-2-2918-2248

2016年11月初版

Spiritual Disciplines for the Christian Life
© 1991 by Donald S. Whitney
Originally published by NavPress
3820 North 30th Street, Colorado Springs, CO 80904
Chinese edition translated and published by permission
© 2016 by Campus Evangelical Fellowship Press
P.O. Box 13-144, Taipei 10699, Taiwan
All Rights Reserved
First Edition: Nov., 2016
Printed in Taiwan

ISBN：978-986-198-529-9（平裝）
版權所有，請勿翻印。

17 18 19 20 21 年度 | 刷次 10 9 8 7 6 5 4 3 2

為著我救主耶穌基督的榮耀——
屬靈操練的目標，乃是渴望愈來愈像祂。

謹將本書獻給我的父母
唐恩和朵莉·惠特尼
（Don Whitney & Dollie Whitney）
他們教導我認識耶穌並學習屬靈操練

同獻給我的妻子
凱菲（Caffy）
她不斷在屬靈操練上鼓勵我

目 錄

前　言 013

致　謝 015

第 **1** 章　**屬靈操練──達到敬虔** 019

第 **2** 章　**研讀聖經（上）** 035

第 **3** 章　**研讀聖經（下）** 055

第 **4** 章　**禱告** 091

第 **5** 章　**敬拜** 119

第 **6** 章　**傳福音** 139

第 **7** 章　**服事** 165

第 **8** 章　**作管家** 189

第 **9** 章 **禁食** 229

第 **10** 章 **安靜和獨處** 263

第 **11** 章 **寫日記** 297

第 **12** 章 **學習** 323

第 **13** 章 **堅忍操練** 341

附註 363

經文索引 378

主題與人名索引 383

前言

　　未閱此書前，即已獲邀寫推薦序。讀完全書後，更 009 覺得義不容辭。我極其推薦基督徒閱讀惠特尼（Donald S. Whitney）這部著作，甚至至少閱讀三遍以上，每隔一個月（當然不要相隔少於一個月，但最好也不要超過這個時間）就再讀一遍。如此一來，不僅可讓書中的內容在內心沉澱，也幫助你更清楚看見自己真實的狀況：你真是耶穌的門徒嗎？讀第一遍時，你會曉得要開始哪些行動；讀第二和第三遍（讀完第一遍時，就規畫重讀下一遍的時間），你會重新檢視自己操練的情形，儘管有些發現一開始可能會令你有些吃驚，但是再三閱讀十分有益。

　　自從傅士德（Richard Foster）的《屬靈操練禮讚》（*Celebration of Disciplines*, 1978）大受歡迎後，討論不同形式的屬靈操練，成為北美保守派基督徒的重要話題。這是可喜之事。屬靈操練（拉丁文：*disciplinae*，意思是「學習和訓練」課程），其實是重述與延伸基督教對於領受恩典（神的話語、禱告、團契、主餐）經典的教導。惠特尼深深扎根於聖經的智慧，追隨清教徒與許多福音派先賢 010 的腳蹤，以堅定的信念描繪屬靈操練之路。他以福音為基礎，而非律法主義。換言之，他呼籲我們本於對神救恩的感激，而非出於自義或自我改進的動機，實踐屬靈操練，

達到敬虔。他在這個根基上所建造的工程，既堅固又使人
得益，向我們指出生命的道路。

假如身為基督徒的你，希望在神面前活出真實的生
命，不再戲弄自己和神，這本書將為你提供實質的幫助。
一百五十年前，蘇格蘭的一位教授——「拉比」鄧肯
（"Rabbi" Duncan），要求他的學生必須讀清教徒歐文
（John Owen）的著作。論到內裡的罪，歐文勸勉人：「各
位，準備好挨刀子了。」如今，當你即將開始閱讀惠特尼
這本著作，我想和你說：「朋友，準備好接受鍛鍊了。」
你的靈魂將會獲得健康。

巴刻（J. I. Packer）

致謝

一九八〇年莫斯科奧運會上，蘇格蘭的奧運選手威 011
爾斯（Allan Wells）在贏得一百米短跑金牌後說道：「謹
向李愛銳（Eric Liddell）致敬。」威爾斯感謝李愛銳對他
及所有蘇格蘭人民的影響與鼓勵。一九二四年，巴黎奧運
會開賽前夕，勝券在握的李愛銳決定退出一百米短跑競
賽，因為賽事安排在星期日進行，倘若出席即有違他的信
仰，於是他選擇參加另一天舉行的四百米競賽，最終以打
破世界紀錄的優異成績贏得金牌。

威爾斯感謝這位逝世將近七十年的前輩，對他長遠
的影響。同樣地，雖然我與下列人物素昧平生，僅從一些
傳記或著作中與他們相遇，這些人的思想和生命卻深深地
影響與改變我。

感謝清教徒屬靈前輩。他們為基督徒的靈性與敬虔
生活帶來深遠的影響，縱然今日鮮為人知，甚至有些人對
他們沒有深入認識和了解，即肆意誹謗。然而，我看他們
是屬靈的榜樣，我能有如今，是因站立在他們的肩膀上。

感謝愛德華茲（Jonathan Edwards）、司布眞（C. H.
Spurgeon）、鍾馬田（Martyn Lloyd-Jones），他們對我的人
生及服事帶來前所未有的精進。

不少與我同年代之人，使我的人生閱歷更為豐富，

012 也對這本書產生許多影響，謹此深表謝忱。

感謝艾尼（Ernie Reisinger）對宗教改革和復興的精闢見解，願意幫助一位從未見過世面的年輕牧者，並且提供各樣參考書籍。

感謝約翰（John Armstrong）、吉姆（Jim Elliff）和湯姆（Tom Nettlos）的情誼，他們激勵我勇於思考。

感謝巴刻清晰表述的神學，並欣然傳授多年來研究清教徒的成果。

感謝吉姆（Jim Rahtjen）眞誠、無私地關注此書，與他一起工作實爲樂事。

感謝貝思（Beth Mullins）幫忙輸入資料，並且在許多細節上協助我。

感謝大衛（David Larsen）舉辦的博士課程研討會，激發我整理書中許多相關材料。

感謝羅傑（Roger Fleming）和吉恩（Jean Fleming），若沒有他們的友誼與鼓勵，本書大概無法完成。

感謝翠西（Traci Mullins）自始至終在編輯工作上全力以赴、一絲不苟地完成這本書。

感謝格倫菲爾德浸信會（Glenfield Baptist Church）在我撰寫此書，爲我禱告，以豐沛的愛支持我。

感謝凱菲（Caffy）對於許多事有耐心，此書才得以完成。

要操練自己達到敬虔的地步。

——提摩太前書四章7節（新譯本）

第 1 章

屬靈操練
——達到敬虔

這是個不守紀律的年代，舊的紀律正在分崩瓦解。……
服從神恩典的紀律甚至被嘲笑為律法主義，或是完全不為這世代所認識，
皆因這一代有大半的人對聖經無所認識。
我們需要有基督徒品格的強健力量，而這份力量只能藉由操練獲得。

——艾德滿（V. Raymond Edman），
《生命的操練》（*The Disciplines of Life*）

015 沒有方向的操練，無異於做苦工。

想像有個六歲的孩子凱文，父母為他報名了一堂音樂課。但每天放學後，他都坐在起居室，一邊心不甘情不願地彈奏〈牧場之家〉（Home on the Range），一邊看著朋友們在對街公園玩棒球。那就是沒有方向的操練，無異於做苦工。

假使某天下午，凱文正在練吉他，有位天使來訪。在異象中，凱文被帶到卡內基音樂廳（Carnegie Hall）。在音樂會上，一位吉他大師在表演。平日一聽古典音樂就感到沉悶的凱文，卻被樂聲深深吸引。音樂家的指頭在弦線上飛舞，動作流暢而優雅。凱文想到自己用手指磕磕碰碰彈奏和弦，聲音單調刺耳，動作多顯笨拙和生硬。但是，在那位大師手中，清朗、飛騰的音符化成一縷聽得見的馨香，從他的吉他緩緩飄送出來。

凱文陶醉在音樂中。他輕側著腦袋，盡情吸收所聽到的一切。他從沒想像過，竟有人能把吉他彈奏得如此出神入化。

「凱文，你覺得怎麼樣？」天使問。

這位六歲孩子的口中，緩緩發出一聲輕柔的讚歎：「哇！」

異象消失了，在起居室裡，天使再次站在凱文面 016 前：「你看到的那位神奇音樂家，就是若干年後的你。」天使指著吉他告訴他：「但你必須練習！」

突然天使消失了，凱文發現自己身旁只有那把吉他。你認為他現在練習的態度會有什麼不同嗎？只要凱文記得自己將來會變成什麼樣子，他的操練就會有方向和明確的目標。這樣做確實需要花費氣力，但你絕不會說這是門苦差事。

說到基督徒生命的操練，許多信徒的感覺，就如同凱文練吉他一樣，宛如沒有方向的操練。禱告變成是門苦差事。默想聖經的實用價值似乎難以確定。像禁食這樣的屬靈操練，對於操練它的真正目的，我們往往並不清楚。

首先，我們必須先明白，將來我們會變成什麼模樣。羅馬書八章29節提到神所揀選的人：「因為他預先所知道的人，就預先定下效法他兒子的形象。」神的永恆計畫，保證每個基督徒最終會跟基督的形象相符。到主顯現時，我們都要改變，「我們必要像他」（約壹三2）。這不是什麼異象，這就是身為基督徒的你，若干年後的樣子。

所以，談論操練的目的何在？假如神已命定我們和

基督的形象相符，那操練有何意義呢？

雖然神應允耶穌再來的時候，我們將會和基督的形象一樣，但在這一天來臨前，神要我們不斷成長，愈來愈像基督。我們不能只等待變得聖潔，而要追求聖潔。希伯來書十二章14節如此命令我們：「你們要追求與眾人和睦，並要追求聖潔；非聖潔沒有人能見主」。

於是，我們提出每位基督徒都應該問的問題：「我們要如何追求聖潔？怎樣才能像神的兒子耶穌基督？」

我們從提摩太前書四章7節找到清楚的答案：「要操練自己達到敬虔的地步。」（新譯本）

這節經文是整本書的主旨。在本章中，我會闡明這句話的意思；而透過本書其餘篇章，則會把該主旨運用到實際生活中。我將依循這節經文，逐一探討基督徒屬靈操練的方式。邁向信徒成熟和「敬虔」（這個聖經用詞，與017 基督的形象和聖潔是同義詞）的惟一道路，就是要經由屬靈操練。只要我們記住敬虔是屬靈操練的目標，屬靈操練即成為樂事而非苦工。

屬靈操練──通往敬虔之路

屬靈操練是促進個人或群體靈命成長的操練，也是重視靈修和經驗的基督教信仰（experiential Christianity）

習慣，神的子民從聖經時代起就付諸實行。

本書檢視各項屬靈操練，如讀經、禱告、敬拜、傳福音、服事、作管家、禁食、安靜和獨處、寫日記、學習。然而，這稱不上是一份詳盡無遺，包含基督徒生活所有操練的清單。參考同一主題的其他文獻，你會發現認罪、彼此問責、簡樸生活、順服、聖靈的引導、慶祝、印證、犧牲、守望禱告等，也可列入屬靈操練的項目。

無論是哪一項屬靈操練，最重要的是目標。練習吉他或鋼琴若不是為了彈奏音樂，就沒有什麼價值；同樣地，屬靈操練若失卻了目標（西二20～23；提前四8），也是如此。此處所說的目標，就是達到敬虔。於是，提摩太前書四章7節告訴我們：「要操練自己達到敬虔的地步」（新譯本，強調為筆者所加）。

屬靈操練是神賜給我們的途徑，藉以追求聖靈充滿的敬虔。

敬虔的人一向都是有紀律的人，試想教會歷史上的英雄，奧古斯丁（Augustine）、馬丁·路德（Martin Luther）、加爾文（John Calvin）、本仁約翰（John Bunyan）、蘇珊娜·衛斯理（Susanna Wesley）、懷特腓（George Whitefield）、亨廷頓夫人（Lady Huntingdon）、愛德華茲夫婦（Jonathan and Sarah Edwards）、司布真、慕勒（George Muller），他們全都是有紀律的人。我憑個人牧養

和個人基督徒的經驗，可以說，我所認識的人，無一不是藉著操練才達到靈命成熟的地步。敬虔是透過操練才得以成就的。

實際上，神使用三種催化劑來改變我們，使我們轉化成基督的形象，但是其中只有一種，才是我們能控制的。主耶穌用以改變我們的第一種催化劑，是人。「鐵磨鐵，磨出刃來；朋友相感也是如此。」（箴二十七17）有時候神使用朋友磨利我們，行事為人更像基督；有時候祂也使用敵人磨去我們不敬虔的稜角。父母、孩子、配偶、同事、顧客、老師、鄰居、牧者，神藉著這些人來改變我們。

神在生活中改變我們的第二種催化劑是環境。談到這方面，羅馬書八章28節是經典經文：「我們曉得萬事都互相效力，叫愛神的人得益處，就是按他旨意被召的人。」無論財務壓力、身體狀況，甚至是天氣，在神手中都蒙保守和使用，激勵祂所揀選的人邁向成熟。

第三種催化劑，就是屬靈操練。它與前兩種不同，因為神使用屬靈操練時，是從裡到外改變我們，而祂藉著人和環境改變我們的過程，是從外面到裡面發揮作用。屬靈操練的不同之處在於，神容許我們有參與的選擇。我們無從選擇神把哪些人、哪些環境帶進我們的生命中，然而有如今天是否要讀經或禁食，卻是我們可以選擇的。

所以，一方面我們認識到，即使憑著最堅定的意志來

操練靈性，也不會使我們變得更聖潔，因為在聖潔上長進是神的恩賜（約十七 17；帖前五 23；來二 11）。另一方面，我們可以採取一些行動來促進靈命成長的過程。神讓我們透過屬靈操練來領受祂的恩典，在敬虔上長進。藉由屬靈操練，我們把自己呈現在神的面前，讓祂在我們裡面工作。

　　新約聖經最初是用希臘文寫成。在美國標準版聖經（American Standard Bible），「操練」這個詞所用的希臘文是 *gumasia*，英文 gymnasium（體育館、健身房）和 gymnastics（體操）皆是由此衍生而來。該詞的本意是「練習或操練」，所以英王欽定本聖經把提摩太前書四章 7 節譯作：「朝敬虔的目標操練自己」。

　　試把屬靈操練想像成靈命的練習。舉例而言，你到喜歡的地點禱告和寫日記，就像去健身房，用器械做重量訓練。這樣操練身體是為了增強力量，操練靈性則是為了在敬虔上有所長進。

　　有兩個聖經故事，讓我們從另一種角度思考屬靈操練的作用。路加福音十八章 35～43 節，講述瞎眼的乞丐巴底買與耶穌相遇的故事。當巴底買坐在耶利哥附近的路旁，他聽見一大群人喧嚷著經過，就問他們發生了什麼事。有人告訴他，是拿撒勒人耶穌經過。連巴底買這樣被社會遺棄的人，過去兩、三年來也聽過以色列各地傳來關於耶穌神奇的故事。他立即喊叫起來：「大衛的子孫耶穌

啊，可憐我吧！」在前頭行的，可能是當地一些顯貴人士，因受到這乞丐的滋擾而感到尷尬，就嚴令他住嘴。然而，他卻叫得愈發大聲：「大衛的子孫耶穌啊，可憐我吧！」出乎人意料之外，耶穌停了下來，吩咐把呼喚祂名字的那人帶來。因著巴底買的信心，耶穌施行神蹟治好了他，使他能看見。

第二個故事緊接著下一段經文，路加福音十九章1～10節。這段著名的故事記載了耶穌與稅吏撒該的對話，就發生在巴底買得醫治之後的幾分鐘。撒該身量太矮，無法看見人群中的耶穌，於是他跑到前面，爬上一棵桑樹，想要在耶穌路過時看見祂。耶穌到了那裡，抬頭一看，就呼喚撒該的名字，叫他下來。耶穌來到這位稅吏的家，撒該隨即相信祂就是那位帶來救恩的基督，又決意把一半家財分給窮人，凡是敲詐過任何人的稅銀，都附加利息全數奉還。

屬靈操練如同把自己置身於神恩典的道路上，尋求神，就像巴底買和撒該置身於耶穌的道路上，尋求耶穌那樣。我們會發現祂樂意憐憫我們，與我們相交契合。只要假以時日，我們的生命也會被祂改變，愈來愈像祂（林後三18）。

屬靈操練也如同神更新恩典的渠道，當我們置身其中，尋求與基督契合，而祂的恩典向我們傾流，我們就得著改變。因此，若要作敬虔的人，就必須把屬靈操練放在

優先位置上。

十九世紀偉大的英國傳道人司布眞，強調靈命操練的重要：「首先，我必須留意，要建立與基督相交的關係。雖然這永遠不會成爲我得平安的確據，但是值得注意的是，這卻是通往平安的路徑。」[1]屬靈操練就是基督引導我們進入聖潔，使我們得平安的路程。

蘭德里（Tom Landry）擔任美式足球隊達拉斯牛仔（Dallas Cowboys）的教練將近三十年，他曾說：「足球隊教練的工作，是叫男人做他們不想做的事，以達成他們一直希望獲得的成就。」[2]同樣，基督徒蒙召做他們本性不會做的事——操練靈性，以成爲他們希望成爲的樣式，就是像耶穌基督。如同聖經說：「要操練自己達到敬虔的地步。」（新譯本）

屬靈操練——照著主的期望

「要操練自己達到敬虔的地步」，這句話原來的用語清楚表明，這不只是一項建議，是神的命令。若有人自稱是聖潔眞神的兒女（彼前一15～16），那麼，聖潔對他們而言，並非可有可無的選項；同樣地，通往聖潔之路的屬靈操練，也不會是可有可無的。

所羅門在箴言二十三章12節，受神默示且告誡人：

「要把你的心緊扣在操練上」（新美國標準聖經〔NASB〕）。
（雖然操練在箴言中多半指的是主的管教，可是當我們了解，主之所以管教我們是為了要我們操練自己，就會明白這節經文所指的是屬靈操練。）「緊扣」（apply；譯註：也有「塗」、「敷」的意思）這個詞使我腦中浮現一個畫面，就是把貼紙黏在汽車擋風玻璃或保險槓上。換言之，主期望我們把自己恆久固定在有助於達成敬虔的操練上。

耶穌在馬太福音十一章29節的勸告，表達了祂對靈命操練的期望：「你們當負我的軛，學我的樣式」。祂呼召眾人作門徒時，也表達同樣的期望：「若有人要跟從我，就當捨己，天天背起他的十字架來跟從我」（路九23）。這些經文告訴我們，作耶穌的門徒，要學習和跟隨祂。學習和跟隨意味著操練，因為那些隨意學習、跟從的人，並不是真正的門徒。作門徒的核心意義是接受操練，加拉太書五章22～23節也證實了這一點。如同經文提到的，蒙聖靈引導的自我操練，好比「節制」，就是一項受聖靈約束的明顯證據。

021　　　主耶穌不但期望我們接受這些操練，祂也親自為我們豎立榜樣。祂自己留心操練，也操練自己達到敬虔的地步。如果我們渴望能像基督，就必須學像基督那樣生活。

魏樂德（Dallas Willard）在《靈性操練真諦》（*The Spirit of the Disciplines*）發出以下信息：

　　筆者的中心想法是，藉著跟從耶穌來徹底
學效祂所選擇的各種生活方式，我們是有可能
更像祂的。如果我們信靠基督，就必須相信祂
曉得該怎樣生活。藉著信心和恩典，我們可以
透過實踐基督所從事的各種活動，把生命緊扣
在耶穌為了恆常與父神契合，而採取的行動
上，以致變得更像基督。[3]

　　許多基督徒因為在靈性上欠缺操練，以致在生命中
結不出果子，也缺乏能力。我曾見過一些人在所屬專業上
追求卓越而操練自己，卻在「敬虔的目標」上欠缺操練。
同樣地，我也見過一些基督徒對教會忠心，常對屬神的事
物有真實的熱情，深深愛慕神的話，但由於缺乏操練，無
力為神的國度作出實質貢獻。在靈性方面，他們的寬度有
一里，深度卻只有一寸。他們沒有深入且經久磨練的途
徑，可以操練與神相交契合。他們涉獵一切事物，但在任
何事情上都缺乏操練。

　　試想，有人努力學習一種樂器，是因知道要花多年
時間才能掌握技巧；有人用功練習減少高爾夫桿數，或精
進其他運動表現，是因曉得要花多年時間才能練出純熟的
技藝；有人在職業上磨練自己，是因了解需要犧牲才能夠
成功。但同樣的一群人，他們卻在發現屬靈操練原來並不

容易，很快就選擇放棄了，似乎認為，要學習耶穌的樣式不必花太多力氣。

沒有紀律的人，正如同劇作家考夫曼（George Kaufman）對金礦推銷員的反應一樣。有位金礦推銷員向考夫曼誇耀說金礦的產量極其豐富，希望說服他購買一部分的股權。

022 「金礦產量非常豐富，你可以隨意就從地上拾起大筆的金子。」

「你的意思是說，我還得為此彎下腰嗎？」考夫曼回答說。[4]

同樣地，敬虔的金子不是在基督信仰的表層即可尋見，必須用操練的工具挖得夠深，才能找著。但是，堅忍的人會發現，為能夠尋得珍寶，費盡工夫也值得。

深入思考

忽視屬靈操練會有危險。巴克萊（William Barclay）有一段著名的文字，以明快有力的文筆說明這種危險。論到有操練和沒有操練之別，他寫道：

> 凡事都需要操練，方能成就；許多運動員和其他人，皆因自我鬆懈，放棄操練而自毀前

程。柯爾律治（Coleridge）就是一位缺乏自律的悲劇人物。任何人若擁有像他如此超卓的才智，絕不會只有這麼一點成就。在他離開劍橋大學後隨即加入軍隊，學問雖高，卻因不能擦洗馬匹而離開軍隊。他再次回到牛津大學就讀，離校時也沒有取得學位。後來，他成功創辦《守望者》（*The Watchman*）期刊，卻只出了十期後就停刊。有人說：「他總是有許多想要完成的工作，卻往往在異象中迷失自己。柯爾律治擁有一切才幹，惟獨缺少專一的心志和努力到底的態度。」他的頭腦與心思滿載各樣書籍創作，但就如他自己所說的：「只差謄寫就完成了。」他說：「我即將送交兩冊八開的書。」可惜這些書從來沒有寫成文字過，而是一直留在他的腦袋，因為他從來無法自律地坐下來把書寫成。人若無自制，就不能夠達成目標且持之以恆。[5]

倘若忽略屬靈操練，我們恐怕就結不出屬靈的果子。雖然所有基督徒都擁有聖靈的恩賜（林前十二4～7），但像柯爾律治那樣有才華和天分的人，實在是佔少數。不過，單有屬靈恩賜並不保證會有豐碩的成果，就如023柯爾律治的情形，空有頭腦的天分並不保證能寫出大量的

詩作。即便擁有天賦才幹，屬靈恩賜也必須透過操練才能發揮，以致結出聖靈的果子。

屬靈操練可讓人得自由。傅士德的《屬靈操練禮讚》，是二十世紀下半葉談論屬靈操練這個主題最受歡迎的書。這本書最大的貢獻在於提醒我們，屬靈操練雖被許多人視為限制和束縛，實際上卻是達至靈性自由之路。傅士德稱操練為「通往自由之門」。

為了闡明這個原則，我們可以觀察一些因操練而獲得自由的例證。欣賞吉他大師帕肯寧（Christopher Parkening）或阿特金斯（Chet Atkins）彈奏吉他時，我們會有一個印象，這些吉他手好像天生就與樂器融合為一體，他們與吉他緊密相連，又能揮灑自如。即使這些畫面看似容易，但是凡彈過吉他的人都知道，要像這些高手自由流暢地演奏，非得經年累月地苦練不可。因操練而得自由，不但表現在老練的樂手身上，也體現在明星棒球隊的游擊手、技巧嫻熟的木匠、成功的行政人員、準備充分的學生，以及每天持家有道的主婦身上。

杜伯蘭（Elton Trueblood）如此表達操練與自由之間的關係：

> 若我們還未能體會有關自由的基本悖論——
> 人在受約束時最自由——就代表我們的屬靈生命

還沒有太大的進步。這並非指我們需要附從任
何形式的約束；重要的是我們所受的約束有什
麼特質。若有人想成為運動員，卻不願意透過
定時練習和節制來操練身體，就不能自由地在
田徑場上締造佳績。若沒有接受嚴格的訓練，
就不能自由地跑出期望中的速度和耐力。終其
一生過敬虔生活的屬靈榜樣，也異口同聲地把
同一項原則──操練──運用在整個生命裡，這
就是為得自由所要付出的代價。[6]

杜伯蘭把操練稱為得自由的「代價」，確實如此，但
是艾略特（Elisabeth Elliot）提醒我們：「人們認為自由和
操練相互排斥，其實自由與操練並非全然對立，而是操練 024
所得的報酬。」[7]雖然我們強調操練是為得自由而付出的
代價，自由卻也是透過操練所得的報酬。

「敬虔的自由」，所指的是什麼？讓我們再次仔細思
想之前所舉過的例證。例如，一位吉他大師能「自由」演
奏塞戈維亞（Segovia）的編曲等這樣高難度作品，是因
為他自律地練習多年。同樣地，能「自由」引用聖經的
人，也是操練自己背誦神的話才得以做到。我們可以透過
禁食這樣的屬靈操練，一嚐擺脫靈性麻木的「自由」，也
能在敬拜、服事、傳福音的屬靈操練中，找到擺脫自我中

心的自由。所謂敬虔的自由，是能自由地遵從神透過聖經所吩咐我們要做的事，並依照個人的性格特質，自在地表現基督的品格。這種自由是我們參與屬靈操練，蒙神賜福的「獎賞」或結果。

然而，我們曉得敬虔操練所帶來成熟的自由，並非一蹴可幾，或參加一回週末研討會就能達成。聖經提醒我們，藉著屬靈操練所彰顯出的節制，必須能堅持下去，直到結出敬虔的果子。請注意彼得後書一章6節的發展次序：「有了節制，又要加上忍耐；有了忍耐，又要加上虔敬。」敬虔是持續一生的追求。

神邀請所有基督徒享受屬靈操練。凡有聖靈內住的人，都蒙受邀約品嚐，透過屬靈操練的生活方式所帶來的喜樂。

還記得練吉他的凱文嗎？當他發現將來的自己能達到的目標，他每天練習時就會有全新的動力與熱情。當他反覆藉著練習和操練，就能逐漸在生活中找到最大的樂趣。

沒有方向的操練，無異於做苦工。然而，只要我們有敬虔的目標，屬靈操練就絕非苦工。假如在你心目中，守紀律的基督徒是個作風嚴酷、緊閉雙唇、了無樂趣的半機械人，我想你還未領會到要點。耶穌是有史以來最守紀律的人，又是最喜樂和熱情的人。祂是我們屬靈操練的最佳榜樣。讓我們透過屬靈操練，跟隨祂進入喜樂之境。

第 **2** 章

研讀聖經（上）

不選擇操練，就是選擇災難。

——哈夫納（Vance Havner），
引自布蘭查德（John Blanchard）所編
《金言集續篇》（*More Gathered Gold*）

027　　一九八九年八月，我有幸到東非灌木叢生的地區參加一次宣教旅程。來自我所屬教會的一行四人都住在帳篷裡，帳蓬就搭設在用泥巴和木條砌成的簡陋小教堂前面，這裡離最近的民宅相隔約有十公里左右。

由於不乏在海外生活的經驗，我知道許多與基督信仰有關的習性，難免會與接待人家的文化發生衝突。基於過去的經驗，我早有心理預備，知道總得稍加放下我們美國人對基督徒生活的某些想法（當然還有其他部分）。但即便如此，當我與這群東非的基督徒相處，仍令我十分驚訝，其中說謊、偷竊、不道德的行為，都被等閒視之，甚至對大部分人來說都是可以接受的，即使是教會領袖亦然。神學知識像水那樣稀有，對真理錯誤的認識，也如同瘧疾一樣常見。

我很快就發現，這間教會與哥林多教會十分相似，主要原因在於，教會裡沒有人有聖經，包括傳道人、執事在內。那位傳道人充其量只會講僅有的六篇道，剩下全仰賴一些耳聞的聖經故事作為材料，炮製成半生不熟的內

容。每六個星期後，就再重複講同一篇道。會眾惟一真正
接觸聖經的機會，是宣教士偶然來訪（住得最近的一位，
在一百六十公里外），或某位地區教派的工作人員來講 028
道。對教會裡每個人來說，能淺嚐這些罕有的聖經教導，
是他們惟一能認識聖經的機會。或許當中會有一人的靈命
稍為成熟一些，那是因為他大半生都住在別的地方，而且
他所參加的教會有教導聖經。

　　於是，了解當地的狀況之後，我們四個人把資源集
中起來，又為教會的許多人買了廉價聖經。每天結束探訪
和傳福音之後，我們就在下午或晚上開始打著手電筒帶查
經。我們在離開前作了禱告，祈求聖靈讓神的話語在這乾
涸、灌木叢生的教會中深深地扎根。

　　看見如此悲哀的光景，我們多會搖頭嘆息。難以想
像，我們當中許多人家裡的聖經數量，恐怕比這些第三世
界國家的教會還多。不過，沒有聖經而不熟識經文是一回
事，擁有滿書櫃的聖經卻仍不熟悉經文，又是另一回事。

　　沒有其他的屬靈操練，能像研讀神的話語這般重
要，這件事沒有任何一物能取代。不從聖經中攝取靈奶和
靈糧，就不會有健康的屬靈生命。理由十分明顯，神在聖
經中向我們顯明祂自己，也特別顯明耶穌基督，就是那位
道成肉身的神。聖經向我們揭示神的律法，也指明我們違
背了律法。從聖經中我們曉得，耶穌基督是無辜受死，且

願意代替我們這些違背神律法的人贖罪，因此我們必須悔
改、相信祂，因祂的救贖，我們才能與神和好。此外，我
們也從聖經中知道主的道路和旨意，明白如何過討神喜悅
及美滿的生活。除聖經以外，我們無法從其他地方獲得這
份攸關永恆的信息。若要認識神及活出敬虔的生命，就必
須認識神的話——密切地認識它。

　　然而，有許多人理解聖經的程度屬於熟悉到會打呵
欠，縱然他們對以上的說法表示贊同，但回到平日真實讀
神話語的時間，卻遠不及沒有聖經的人那樣多。一些調查
研究顯示，許多基督徒對聖經的認識，恐怕比起連一本聖
經也沒有的第三世界國家基督徒多不了多少，我實際的牧
養經驗可以為此作證。

　　有些愛打趣的人說，如果揮一揮長期把聖經束之高
閣的基督徒身上的灰塵，恐怕會刮起有史以來最強烈的沙
塵暴。

029　　因此，雖然我們嘴唇上尊崇神的話，但最重要的
是，我們的心，還有手、耳朵、眼睛和心思，也必須都能
尊崇神。無論我們在這些屬靈的事上有多忙碌，都必須記
得，能夠改變生命的關鍵，就是操練研讀聖經。

　　研讀聖經不僅是最重要，也是範圍最廣的屬靈操
練。實際上，它包含幾個屬靈操練的分支，就像一所大學
由許多學院組成，每個學院擅於不同的學科，卻都皆隸屬

於同一所大學。

讓我們以由淺入深的方式來進一步了解，研讀神話語的各個「學門」或操練的「學科」，有何不同。

聆聽神的話

操練研讀聖經，最簡單的方法就是聆聽。為什麼將這看作是一項操練呢？因為我們若不操練自己定期聆聽神的話，也許就只會選擇自己喜歡的時候才聽，甚至有可能從來都沒聽過。對我們大多數人來說，操練自己聆聽神的話，表示先要能穩定參加一所教會，因為神的話語是向教會傳講的。

耶穌曾說：「聽神之道而遵守的人有福」（路十一28）。重要的不只是聽神默示的話。研讀聖經的方法林林總總，但只有一個目標，就是遵守神的吩咐，培養自己更像基督。而耶穌在這節經文鼓勵人追求的方法，就是聆聽神的話。

還有另一節經文強調聆聽神話語的重要性，是羅馬書十章17節：「可見信道是從聽道來的，聽道是從基督的話來的。」這並不表示人只能憑著聽聖經歸信基督，因為有許多人像愛德華茲一樣，是透過讀經信主的。但是，我們更進一步補充，大多數像愛德華茲這樣以讀經方式信主

的人，在悔改信主前都聽過人宣講神的話。另外，雖然這
節經文著重於相信基督是從聆聽有關耶穌基督的話而來，
但是對於更多基督徒而言，我們日常生活所需的信心，同
030　樣也都是來自於聆聽聖經的話語。聖經中提到神保守看顧
人的話語，可以帶給財務困難的家庭所需的信心。聽一段
以基督的愛爲主題的講道，可以讓灰心失意的信徒重拾信
心。最近我聽了一盒錄音帶的信息，主藉著這信息賜給我
信心，讓我在某件事上堅持下去。信心這件禮物，往往是
賜給那些操練自己聆聽神話語的人。

聆聽神話語的方式，除了在地方教會聽講道之外，
還可以透過其他方法操練（我會說明這一點，是因爲明
白，有些人沒有機會透過地方教會的途徑聆聽神的話）。
最直接的方式，就是聽基督教廣播電臺和錄音帶。我們也
可透過饒富創意的方式發揮這功用，例如：你在穿衣服、
煮飯、旅行途中，若找不到這些媒介，可以尋找短波廣播
或提供租借錄音帶的場所。短波廣播在海外很常見，大部
分的美國人卻無法收聽，或很少想到這樣的方式。許多在
調幅（AM）和調頻（FM）廣播電臺的優秀聖經教師，
他們的節目可以透過音質稍差，但信號較大的短波廣播，
傳送至世界各地（包括美國）。美國各地也有幾間提供錄
音帶租借服務的圖書館，每間都有收藏幾千盒講道錄音
帶。他們通常會徵收每盒錄音帶的郵費或租用費。此外，

你也可以查詢基督教刊物的分類廣告，聯絡分發錄音帶的宣教辦公室，或請幾間本地教會提供錄音帶租借的處所名稱和地址。

關於這個主題，另一節值得注意的經文是提摩太前書四章13節，使徒保羅吩咐他年輕的朋友和同工：「你要以宣讀、勸勉、教導為念，直等到我來。」這節經文其實可以解釋得更為詳細，但是儘管如此，我們足以在保羅的事奉中明白，屬神的子民必須聽神的話，是極其重要的。因此，聆聽神的話應當放在我們屬靈操練的首位。假若有人說：「我不需要上教會敬拜神。在高爾夫球場或在湖邊敬拜神，也不一定會比在教會差，說不定還更好」，也許我們並不反對。然而，敬拜神絕不能與神的話語分開。我 031 們需要操練自己聆聽神的話。

如此一來，我們也要為聆聽神的話來作準備。假如你在崇拜開始前兩分鐘走進一所典型的福音派教會，你就像在籃球賽開場前兩分鐘走進體育館。一方面，身為牧者的我，十分樂見大夥兒在彼此相見與交談中所流露出的美善。因為神家裡的人相會時，會洋溢一種家人重聚的氛圍。另一方面，我的心更嚮往和這群神家裡的人一同來聽神的話語，尊崇神。

有一陣子，一間韓國教會的弟兄姊妹借用我們的教會舉行週間崇拜，他們敬拜的方式令我印象深刻。無論是

提早到場，或是崇拜開始後才來的人，他們會立即跪下來禱告一段時間，才會去擺放自己的東西、脫下外套、和在場的其他人打招呼。這樣做可以安靜自己的心，清楚自己來這裡的主要目標。相信對於大多數的教會來說，我們可以在這方面做得更好。

英國清教徒布洛斯（Jeremiah Burroughs）在一六四八年寫下一段話，勸勉人如何操練聆聽神的話：

> 首先，你聆聽神話語時，若要尊神的名為聖，你的靈魂必須裝載你所要聽的，就是神的話語。……使徒保羅寫信給帖撒羅尼迦人，告訴他們為何這些信息使他們大得益處——因為他們曉得這是神的話，也仔細聆聽。「為此，我們也不住的感謝神，因你們聽見我們所傳神的道就領受了；不以為是人的道，乃以為是神的道。這道實在是神的」（帖前二 13）。[1]

因此，聆聽神的話不只是被動的吸收，而是需要積極的培養與操練。

讀神的話

032

假如，你仍懷疑基督徒是否需要操練自己閱讀聖經，細想這個事實：就在我寫這段落的三個月前，《今日美國報》（*USA Today*）報導了一份調查結果，表示現在只有百分之十一的美國人每天讀聖經。超過半數的人讀聖經次數每個月不到一次，或是根本從來不讀聖經。[2]

顯然地我們會自我安慰，認為這份調查結果的對象包括所有的美國人，不單是基督徒而已。然而，事實上，我們不會因此而得著安慰。不到一年前，巴納研究所（Barna Research Group）聲稱以「重生得救的基督徒」作為對象進行研究調查，揭露了令人灰心氣餒的數字：每天讀聖經的人數比例僅有百分之十八，即每十個人中只有不到兩個人每天讀聖經。更糟糕的是，有百分之二十三的人，即每四個重生得救的基督徒當中就有一個，說他們從來不讀神的話。[3]讓我們將這樣的數據，放在提摩太前書四章7節的底下來省察：「要操練自己達到敬虔的地步」（新譯本）。

耶穌常用這句話作開頭，詢問人對聖經的理解：「你們沒有念過嗎？……」意謂祂假定，凡宣稱是屬神子民的人，就應該讀過神的話。因此我們可以這麼認為，這句話意指屬神子民的人，需要熟悉認識神全部的話語。

耶穌說：「人活著，不是單靠食物，乃是靠神口裡所出的一切話」（太四4），顯然祂要我們至少讀過「一切話」。

既然「聖經都是神所默示的，於教訓、督責、使人歸正、教導人學義都是有益的」（提後三16）。那麼，我們豈不應當閱讀聖經嗎？

啟示錄一章3節告訴我們：「念這書上預言的和那些聽見又遵守其中所記載的，都是有福的，因為日期近了。」神應許凡讀祂話語又遵行的人，都是有福的。但只有操練這些事的人，才能領受這份祝福。

請注意，操練自己的主要原因是為了追求敬虔。我們曉得，屬靈操練是聖經所指出的途徑，使我們藉此經歷神改變生命的恩典。然而，其中最關鍵的一項屬靈操練，即是研讀神的話。《今日基督教》（*Christianity Today*）和蓋洛普民意調查（Gallup Poll）於一九八〇年進行的一項研究同樣也支持這樣的說法，認為模塑人道德和社會行為最具影響力的因素，莫過於規律的讀經習慣。[4] 如果你希望得著改變並且更像耶穌基督，從操練自己讀聖經開始吧。

而我們又該多久讀一次聖經呢？英國傳道人布蘭查德（John Blanchard）在他的書《如何享受讀經》（*How to Enjoy Your Bible*）中寫道：

> 毫無疑問地，我們只需坦誠且合乎實際地

面對自己的狀況，即可曉得自己需要多久讀一次聖經。我們每隔多久會遇上困難、試探、壓力？**每一天**！我們每隔多久需要教誨、引導、更大的鼓勵？**每一天**！甚至當我們把這些需要提升到更高的層次時，會問每隔多久需要會見神的面、聆聽祂的聲音、感受祂的同在與認識祂的能力？答案都是一樣的：**每一天**！美國佈道家慕迪（D. L. Moody）說：「人不能一次吃下足夠維持六個月體力的食物，或一次吸入足以維持一週生命所需的空氣。同樣地，人也不可能一次吸取神所有的恩典，以供未來任何狀況所需。我們必須每天都來領受神無限的恩典，我們也天天需要這麼做。」[5]

以下是維持讀經習慣最實際的三項建議。第一，抽出時間。基督徒從來沒有讀完整本聖經，最主要的原因可能就是缺乏信心。大多數人若是從未讀過一本一千頁的書，單是看到聖經驚人的厚度就會感到喪氣。你有沒有發現，其實朗讀聖經的錄音帶已經證明，你可以用七十一個小時讀完整本聖經？一般美國人不用兩個星期就能看完這麼多小時的電視。每天不用超過十五分鐘，你就能在一年之內讀完一遍聖經。一天只需要五分鐘，不到三年你就能

讀完一遍聖經。然而，仍然有大半的基督徒，一生之中從
未將聖經讀完。這一切最根本的原因，主要還是操練和動
機的問題。

　　你要操練自己抽出這樣的時間來讀經。嘗試每天撥
出同一段時間，但不要用睡前的時間。睡前讀經固然可
貴，但若這是你讀經的惟一時間，那麼建議你應該找其他
時段。這樣做至少有兩個理由。首先，你在疲累和昏昏欲
睡的時候讀經，收穫必定很少。其次，如果你像我一樣，
在酣睡中大概也不會做什麼壞事的話，你應當趁著白天，
透過聖經與基督相遇，好讓經文對日間生活產生影響。

034

　　第二，制定一套讀經計畫。每天隨意翻翻聖經的
人，很快就會停止讀經的操練。一般基督教書房皆有讀經
表可供購買或索取，許多研讀本聖經也附有讀經進度表，
大多數的地方教會也都可以爲你提供每日讀經的指引。

　　只要有具體計畫，即容易付諸實行，例如：週間每
日讀三章、星期日讀五章，一年就能讀完一遍聖經；或是
每天讀三章舊約、三章新約，你就能在十二個月之內讀完
一遍舊約、四遍新約。

　　我個人最喜歡的讀經計畫，是每天讀五處經文。開
始時先讀創世記（律法書）、約書亞記（歷史書）、約伯記
（詩歌書）、以賽亞書（先知書）、馬太福音（新約），每一
部分皆讀相同分量的經節。這套讀經計畫的一個變化版

本，是每天讀三處經文，先從創世記、約伯記、馬太福音開始。三個部分篇幅相若，你可以在差不多相同的時間內讀完這些經文。這個方案的一大優點是靈活多變。許多人想從頭到尾讀完聖經，但往往讀到利未記時開始感到混亂，讀到民數記時覺得氣餒，到了申命記就索性放棄。但是，如果每天能讀幾處不同地方的經文，就比較容易保持動力。

即使你一年讀不完一遍聖經，也不妨記下你讀過的書卷。讀完一章後，在旁邊打勾，或是讀完整卷書後，在目錄頁的卷名上作記號。這樣，無論你花了多長的時間，按照什麼樣的次序，你仍會了解自己讀完聖經每一卷書所需的時間與頻率。

第三，每次讀經時，至少找出一個字詞、片語或一節經文來默想。我們在下一章會更詳細講述默想，但你應該察覺到，若是沒有默想，在闔上聖經後，你無法記住你所讀過的任何東西。倘若如此，讀經就不可能改變你。即使有再好的計畫，也只會變成枯燥的例行公事，而不是喜樂的操練。從你所讀過的內容中，至少抽出一樣，花一段時間深思。如此會逐漸加深你對經文的洞見，也會更明白如何把聖經運用到生活中。愈能運用聖經的真理，就會愈像耶穌。

我們都應該像以下故事的主角那樣，熱情地閱讀神

的話。佈道家森姆納（Robert L. Sumner）在他的書《奇妙聖言》（*The Wonder of the Word of God*）中，講述堪薩斯城（Kansas City）一個男人的故事。這人在一次爆炸中受了重傷，面容嚴重變形，不但失去雙手，也喪失視力。意外發生時，他才成為基督徒不久，令他大失所望的就是不能夠再讀聖經。後來他聽說英國有一位女士能用嘴唇讀點字符號，他也希望能這樣讀聖經，於是訂購了幾卷聖經書卷的點字版本。不過他發現，因為嘴唇的神經末梢受損太嚴重，無法分辨文字。有一天，當他把點字版放到嘴唇上，舌頭正好接觸到幾個凸起的字，他能感覺得到它們的存在，剎那間他想到：「我可以用舌頭讀聖經。」森姆納寫書時，他已讀完整本聖經六次。6 如果他做得到，你是否也能操練自己讀聖經呢？

研究神的話

如果閱讀聖經可比乘坐快艇遊弋於寬闊、清澈、波光粼粼的湖面上，那麼研究聖經就彷若乘著玻璃船底的小艇，在湖上慢慢遊覽。

坐快艇遊河，可約略觀賞湖上風光，匆匆一瞥它的深度。乘玻璃船細察，則讓你不慌不忙，清楚看見經文表層下的細緻處，那是純粹讀經時所看不到的。正如作家畢

哲思（Jerry Bridges）說：「閱讀給我們寬度，研究給我們深度。」[7]

讓我們來看用心研究神話語的三個例子。第一個例子，是舊約人物以斯拉，「以斯拉立志考究遵行耶和華的律法，又將律例典章教訓以色列人。」（拉七10）這節經文的次序有啓發的意涵。以斯拉（1）「立志」、（2）「考究」、（3）「遵行」耶和華的律法、（4）「又將律例典章教訓以色列人」。他教導屬神的子民學習神的話語之前，自己先實踐所學。而他在研究之前，自己先「立志」。換句話說，以斯拉操練自己研究神的話語。

第二個例子，出自使徒行傳十七章11節。宣教士保羅和西拉在帖撒羅尼迦傳福音大有功效，卻招惹城裡猶太人的嫉妒，所幸二人能脫身。他們抵達庇哩亞繼續傳福音時，此城的猶太人反應卻不一樣：「這地方的人賢於帖撒羅尼迦的人，甘心領受這道，天天考查聖經，要曉得這道是與不是。」下一節經文說明，結果「他們中間多有相信的」。如同此處經文所指的，樂意查考聖經是崇高的品格。

第三個例子，也是我最喜歡的，是在提摩太後書四章13節。使徒保羅在監牢裡，寫下他最後一封新約書信。保羅期待他年輕的朋友提摩太來看望他，如此寫道：「我在特羅亞留於加布的那件外衣，你來的時候可以帶來，那些書也要帶來，更要緊的是那些皮卷。」保羅指定

要帶來的書和皮卷，幾乎可以肯定包括聖經抄本。這位敬
虔的使徒被囚於監獄，身陷寒冷和困苦之中，卻請求帶來
兩件東西：（1）有外衣能讓他穿上，暖和身體；（2）讓他
研讀神的話，心思和心靈都得溫暖。保羅早已看到天堂
（林後十二1～6）、復活的基督（徒九5），也體驗過聖靈
施行神蹟（徒十四10），甚至書寫聖經（彼後三16），但
他仍繼續鑽研神的話直到逝世。假如保羅需要研讀聖經，
你我當然更需要，也要操練自己這樣行。

　　爲什麼我們不操練讀經？爲什麼有那麼多基督徒忽
略研讀神的話語？史普羅（R. C. Sproul）說得一針見血：
「我們眞正的問題是疏忽。在研讀神的話語當中有失職
責，不是因爲聖經難懂，或枯燥乏味，而是因爲研經需要
花費時間和心力。我們的問題不是缺少智慧或熱情，而是
懶惰。」[8]

　　除了懶惰之外，對某些人來說，也許問題是對如何
研經沒有把握，或不知該從何開始。事實上，開始研經並
不困難。讀經和研經的分別，基本上只是鉛筆和紙張之別
而已。當你讀經，請寫下對經文的觀察，並且記下所想到
的問題。如果你使用的聖經有經文對照，可參考引發你問
題的相關經文資料，然後記下所得到的洞見。（假如你不
知道什麼是經文對照或如何使用，可向教會的牧師或一些
成熟的基督徒詢問。）在你讀到的經文段落中，找出一個

037

關鍵詞，用聖經附頁常有的經文彙編，參閱使用這個詞的其他經節，再將你的收穫記錄下來。另一個開始研經的方法是，每研讀一個段落，就嘗試找出本章經文的大綱。研讀完一章後，繼續讀下一章，直到找出整卷書的大綱。不需多久，你對某段經文的領會，會比起單純讀經來得實在許多。

當你繼續進深研讀聖經，會察覺深入研究字詞、人物、主題和書卷有其價值。當你逐漸了解經文的語法、歷史、文化、地理如何影響經文的詮釋，就會從經文中發現嶄新而豐富的意義。

請不要因為感覺力不從心，就失去自己享受研經的快樂。談論研經方法的書多不勝數，篇幅長短不一。這些書在研經方法和工具上提供的指引，比我在此章提到的更為豐富。不要只停留在依賴別人「預先消化過」的靈糧，要學習自行體會研讀聖經，從中發掘第一手洞見的喜樂！

深入思考

如果以研讀聖經的程度來衡量你在敬虔上的長進，結果會是如何？這是個重要的問題。因為你研讀聖經的程度，確實大大影響你在敬虔上的成長。耶穌在約翰福音的禱告中為我們祈求父神：「求你用真理使他們成聖；你的

道就是眞理。」（約十七17）神使我們成聖，也就是要我
們成爲聖潔和敬虔，是藉著「眞理」——祂的話——來實
現。假若我們甘於在聆聽、閱讀、研究神話語上得過且
過，就會嚴重限制神應允使我們成聖的恩典流向我們。

038 　　寫這段話時，我發現我們每個人（包括我自己），都
很容易因爲過去在研讀神話語上做得不好而感到罪咎。然
而，最重要的是，記得天堂之門不是因我們的行爲（例如
研讀神的話語）而開，乃是藉著耶穌基督所成就的救贖而
開。除此之外，若我們過去在研讀聖經方面有所不足，讓
我們以腓立比書三章13節的信息勉勵自己：「忘記背後，
努力面前」。

　　於是，我們來到最後一個應用題。

　　你可以做些什麼，來改善自己對神話語的吸收？除
非受到神的阻止，否則你應當至少每週與志同道合的基督
徒一起聽道。許多篤信聖經的教會，每星期都有超過一次
的機會讓你聽到神的話語。你也可以聽聖經、講道錄音
帶，或是廣播電臺的解經，這些都是增加研讀神話語的途
徑。爲自己定下目標，殷勤追求每天讀經，並且把整本聖
經讀完。另外，你也可以在基督教書房，找到每卷聖經和
各種主題的研經指南與作業簿。除了個人研讀外，你也可
以參加自己教會或社區開放的查經小組，甚至可以由你來
開始這個查經班。

　　無論是選擇哪種方式，專注採用至少一種方法來改善你研讀神話語的狀態，藉此操練自己達到敬虔的地步。因爲極少使用聖經的人，其實實際上與完全不使用聖經的人相去不遠。

　　最後，我要引用一段深具鼓勵的話來結束這一章。以下內容出自一本使人得益的小冊子——《讀經》（*Reading the Bible*），作者是托馬斯（Geoffrey Thomas），一位威爾斯（Welsh）牧師。當他談到閱讀聖經，你也能同時思想聆聽和研究神的話等方面。

　　　別期望你能在一天、一個月或一年之內即可了解整本聖經。你要有心理準備，時常發現聖經的內容有難度。聖經的內容並非皆是清晰易懂的，許多屬神的偉人在讀聖經，也常覺得自己像剛上路的新手。使徒彼得也說，在保羅書信中也有些難以明白之處（彼後三16）。我為他寫下這句話感到欣慰，因為我常有這種感受。不要期望你每次讀聖經時，感受上都能得著激勵，或覺得充滿平安與祥和。藉著神的恩典，或許你會期望時常得到這種經歷，但往往你會一點情緒反應也沒有。隨著年日過去，讓神的話一次又一次衝破你心靈和頭腦的障礙，

039

不知不覺間，你的態度、外表和品行會大大地改變。你常感覺極其渺小，因為你會愈發察覺神的偉大。你要一直讀聖經，直到無法再讀為止，直到你不再需要聖經為止。因為在你臨終前，最後一次閉上眼睛，永遠不能再讀聖經中的真理時，你將要睜開眼睛，看見那位道成肉身，你早已認識的耶穌。祂站在你的面前，從此把你帶進祂永恆的家中。[9]

第 3 章

研讀聖經（下）

基督徒的成長講求操練；

靈命成長的速度和深度，都取決於操練；

這樣的操練有其方法。

——哈維生（Richard Halverson），
引自克爾（D. G. Kehl），《節制？自我操練的藝術》
（*Control Yourself ? Practicing the Art of Self Discipline*）

041　　有兩個兄弟在父親那片林木繁茂的土地上漫步，見到一棵茁壯的果樹。樹上結滿果實，兩人盡情飽嚐美味一番。回程時，其中一人採摘樹上所有剩下的果子，攜帶回家。然而，他的兄弟卻把整棵樹搬回家，種植在自己的土地上。樹生得茂盛，定時結果而且結實纍纍，擁有這棵樹的那人常有果子可吃，他的兄弟卻未能享受這一切。

　　聖經就好比故事裡的果樹。光是聽神的話語，就像那位採摘果子回家的人，碰巧發現樹上的果實，將它們採摘下來並且帶回家，足夠自己享用一段時日；長遠來說，卻無法與擁有整棵樹相比。透過讀經、研經的操練，我們才是真正擁有那棵樹的人，可以時常享用它的果實。屬靈操練也包括背誦、默想、應用，這些方式都能使我們從這棵樹上得著的收穫，變得更加豐盛。

背誦神的話語——益處和方法

　　當提到背誦神的話語，許多基督徒都把它看作仿若

即將殉道那般嚴重。要他們背聖經，他們的反應就像被問及，誰願意自告奮勇去與尼祿（Nero）的獅子搏鬥。為何 042 會如此？也許是因為許多人一聽到背誦，就會不經意想起從前上學時死記硬背的殘酷歲月，如同我們的功課，無趣乏味且價值有限。甚至有人因而推託是自己記性不好。但是，假如你一星期內每背誦一句，我就給你一千塊錢，你會如何反應呢？你背聖經的態度和記憶力會因而改善嗎？然而，相較於珍藏在你腦中神的話語，金錢獎賞的價值還顯得微不足道。

背經得著屬靈力量

　　把經文存於心中，在你最需要的時候，聖靈將能吸引你的注意。這就是為什麼詩篇一百一十九篇的作者寫道：「我將你的話藏在心裡，免得我得罪你。」（11節）舉例來說，你明知不該做某件事，卻無法抗拒注視或思想它，若此時腦海中浮現某句經文，即能為你增添力量抵擋這樣的試探與誘惑，如歌羅西書三章2節所說：「你們要思念上面的事，不要思念地上的事。」

　　當聖靈使你想起一句明確的經文，就體現了以弗所書六章17節的意思：「聖靈的寶劍，就是神的道」。聖靈在恰當的時機使你察覺到相關的聖經真理，就能成為幫助你在屬靈爭戰中取勝的武器。

耶穌在猶大曠野與撒但的對峙（太四1～11），就是最好的一個例子。每一次仇敵撒但試探耶穌，耶穌都用聖靈的寶劍予以還擊。有賴聖靈喚起某些經文，耶穌才取得了勝利。若要在屬靈爭戰中獲勝，我們也要像耶穌一樣——背誦聖經，好讓聖靈在我們有需要的時候，可以喚起我們心中對於經文的記憶。

背經強化信心

你嚮往增強自己的信心嗎？又有哪個基督徒不想呢？若要增強信心，有個方法，就是操練自己背聖經。讓我們用箴言二十二章17～19節練習，這節聖經說：「你須側耳聽受智慧人的言語，留心領會我的知識。你若心中存記，嘴上咬定，這便為美。我今日以此特特指教你，為要使你倚靠耶和華。」這裡說「留心領會」並且「心中存記」「智慧人的言語」，所指的當然是背誦聖經。請注意，此處所說心中存記，且「嘴上咬定」聖經的智慧言語，是為了「使你倚靠耶和華」。可見，背誦聖經能增添你的信心，因為這樣做將反覆強化真理，而且那項真理通常就會在你需要聽見時再次出現。

我們的教會曾經計畫興建新的敬拜中心，而且希望建造這座大樓可以不必舉債來尊崇神。對於主是否會回應我們這樣的需要，當時我的信心有所動搖，之後卻得著更

新，是因爲我想起神在撒母耳記上二章30節所發出的應許：「尊重我的，我必重看他。」背誦聖經，就像用鋼鐵穩固我消沉的信心。

背經、作見證和輔導

五旬節（猶太人的節慶，歡慶聖靈第一次降臨在信徒中間）那一天，使徒彼得忽然領受神的感動，站起來向眾人傳講關於耶穌的眞道。他講道的內容，多半引用舊約聖經（參徒二14～40）。雖然彼得受感動所講的道，與我們受聖靈引導的談話，在性質上有所不同，他的經歷卻表明，背經有助於我們隨時作好準備，迎接作見證和輔導的機會。

最近我向某人傳福音，他說了一些話，使我想起背誦過的一節經文。我立即引用這節聖經，它成爲我們談話的轉捩點，最後帶領對方信主。同樣的事情，也時常在輔導協談的對話中發生。然而，我們必須把經文存在心裡，才能夠用於嘴上。

背經是接受神引導的方式

詩人寫道：「你的法度是我所喜樂的，是我的謀士。」（詩一一九24）正如聖靈從我們的記憶庫中汲取聖經眞理，用以輔導他人，祂也同樣把聖經眞理存在我們心中，

作及時的引導。

044　　曾經有好多次，當我在一些情境中心裡有話要衝出口，主就讓我想起以弗所書四章29節：「污穢的言語一句不可出口，只要隨事說造就人的好話，叫聽見的人得益處。」當然我知道也許有時候可能會誤聽聖靈的聲音，但聖靈使我記起像這樣一節經文，祂的引導是再清楚也不過。然而，這全然是操練背誦聖經才能有的成果。

背經激發默想

　　背誦聖經有一個好處，卻被大大低估，就是為靈修默想提供材料。當你背誦一節經文，就能夠不分晝夜，隨時隨地默想它。如果你愛神的話語，愛到了熟記的地步，就會像詩人在詩篇一百一十九篇97節那樣讚歎：「我何等愛慕你的律法，終日不住地思想。」無論是開車、坐車、在機場候機、排隊、哄小孩或是吃飯，只要你腦中存有經文，就能從默想這項屬靈操練中得益。

　　雖然神的話語是「聖靈的寶劍」，但是武器若沒有先存放在你的心裡，聖靈便無法將它賜給你。想像當你正要作決定、需要引導，或是與劇烈的試探搏鬥、渴望得勝，聖靈急奔至你腦中的兵器庫，推開大門，卻只找到約翰福音三章16節、創世記一章1節及談到大使命的經文。這些都是厲害的寶劍，卻不是為著每一場戰役預備的。那麼，

我們如何才能在個人的屬靈兵器庫內裝滿寶劍，好讓聖靈可以隨時使用呢？

你可以背誦經文

雖然大多數人會覺得問題是自己記性不好，其實並非如此。我們發現能否背誦大部分主要是動機的問題。如果你知道自己的生日、電話號碼、地址，又記得朋友的名字，那麼你就能背誦聖經。問題在於你是否願意操練。

導航會（Navigators）創辦人卓道森（Dawson Trotman）在一九二九年信主後，就開始每天背一節經文。當時他為洛杉磯一家木料場駕駛貨車，駕車四處前往的時候，就背 045 誦當天的經文。在他成為基督徒的頭三年，他背了一千節經文。若他一年能背誦超過三百節經文，那麼我們肯定也能找到方法背經。

設定計畫

基督教書房有許多編排良好的背經表，但是有時你會想配合目前正面臨到的問題，就相關題目選出經文來背誦。如果你的信心軟弱，就背誦與信心有關的經文。如果你要克服某種習慣，尋找能幫助你戰勝陋習的經文。有人告訴卓道森，說自己害怕學他這樣背經文，性格會變得驕傲。卓道森答道：「那就先背十節關於謙卑的經文！」此

外，還有另一種背聖經的方式，就是背誦一段完整的經文段落，例如詩篇的其中一篇，不同於只背誦單獨的一節經文。

寫下經節

在一張紙上列出計畫要背誦的經節，或是直接把每節經文寫在不同的卡片索引上。

畫圖幫助記憶

這樣的方式並不複雜，只需要在每節經文旁邊畫上幾條線或簡單的圖案。這麼做會使那節經文「視覺化」，遠勝過千言萬語。一個簡單的圖像，可以幫助你想起幾十個字詞。如果經文本身是在描述某些動作，這個方法特別有效。以詩篇一百一十九篇11節為例，你可以粗略畫個心，在心裡畫上一本聖經，提醒你要把神的話語珍藏在心裡。又如以弗所書六章17節，一把寶劍的草圖可清楚幫助你記憶，也成為提醒。你會發現，背誦一段連續經文時，這方法特別有幫助。也許你的藝術才華像我一樣普通，但是除了你自己，沒有其他人會看你畫的圖，所以使用這方式，能幫助你讓背聖經變得更容易。

精準地背經

　　然而，你會遇見一個大試探，就是漸漸把標準降低。特別初次學習某節經文時，切勿只求背誦差不多，或「掌握大意」就好，而是要一字一句背誦，甚至需要研讀旁註。若沒有客觀的衡量標準，目標就會變得不清晰，也會不斷把標準降低，直到徹底放棄。此外，若你沒有把經文背得完整無誤，當你與人談話或作見證時運用它，就會失去把握。因此，剛開始時「一字一句」背誦會較難且緩慢，但是只要循序漸進就會變得愈來愈容易，也帶出更多的果效。倘若你能在一開始就精準地背經，這些經文會比起較不完全認識的經文更容易溫習。

制定能徹底執行的方法

　　由於我們天生容易怠惰，所以相較於其他屬靈操練，背誦聖經更需要有人為我們守望。我們愈忙，就愈容易找藉口推託。有些人，比如卓道森，為這項操練制定個人方法，幫助他能忠誠地實踐。但對大多數基督徒而言，若有機會定期與別人會面或一同溫習經文，即使對方不一定是基督徒，也更能堅持這項操練。

每天溫習和默想

背經的重要原則，莫過於溫習。若沒有充分的溫習，最終你會忘掉大部分曾經記下的內容。可是一旦你真的學會了一節經文，你可以在心裡默默溫習，所花的時間僅是發聲朗讀的一小部分而已。當你已經十分熟悉某節經文，你只需要每週、每月，甚至每半年複習一次，即能保持清晰的記憶。但是，如果你確實需要把背經八成以上的時間，都運用在溫習上，也是很自然的事，不要吝嗇花時間磨利你的寶劍，應當為此歡喜！

另外一個溫習你熟悉經文的良好時間，是在睡前。你的手上不必拿著寫好的經文，可以在逐漸入睡前，甚至是失眠時反覆背誦與默想。若你無法保持清醒，就順其自然，因為那段時間本該是睡覺的時間。若是睡不著，可以選擇善用時間，在心裡默想有益又使人得平安的經文。

在我們即將結束談論背經這項屬靈操練的段落以前，需要謹記背經本身不是目標。我們的目標不是為證明能記下多少經文，而是敬虔。我們的目標是背誦神的話，使神的真理改變我們的心思和生命。

魏樂德如此說：「身為牧者、導師、輔導員，我一再看到背誦和默想聖經為人帶來內外生命的變化。依我個人而言，若是某間教會或基督徒門徒訓練，並未持續推行、

鼓勵會友背經文，我絕不會答應擔任他們的牧者或輔
導。」[1]

默想神的話語──益處和方法

　　現代文化有個令人惋惜的現象，那就是默想和非基
督信仰思想體系的關聯，遠比與合乎真理的基督信仰更為
鮮明。即使是基督徒，也常覺得默想，似乎與瑜伽、超覺
靜坐、鬆弛治療或新紀元運動更密切相關。默想在許多其
他不同信仰的靈性群體中十分流行，以致有些基督徒對默
想這個主題感覺不安，也對實踐默想的人抱持懷疑的眼
光。但是，我們必須記得，默想是神所吩咐的操練，並且
自聖經中的敬虔人所傳揚而出。正如某異教派也使用十字
架作徽號，但不表示教會就要停止使用十字架。同樣地，
我們不應純粹因世人廣泛將默想用於其私人用途上，而捨
棄並且害怕這項操練。

　　聖經所提倡的默想，與其他類型的默想有幾方面的
區別。一些類型的默想主張透過默想使人倒空一切思緒，
基督信仰的默想卻主張以神和真理填滿人的心思。一些類
型的默想認為，默想為要使頭腦達到完全被動的狀態，聖
經主張的默想卻要求積極的思考與建造。屬世的默想運用
視覺技巧，企圖「營造你自己的現實」，基督信仰的歷史

卻一直容許把神所賜的想像力用在默想上，而想像力能夠
幫助我們默想真實的事情（腓四8）。再者，我們不是透
過視覺「創造自己的現實」，而是藉由禱告在默想中與神
相連，並且願意負起責任，經由聖靈充滿的個人行動，帶
出生命實質的改變。

048　　　除了這些分別外，我們也可以如此定義：默想是深
入思考聖經中向人啓示的真理，爲要使人理解、應用與禱
告。默想不僅止於透過聆聽、閱讀和研究，甚至包含以背
聖經的方式來研讀神的話語。讓我們以一杯茶來作爲比
喻，你是那杯熱水，聖經則是茶包，聆聽神的話語，就像
把茶包往杯子裡浸一下。茶的一些味道會被水吸收，但遠
遠比不上把茶包完全泡在水裡。若把茶包往杯裡多浸幾
下，比擬爲閱讀、研究和背誦神的話語，浸愈多次，效果
愈好。而默想則是把茶包浸透在杯裡，讓它慢慢滲透，直
到茶的濃郁氣味被釋放出來，杯中的熱水染上棕紅色澤。

約書亞記一章8節與成功的應許

在約書亞記一章8節的內容，把成功與操練默想神的
話連在一起。當神任命約書亞繼承摩西作祂百姓的領袖，
祂吩咐約書亞說：「這律法書不可離開你的口，總要晝夜
默想，好使你謹守遵行這書上所寫的一切話。如此，你的
道路就可以亨通。」

　　我們要記得，神所說的亨通，是祂眼中的亨通，不一定如同世人所認定的。從新約聖經的角度來看，這應許所指的是靈魂的興旺和屬靈的成功（雖然我們若按神的智慧行事為人，在事業成就上一般來說也會獲得某些成功）。即便我們已經得著這樣的應許，卻也不要忽略默想神話語與成功之間的關聯。

　　深入思考、默想神話語，不但要每天一次，而且是晝夜不斷思想，神應許這樣的人得著真正的成功。因為他們時常默想，乃至聖經滲透了他們的言談。經由默想，他們結出行動的果子。他們讀完聖經所記載神的話語後即遵命而行，神就使他們的道路亨通，行事有力。

　　默想的操練如何改變我們，讓我們能走在神賜福的道路上？大衛在詩篇三十九篇3節寫道：「我默想的時候，火就燒起。」此處翻譯成「默想」的希伯來文，與約書亞記一章8節譯作「默想」的字詞密切相關。當我們聆聽、閱讀、研究或背誦神如火一般的話語（耶二十三29），若再加上默想，我們就像一個風箱，箱內滿載所研讀的經文，火燒得愈旺，就發出愈多的光（精闢的洞見、領悟）和熱（在行動上熱切順從神）。神說：「如此，你的道路就可以亨通。」

　　為何有時我們研讀了神的話語，卻往往還是如此冷漠？為何在我們的屬靈生活中沒有更多的成功？清教徒牧師華

生（Thomas Watson）如此回答：「我們讀了神的話語後仍
會如此冷漠，是因為我們沒有在默想的火前溫暖自己。」[2]

詩篇一篇1～3節——神的應許

在詩篇一篇1～3節，神給默想祂話語之人的應許，
就像約書亞記一章8節所記載的那般慷慨：

> 不從惡人的計謀，
> 不站罪人的道路，
> 不坐褻慢人的座位，
> 惟喜愛耶和華的律法，
> 晝夜思想，這人便為有福。
> 他要像一棵樹栽在溪水旁，
> 按時候結果子，
> 葉子也不枯乾。
> 凡他所作的盡都順利。

對於我們所喜歡的事，自然會時常思想它。在浪漫
關係中彼此傾慕的愛侶，整天都想著對方。我們若喜歡神
的話語，就會思想它；換言之，這樣不分晝夜默想，將帶
來堅忍穩定、結實纍纍、興旺的人生。一位作者乾脆利落
地寫道：「默想最多的人，生命最能茁壯成長。」[3]

透過默想，屬靈生命之樹才能長得茂盛，因為默想
有助於我們汲取神話語之水（弗五26）。舉例而言，單單
聆聽或閱讀聖經，就像一場驟雨降在硬地上，不管雨勢多
強、雨量多大，大部分的雨水都會流失，只有少量的雨滲 050
入地裡。默想則能打開我們心靈的土壤，讓神的話語如水
般深深滲透，使得土壤結出豐碩的果實，靈命成長茁壯。

　　詩篇一百一十九篇的作者深信自己比所有仇敵聰明
（98節），又說：「我比我的師傅更通達」（99節）。這是因
為他聆聽、閱讀、研究、背誦神的話語比他的仇敵更多
嗎？恐怕並非如此。詩人較為聰明，不一定是因為他花的
精神、時間更多，而是因為他有洞見和智慧。但是，他如
何獲得這樣的智慧和洞見？他這樣解釋：

> 你的命令常存在我心裡，
> 使我比仇敵有智慧。
> 我比我的師傅更通達，
> 因我思想你的法度。（詩一一九98～99）

　　雖然神的真理或許會如同傾盆大雨降下，但是倘若
你不汲取，所能體會到的就不多，因為默想就是汲取。

　　我相信到了今天，默想神的話語，對於生命結出屬
靈果子、領受豐盛，遠比在古時的以色列還要重要。即使

投注在神話語上的精神、時間一樣多，我們所體驗到的資
訊洪流，也並非古時的詩人所能想像。此外，還有許多令
我們分心、消耗精力阻礙研讀聖經的各種事物。有消息指
出，由於資訊爆炸，人類知識的總量每兩年增加一倍，以
致《紐約時報》（*New York Times*）平均每份報紙的資訊
量，比十八世紀的愛德華茲在一生中所接觸到的資訊量還
要多。當然，在他那個年代也有許多需要花時間處理的職
責（例如：照顧他的馬匹），是我們今天不必理會的，但
是，相反地，他一生中連一次電話也不必接聽。雖然他有
種種不便，但他的心思如同詩人一樣，沒有被即時的世界
新聞、電視、電臺、手機、電腦、隨身聽、快捷和垃圾電
郵等事物佔據。由於這些，今日的我們在思想方面比以前
的人更難集中精神，特別是在思想神和神話語的時候。

051　　　這份省思為我部分解開了一項歷史悠久的奧祕。以
往我常納悶，活在幾百年前的人，怎能單憑一枝筆寫作，
產量比多數使用打字機和電腦的現代人還要多。最近我收
到一本巴克斯特（Richard Baxter）的《基督徒指南》
（*Christian Directory*），是一部幾乎涵蓋所有基督徒生活範
圍的實用指引，這本巨著將近一千頁，以超小字體排印，
字數多達一百二十五萬字。假若這還不足以震撼你，我來
補充說明一下，大部分的研究和寫作內容是巴克斯特在兩
年之內（一六六四～一六六五年）完成的。當時他根本沒

有電燈可用，更沒有所謂的電動打字機或文字處理器。我
知道他終日除了照顧家庭，這兩年期間不必承擔其他職
責，但那仍是一項十分驚人的創舉。我曾想像過自己同樣
在兩年之內沒有任何其他職責，專職研究與寫作，然而深
思後發現，恐怕仍無法產出與巴克斯特相近的產量，我也
無法想像現今的年代有誰能如巴克斯特一樣。他究竟是如
何做到的？是不是因為那年代的人，在智力和學識等各方
面較現代人更為高超？我認為並非如此。

　　當然，即使與同時代的人相比，巴克斯特仍屬特
例。我認為或許是因主特別膏抹他，他才能完成這持久的
任務，如同神膏抹韓德爾（Handel），使他能在一個月內
完成《彌賽亞》（Messiah）這樣的神曲。只是像巴克斯特
這樣的人和我們有一個鮮明的分別是，他不像我們處於容
易分心的狀態，思想也比較少受到資訊和事件的干擾。

　　所以我們該怎麼做呢？我們恐怕無法回到巴克斯特
的年代，除非搬到巴布亞新幾內亞的森林裡。即便如此，
我們已在資訊時代生活太久，無從逃避它的影響。但是，
透過默想聖經，我們可以重整思緒，重拾一些集中心思的
能耐，特別是關乎屬靈真理的層面。

　　這也正是巴克斯特和愛德華茲等人操練自己的方
法。陶茲（Elisabeth Dodds）曾為愛德華茲夫人撰寫生平
傳記，她也在這部感人著作中提及愛德華茲：

愛德華茲年輕時，就開始反覆思量如何善用
旅行的時間。他搬到北安普敦（Northampton）
後，定下一個計畫。他把一小張紙釘在外套裡，
052　為小紙片編上號碼，然後按著那張紙聯想一個題
目。經過三天的路程，從波士頓（Boston）回家
後，他滿身是紙片。回到書房，他有條不紊地
摘下紙片，寫下每張紙使他聯想到的內容。[4]

也許我們不必像箭豬似的，在身上釘滿紙片到處
走，然而，藉著操練默想聖經，我們可以心意更新而變化
（羅十二2）。我們不一定如同巴克斯特那樣多產，或像愛
德華茲一樣有靈性上豐碩的成就，但我們若默想聖經，就
能比仇敵聰明，比我們的老師更有洞見，經歷到約書亞記
一章8節和詩篇第一篇的應許，而且更加敬虔。

那麼我們如何依照合乎基督信仰的方式來默想？

選取一段適當的經文

決定默想哪些聖經，最簡易的方式就是選擇能打動
你的經節、句子或字詞，這個方法明顯很主觀，但任何方
法總會略帶些許主觀。而且，實質上，默想本身就是較為
主觀的操練方式，這項事實也同時突顯出來，以聖經如此
客觀的資源作為默想基礎，是何等的重要。[5]

　　根據我們對於聖靈做工的理解，我們相信祂身爲整本聖經的創作者，常會用某些經文來感動我們，因爲那正是祂要我們當日默想的部分內容。然而，這方法不免會有遭誤用或被利用到極端之虞，所以我們必須運用智慧，切勿忽略默想耶穌基督的身分、工作，以及聖經的基要眞理。

　　你當然也可以默想與自己所關心的事物或個人需要，有明顯關聯的經文。雖然我們不想把聖經當作智慧摘錄、應許選集或「答題簿」，然而，神確實也希望我們注意到，祂已經寫下了與我們處境直接相關的內容。假如你在心思意念上容易掙扎不定，又正好在讀腓立比書，可以嘗試默想第四章8節：「弟兄們，我還有未盡的話：凡是眞實的、可敬的、公義的、清潔的、可愛的、有美名的，若有什麼德行，若有什麼稱讚，這些事你們都要思念。」或是你是否企盼朋友、家人得救？倘若碰巧你讀到約翰福音第四章，你應當默想耶穌的溝通方式，然後將它應用於你的狀況。又或許你覺得自己與神的關係疏遠或是靈命枯乾？查考有哪些經文在講述神的性情，然後默想領受這些經文，也是一種明智的選擇。

　　選取經文來默想，其中一種很實際的方式，就是從你所遇到的經文中，發現主要的信息，進而默想和應用。舉例來說，最近我讀到路加福音第十一章，在我所讀的聖經譯本中，此章共計有十個段落，我選出的段落是第5～

13節，主題是常常禱告，不要灰心。順著這個主題，我反思這個概念，特別是第9～10節，經文裡談到祈求、尋找、叩門。至於像箴言，因為其每節經文往往是獨立的概念，所以用此方法較為困難。讀到類似的書卷，你必須用上述提到的其他方法來選取默想的經文。

以不同的方式重複默想字詞

這個方法是把每一節或每一句經文詳細檢視，如同檢視鑽石的各個角度一樣。

以約翰福音十一章25節（新譯本）開頭耶穌所說的話為例，可以用這樣的方式默想：

「**我**就是復活和生命。」
「我**就是**復活和生命。」
「我就是**復活**和生命。」
「我就是復活**和**生命。」
「我就是復活和**生命**。」

當然，我們不是平白無故地重複、逐一把每個詞都當作重點，直到強調完整個句子裡的內容。這麼做的目標是在每一次檢視經文時，深入思想你心中因此得著的亮光（真理）。這個方法很簡單，也十分有效。每當我難以集中

精神思索經文，或是很慢才得到洞見時，這個方法特別有幫助。

用自己的話重寫經文

愛德華茲兒時接受家庭教育長大，從小他的父親即要求他，思考時手上需拿著筆，而這習慣他維持了一生之久。這樣做能幫助你一邊集中精神注意手上的問題，一邊激發思考。重寫經文也是考驗你是否理解經文意義的好方法。我有位朋友認為，逐節重寫《擴充版聖經》（*Amplified Bible*）的經文，是為他開啓明白經文意義最有效的方法。思考同義詞和以不同方式表達神所默示的話語，這行動本身即為默想。

尋找經文的應用意義

問問自己：「我該如何回應這節經文？當我遇見這段經文，神希望我如何回應祂？」

默想帶來的結果應當是運用。就像咀嚼但不吞嚥，經文若沒有經過應用，默想就不算完整。這是個重要的課題，以下我會用一整個段落來說明如何應用神的話。

以經文禱告

這是詩篇一百一十九篇18節的精意：「求你開我的眼

睛，使我看出你律法中的奇妙。」聖靈是帶我們進入真理的偉大引導者（約十四26）。默想，不僅是集中注意力或運用創意思維而已，所謂用經文禱告，是指你的心思向聖靈降服，接受祂的光照，加強你對祂的認識。聖經是經由聖靈默示而寫成的，所以你默想時，要祈求祂光照你。

最近我在默想詩篇一百一十九篇50節：「這話將我救活了；我在患難中，因此得安慰。」我用這節經文作了這樣的禱告：

> 主啊，祢知道我正在遭受什麼樣的患難。祢已應許在我受苦的時候安慰我。當我在患難中，祢的話語救活了我。我相信這是真的。祢的話語信實地把我從過去的患難中救活，我信靠祢，祢必同樣在這次經歷中把我救活。我向祢禱告，求祢藉著祢的話語所帶來的安慰，把我救活。

055　當我以這節經文禱告，聖靈就把聖經的真理帶進我的思想中，向我啟示神掌管祂的教會，祂也看顧我人生各樣的境況，向我顯明祂的能力、同在和慈愛。在這綿延的默想和禱告時間，我的靈魂得以甦醒過來，得著聖靈保惠師的安慰。

　　默想必然存在於——基督徒和聖靈——兩者之間。以經文禱告，就是邀請聖靈透過祂的工作使我們得見神話語中的亮光，也就是惟有在祂的幫助下才能看見的真理和啟示。

不要匆忙，要有耐心！

　　如果你讀完一章、三章或更多經文後，卻發現一點也記不起讀過的內容，又有何意義呢？試著閱讀且默想一小段經文，遠比閱讀一大段經文卻從不默想更好。

　　一九九〇年，羅柏斯（Maurice Roberts）在蘇格蘭寫下這段話：

> 　　很遺憾地，這世代缺乏我們所說的屬靈氣度，問題根源就在於一種現代的病徵——膚淺。對於默想我們所承認的信仰，我們感到不太耐煩。……若要建立穩固的信仰，並不能倚靠匆忙地閱覽屬靈書籍，或是在事奉上敷衍了事。我們需要的是從容不迫地默想福音真理，讓心思沉浸在真理之中，藉此培養出成聖的品格。[6]

　　為能默想更多經文，假如需要可以減少閱讀量。即便大多數基督徒的情況，是需要抽出更多時間增加讀經的

內容，有些人卻可能已用盡一切能用或該用的時間來讀
經。但是，如果在靈修過程中，你仍無法花更多時間默想
經文，可以嘗試減少閱讀量，以致有充足時間慢慢默想。
即使你可以在一天中隨時默想神的話（參詩一一九97），
最佳的默想通常仍是在你每天接觸聖經的那個時刻。

期盼我們默想聖經的經歷，會像愛德華茲那樣充滿
喜樂、結實纍纍。愛德華茲悔改信主後不久，在日記裡寫
056 下這段話：「我常在每句經文中看見亮光，得到滋養心靈
的糧食，以致難以放下聖經不讀；往往就在長時間沉浸於
一句經文時，看到其中蘊含的奇妙，而且幾乎每一句經文
都滿是驚奇。」[7]

運用神的話語──益處和方法

在霍爾曼聖經出版社（Holman Bibles）所贊助的一
個研經會上，多數成年人表達他們讀經時面臨的主要難
題：「把聖經運用到具體的處境中。」[8] 雖然有時我們覺得
理解聖經很困難，但是最大的難題還不是理解。聖經大部
分的概念都是十分清晰的，我們的困難往往是明白了神的
話語，卻不知該如何運用到日常生活中。聖經對於養育孩
子有什麼樣的教導？經文如何影響我在工作上的決定和人
際關係？對於我即將要作的決定，聖經又有什麼看法？我

如何才能更深認識神？這些都是讀經的人常提出的問題，表明了學習運用神的話語這項操練，是何等的迫切。

運用神話語的價值

　　根據聖經，當有人能把神的話語真正運用在生活中，神就要應許賜福給他們。談論屬靈與具體生活如何相互結合的經典新約教導，是雅各書一章22～25節：「只是你們要行道，不要單單聽道，自己欺哄自己。因為聽道而不行道的，就像人對著鏡子看自己本來的面目，看見，走後，隨即忘了他的相貌如何。惟有詳細察看那全備、使人自由之律法的，並且時常如此，這人既不是聽了就忘，乃是實在行出來，就在他所行的事上必然得福。」耶穌也說過同樣簡潔有力的話：「你們既然知道這事，若是去行就有福了」（約十三17）。

　　這些經文告訴我們，光是聽神的話語，有可能產生一個假象。即使這樣做沒有減少聖經的豐富性，也沒有削弱聖靈透過我們接觸聖經而發揮的大能，我們也會時常錯解聖經對我們生命的影響。如同雅各所說，我們可以親身經歷神真理中強而有力的大能，看見神希望我們生命有所改變，如同早晨在鏡中反射的影像。但是，不管我們對於 057 發現真理有多麼奇妙的經歷，若沒有加以運用，卻自以為獲得真理的實際價值，就是在欺騙自己。在「所行的事上

必然得福」的人，是指遵行聖經教導的人。

所謂在「所行的事上必然得福」，如同約書亞記一章8節和詩篇一篇1～3節所應許的，凡默想神話語的人都是有福的，凡事盡都亨通。那是因爲默想最終必定引向實踐運用。神囑咐約書亞晝夜默想祂的話語時，告訴他默想是「好使你謹守遵行這書上所寫的一切話」。「亨通」的應許之所以實現，並非單純是默想的結果，而是神給默想並且願意運用祂話語的人賜下的祝福。

期望找到可應用的方式

因爲神的心意是要你遵行祂的話語，所以你可以相信祂希望你讀經時能找到可應用的方式。基於相同的道理，你可以相信聖靈定意要幫助你分辨，如何充實你的洞見。所以，帶著期望翻開你的聖經，並要期待發現可以對真理有所回應的方式。讀神的話語時，是否相信你能找到聖經中可應用之處，會帶來非常不同的結果。

身兼作家的清教徒牧師華生，因爲擁有極大影響力而獲得「培育偉大福音派牧者之母」的美譽。他鼓勵人要對運用聖經懷有期望：

> 你要把每個字都當作是對你說的。當神的話如雷般猛烈譴責罪惡，你要思想：「神指的是

我的罪。」當神的話勉勵人事奉，你要告訴自己：「神要我學習承擔事奉。」許多人與聖經保持距離，好像聖經只是寫給與它寫作時代有關的人一般，但假若你想從神的話語中得著幫助，就要記得：良藥經由服用，才會產生效用。[9]

因為聖經是神所默示的話，所以你要相信整本聖經不單是向它的第一批讀者說話，也向你說話。若沒有這樣的態度，就很難把你所領受到的真理，實際運用到個人的 058 生活之中。

了解經文

錯解經文的意思，恐會導致錯誤的運用。舉例而言，有些人把歌羅西書二章21節「不可拿、不可嘗、不可摸」的吩咐，應用為嚴禁接觸一切的東西。也許禁戒此節經文所反對的某些事物，或有充分理由，但是依照上面那樣運用經文的方式，肯定有誤，因為錯解了該句經文的意思。從上下文來看，這句話其實是在指稱一個苦修禁慾團體的口號，而使徒保羅將他們視為福音的仇敵。所以，倘若你讀到這節聖經，誤以為可以運用到自己減重的需要上，我想你會樂於知道，這是不正確的解經而導致不恰當的應用。（不過，另有一份飲食建議，是聖靈透過哥林多

後書九章 27 節，給你個人作爲參考運用。）

華生說得眞好：「你要把每個字都當作是對你說的。」然而，我們仍要先了解，聖經對原初受眾所要表達的意思是什麼，才能做到這一點。例如：倘若你把創世記十二章1～7 節神對亞伯蘭說的每個字，都當作是對你自己說的，恐怕你很快就要搬到以色列。然而，你若明白那是亞伯蘭所蒙受的獨特呼召，就能發現經文中的眞正意涵和永恆眞理，因此才能準確曉得如何把每個字運用到自己的處境中。例如：你是否遵從神的呼召，來到基督的面前？你是否願意順從神的聲音，無論祂呼召你往何處去，不管是新工作、新地點，還是宣教工場等等？

我們必須先了解經文最初的原意，然後才會明白現在如何正確運用。當耶穌說「今日你要同我在樂園裡了」（路二十三43），這句話是給十字架上那個強盜的。但是，因爲這句話成爲聖經的一部分，加上「聖經都是神所默示的」，主也希望所有信徒都能夠將聖經的教導實際運用在生活中。很明顯地，這句話在當今運用時，不是說每位基督徒今日都要死，與耶穌一同在樂園裡。我們可以從一個角度來看，那就是預備迎接死亡。我們察覺死亡也許在今天就可能臨到，進而檢視自己是否已預備好迎接死亡的到來。我們可以運用這句經文，來思想基督的同在。我們是基督徒，基督時刻與我們同在，所以即使今天我們還

沒到樂園，祂仍與我們在一起。對於耶穌的同在這般新奇 059
的認知，會如何影響你的禱告生活，或對當天的展望？

　　耶穌對強盜的應許，說明了不是聖經中所有的應
許，都能依樣畫葫蘆地照原先意思應用在今天。但是，仍
有許多其他的應許皆有一般、普遍、永久性的應用。其中
明顯的例子有如：約翰福音三章16節、約翰一書一章9
節。然而，我們如何判別，哪段經文在運用時，是否要與
經文起初的原意有所不同？在這方面，惟有透過聆聽、閱
讀及研經來增進對聖經的認識，我們才能獲得益處。倘若
我們愈是明白聖經，就愈能裝備自己應用聖經。

　　即便如此，我仍主張聖經大部分的內容是淺顯易懂
的。自始至終，我們的問題與其說是缺乏理解，不如說是
缺少行動。聖經的話語必須先明白才能夠應用，但是直到
我們實際去應用它，才會真的明白。

透過默想辨別如何實際應用

　　如前所述，默想本身不是最終目的。深入思考聖經
中的真理和對屬靈生活的實意，才是實際應用聖經的關
鍵。然而，仍需透過默想，聖經中所記載的事實才能夠被
真實地應用出來。

　　假如我們只是單純閱讀、聆聽或研究神的話語，卻
沒有默想，無怪乎「把聖經應用到具體處境」會顯得如此

困難。我們甚至可以訓練鸚鵡，模仿我們說出每節經文。但是，如果沒有把經文實際應用到生活中，經文對我們的價值，絕不會比對鸚鵡所發揮的影響更持久。我們如何將所背誦的經文應用出來？關鍵就是默想。

　　大多數的資料，包括聖經信息，常從我們腦中流過，宛如水從篩子流過。在普遍情形下，每天都有大量的資料流入，但因流進得太快，以致保存得也少。惟有當我們細細默想，真理才會存留下來，浸透我們全身，更能確切聞到它的香氣，品嚐它的味道。一旦真理在腦中醞釀，我們就有洞見。心靈因默想而溫暖，看似冰冷的真理也融化成熱情的行動。

　　詩篇一百一十九篇15節這樣形容：「我要默想你的訓詞，看重你的道路。」藉著默想神的話，詩人認識到要如何重視神的生命之道，就是遵行神的話話。我們也是如此，若要把聖經應用到具體生活之中，就要透過默想。

針對經文提出應用性問題

　　針對經文提出問題，是很好的默想方法。當你對經文提出愈多問題，回答愈多答案，就會明白得愈多，也會更清楚如何運用經文。

　　以下是以應用為導向的問題，這些例子有助於你遵行神的話語：

- 這段經文是否向我表示，要在某些事情上相信神？
- 這段經文是否向我表示，要爲某些事情讚美、感謝或信靠神？
- 這段經文是否向我表示，要在某些事情上爲自己或他人禱告？
- 這段經文是否向我表示，要在某些事情上用新的態度面對？
- 這段經文是否向我表示，要對某些事情作決定？
- 這段經文是否向我表示，要爲基督、別人或自己的緣故做某些事？

有時候，某節經文對你的生活處境有明顯的幫助，好像躍然紙上，要你照它的吩咐行。但更常見的情況是，你必須不斷叩問經文，耐心地發問，直到一個實際可行的回應出現。

具體回應

藉著神的話語與神相遇，應當至少使我們產生一種具體回應。換句話說，你在結束研讀聖經時，應該至少能說出一個已經作出，或將會作出的確切回應。你的回應也許是明確表達信心的行動、敬拜、讚美、感恩或禱告。也許是請求別人饒恕、向人說鼓勵的話，或者是要撤棄某件罪行，以行動表達愛心等等。不論是什麼回應，研讀神的 061

話語之後，至少要能專心地實踐一項行動。

這有多重要呢？有多少次，當你闔上聖經，突然發覺記不起剛讀過的任何東西？有多少次，在你參加研經、聽過講道後，經文卻完全對你的生活沒有發揮任何影響？據我所知，有的人每星期參加研經課的次數多達六堂以上，但他們只增加了知識，而沒有更像耶穌，因為他們並未學以致用。他們的禱告生活不夠厚實，也沒有實際傳揚福音來幫助靈魂失喪的人，他們的家庭生活也承受許多的壓力。所以，若我們要開始操練自己，就要至少作出一個具體回應才放下聖經，這樣就會在恩典中成長許多。倘若不這樣應用聖經，就無法真實遵行神的話語。

深入思考

你要開始制定背經計畫嗎？如果你已信主多年，大概已經不知不覺背過許多經文了。也許你知道腓立比書四章13節：「我靠著那加給我力量的，凡事都能做。」然而，你是否相信這節經文？若是，你相信這裡所說的「凡事」也包含背經嗎？既然能做，你要做嗎？你計畫什麼時候開始做呢？

你要培養默想聖經的習慣嗎？偶爾才想到神，並不是默想。布瑞基（William Bridge）說：「有人可能每天都

想起神，卻沒有一天默想神。」¹⁰神呼召我們，透過聖經培養不住思念祂的習慣。

　　讀到這裡，我想你必定發現培養默想聖經的操練，十分需要投注時間。布瑞基是早期探討默想的優秀作家，他預期抽出時間默想會遇到困難：

　　　有人會說：「哦，我願意全心全意思想神，然而默想需要花心思、付出時間，但我沒有時間，手上已有太多事務、活動，無暇撥出這樣的時間。默想不是短暫的思念而已，而是需要撥出時間的操練，但我沒有空閒和心力。」記得詩人在詩篇一百一十九篇所說的話：「求你使我的心趨向你的法度。」（36 節）要如何做到呢？「求你叫我轉眼不看虛假。」（37 節）要使人心趨向神的法度，就要轉眼不看外表的虛榮。因此，若你要默想神和神的事，就要謹慎保守你的心、你的手，不要沾滿世界和世界的活動。……朋友，默想是一門藝術、一項神聖的行動，除了神，無人能教導你。想學的話，你只需要到神面前懇求。¹¹

　　此時，我們會很自然地提出一個問題：「默想的操練，

062

值得我投入這些時間嗎？」布瑞基回答得比我更好：

> 默想是知識的幫手，它幫助你增進知識，增
> 強你的記憶力且溫暖你的心。因此，你的意念會
> 漸漸遠離罪惡，你的心靈會準備好完成每項任
> 務，並且在恩典中成長。你會填補生活中所有的
> 漏洞和裂縫，曉得如何善用餘暇，為神的緣故
> 改變自己。此外，你會願意離惡行善，常常與
> 神交談、與神相交，以及享受在祂的同在裡。
> 所以我這樣禱告，這一切為你帶來的益處，難
> 道不足以令你的默想旅程變得更加甜美嗎？[12]

當你思想聖經對默想的教導，以及衡量歷史上屬靈
榜樣的見證，你就難以否認基督徒默想對於靈命成長的重
要性和價值。

讓我們來深思另一段關於默想這主題的引文。這段話
出自清教徒作家中，最講求實際的巴克斯特。他激勵基督
徒操練默想，我也和他一同在這項操練上向你發出挑戰。

063　　假如經由這途徑，你在德行上沒有絲毫長
　　進，也未曾離開一般基督徒的身量，甚至在你
　　的崗位上沒能事奉更多，在精明人的眼中未更

顯寶貴；假使你的靈魂沒有因此更多享受與神
相交，生命沒有更多得著安舒，在臨終前一刻
什麼都還沒準備好的話：那麼你大可以將這些
教導棄之如敝屣，猛烈指責我是個騙子。[13]

你願意證明自己是「應用」神話語的人嗎？在本章
中，你已讀過許多經文。然而，你會透過哪些行動來回應
這些經文？

我們大多會視自己為遵行神話語的人，而不僅是聽
道的人。但是，記得雅各書一章22節開頭說的：「要證明
你們是神話語的遵行者」（NASB）。你如何證明自己如同
此處所說的，是神話語的遵行者？

研讀聖經，特別是應用神話語這項操練之所以困難，
其中最明顯的因素是屬靈仇敵的阻撓。巴刻如此指出：

假如我是魔鬼，我的首要目標將會是制止
人鑽研聖經。既然知道它是神的話，教導人認
識、愛慕、服事說出這話的神，我當會盡一切
所能，在它周圍挖掘靈性的坑洞、架起棘籬、
設下陷阱，將人嚇跑……我將不惜一切代價，
阻止人操練運用心思來領受聖經的信息。[14]

　　縱使會面對困難和靈性上的阻撓，你是否願意付上一切代價，「操練」運用心思，從神的話語中得著餵養，好能「達到敬虔的地步」呢？

第 **4** 章

禱 告

我們新教徒是一群沒有紀律的人，
這就是屬靈洞見匱乏，
而且嚴重缺乏道德能力的主要原因。

——戴依（Albert Edward Day），
引自克拉格（Ronald Klug），《如何寫靈修札記》
（*How to Keep a Spiritual Journal*）

065 **地**球上最大的無線電波望遠鏡陣列，設於美國新墨西哥州一帶，飛機師稱之為「蘑菇田」。它的真正名稱為「甚大天線陣」（Very Large Array，簡稱VLA），由一連串巨型碟形衛星天線組成，散布在六十公里長的鐵軌上。將這些碟形天線聚集起來，等於幅員大小宛若首都華盛頓特區一般的望遠鏡陣列。「甚大天線陣」，是為了接收從太空傳來的無線電波訊號，構成天體影像，讓來自世界各地的天文學者進行科學分析而發明的。為何需要如此巨大的儀器？因為無線電波往往自幾百萬光年以外的距離傳送而來，訊號非常微弱。「甚大天線陣」至今所有記錄下來的無線電波總能量，也不過只有一片雪花落在地上的力道而已。[1]

儘管神已透過祂兒子和祂所默示的聖經，清楚地向人說話，世人仍殫精竭慮地尋索從太空傳來的微弱信息，這兩者的差異實在是很大啊！人們把「甚大天線陣」望遠鏡和電子設備的功能，發揮到極致，希望探索浩大無垠的宇宙，從中得著隻字片言。與此同時，「我們並有先知更

確的預言，如同燈照在暗處。你們在這預言上留意，直等
到天發亮，晨星在你們心裡出現的時候，才是好的」（彼
後一19）。

　　神不但已經透過耶穌和聖經，向我們清楚有力地說
話，祂還有一隻「甚大耳」，時刻傾聽我們的聲音。神垂
聽祂兒女的每一個禱告，甚至在我們的禱告比一片雪花還
要微弱時，祂仍在傾聽。這就是為什麼在所有屬靈操練
中，禱告的重要性僅次於研讀神的話。

　　藍桂思（Carl Lundquist）綜覽基督教歷史，說明禱
告和研讀神話語之間的動態關係，以及兩者在所有屬靈操
練中所佔的重要位置：

　　　　新約教會在禱告和研經基礎上，還加上兩
　　項操練，就是守主餐和細胞小組。約翰・衛斯
　　理（John Wesley）再加上禁食，強調五項敬虔
　　的事奉。中世紀神祕主義者寫下大約九項操
　　練，可歸類為三種經驗：除罪、靈的光照、與
　　神合一。後來凱錫克大會（Keswick Convention）
　　提倡的敬虔操練，圍繞著五種不同的信仰經驗
　　來進行。時至今日，傅士德同樣在《屬靈操練
　　禮讚》中列出十二項操練，全都與當代基督徒
　　息息相關。但是，無論我們的信仰實踐有何不

同，若沒有以馬忤斯路上的兩個基本操練——禱
告和讀經，其他都是空洞和乏力的。[2]

倘若如同我所相信的一樣，藍桂思所言是對的，那
麼缺乏敬虔的主要原因之一，恐怕就是缺乏禱告。

一九八○年代，來自一間大型福音派教會的一萬七
千多名會友，參加了一次以禱告為主題的培靈會。與會期
間，他們接受了關於禱告習慣的訪談調查。我們可以假設
出席這類研討會的人，應該對禱告十分關注。可是調查卻
發現，他們每天禱告的時間，平均不超過五分鐘。這次研
討會有兩千名牧者和他們的太太出席，他們自己也承認，
每天平均禱告的時間不超過七分鐘。若要人為自己在禱告
上感到虧欠和有罪疚感，似乎是十分容易的事，但這並非
我撰寫此文的本意。不過，我們必須掌握一個事實：要效
法耶穌，就要禱告。

應當禱告

我發現當我說我們應當禱告，會令那些在反傳統規
範和反威權時代長大的人有些反感，然而，在接受耶穌基
067 督和聖經文化薰陶下成長的人，卻知道神的旨意是要我們
禱告。我們也相信，神的心意乃是美善的。

耶穌期盼我們禱告

千萬別把禱告，當作一項與個人情感意志無關的要求。我們要曉得主耶穌基督是有位格的，在祂有一切的權柄和愛，祂也期望我們禱告。以下的經文，顯明祂對我們禱告的期望：

- 馬太福音六章5節：「你們禱告的時候……」
- 馬太福音六章6節：「你禱告的時候……」
- 馬太福音六章7節：「你們禱告……」
- 馬太福音六章9節：「所以，你們禱告要這樣說……」
- 路加福音十一章9節：「我又告訴你們，你們祈求……尋找……叩門……」
- 路加福音十八章1節：「耶穌……要人常常禱告，不可灰心。」

假設耶穌親自向你顯現，如同祂在啟示錄第一章向拔摩島上的使徒約翰顯現，對你說祂期望你禱告。若是你明確知道耶穌對你有這樣的期望，難道你不會更忠誠地禱告嗎？其實，以上所引述耶穌說過的話，同樣是祂對你的旨意，有如祂親自與你面對面談話一樣。

神的話語清楚闡明

除了耶穌的話，新約的其他地方也同樣清楚無誤地說明，神期望我們禱告。

歌羅西書四章2節：「你們要恆心專務於禱告。」（呂振中譯本）每個人都會投入於某些事情。當你把某些事放在優先位置，爲它犧牲、奉獻且花時間，就會知道你是專務於這件事上。同樣地，神期望基督徒如同這般的專務於禱告。

帖撒羅尼迦前書五章17節：「不住的禱告。」若「專務於禱告」，強調禱告是一項活動，「不住的禱告」則提醒我們，禱告也是一種關係。從某種意義來說，禱告是表達基督徒與父神之間無堅不摧的關係。

但是，這節聖經並非表示，我們什麼都不做，只顧禱告。因爲除了禱告之外，聖經也期望我們做許多其他的事，包括休息，這時候我們就不能有意識地禱告。然而，聖經確實表示，倘若與神交談、思想神並沒有放在你心思的首位，也要隨時回轉，取代你眼下正專注的事情。你可以想像，這樣的情形就如同一邊與神溝通，同時又與別人交談。即使你在與別人交談，你也會因爲一直察覺到這種情形，而隨時把注意力重新轉向主，這就是不住的禱告。不住的禱告，表示你從不會真正停止與神交談，只是會不

時受到打擾而已。

　　我本可以選擇其他新約經文來說明，神期望我們禱告，但是前述兩節經文特別重要，因為都是直接的命令。這表示時間太少、責任太多、孩子太吵、工作太忙、意願太低、經驗缺乏，都不足以構成我們不禱告的理由。神期望每一位基督徒都能專務於禱告，而且要不住的禱告。

　　馬丁‧路德是宗教改革家，也是不斷禱告的人。他這樣表達神對我們禱告的期望：「就如裁縫的工作是做衣服，鞋匠的工作是補鞋，基督徒的工作則是禱告。」[3]

　　我們不但要把神對我們禱告的期望，看為神聖的呼召，也必須將之視為王室的邀請。希伯來書的作者告訴我們：「所以，我們只管坦然無懼地來到施恩的寶座前，為要得憐恤，蒙恩惠，作隨時的幫助。」（來四16）我們可以對禱告抱持悲觀的態度，純粹視之為責任，也可以對禱告懷抱樂觀的態度，把我們受吩咐禱告看為領受神憐憫和恩典的機會。

　　我的妻子凱菲期望我在外出期間打電話給她，這是愛的期望。她要求我打電話給她，因為她希望聽到我的消息。神期望我們禱告也是一樣，祂命令我們禱告，乃是出於愛的吩咐。因著愛，祂渴望與我們溝通，賜福給我們。

　　神期望我們禱告，又如元帥期望聽到作戰士兵的消息。一位作者提醒我們：「禱告，是作戰時用的對講機，不

是爲了增加我們方便的家用通話器。」[4]神期望我們以禱告
作爲對講機，因爲他已命定，這不但是追求敬虔的途徑，
069 也是祂的國度與仇敵的國度交戰的路徑。放棄禱告，是靠
我們自己的實力爭戰，也意謂我們已對爭戰失去戰鬥力。

我們清楚耶穌經常禱告。路加告訴我們：「耶穌卻退
到曠野去禱告」（路五16）。如果連耶穌也需要常常禱告，
何況是我們呢？我們更應當禱告。因爲若是沒有禱告，我
們不會像耶穌。

那麼，爲何還有如此多的基督徒承認，他們不常禱
告？有時候，問題主要是缺少操練，從來沒有爲禱告定計
畫，或是從來沒有安排時間禱告。我們口頭上說重視禱
告，實際上禱告的時間卻似乎總是被更緊急的事務所取
代。

我們不禱告，往往是因爲覺得即使禱告也改變不了
什麼。但是，如果眞的在每次禱告後不到一分鐘，就有明
顯可見的結果發生，那恐怕世上所有基督徒的褲子，在膝
蓋的位置都磨到有洞了！然而，顯而易見地，聖經從沒有
這樣應許過，即便神應許祂必垂聽人的禱告。禱告也牽涉
到屬靈範疇的溝通，神應允我們禱告的方式，往往是人在
物質範疇所看不見的。神應允的禱告，也常和我們所祈求
的有所不同。基於各種原因，我們禱告完睜開眼後，不一
定總是能看見禱告得蒙應允的確鑿證據。倘若我們又不夠

警醒，就會受誘惑，懷疑神藉由禱告為我們帶來的能力。

　　若對神的臨在缺乏敏銳的心，也會阻礙禱告。每個人都會經歷奇妙的時刻，感受到主似乎非常親近，甚至能聽到祂的聲音。在這樣與神親密相交的寶貴時刻，人不需要受催促也會自然而然禱告，但這不是我們常有的經歷。事實上，有時候我們完全無法感覺到神的同在，然而，我們的禱告（以及基督徒生活的各方面）確實應該受到聖經真理的掌管，而非由自己的感覺來支配。但是，實際上，我們脆弱的情感常會不停侵蝕我們禱告的渴望。禱告的渴望若削弱，我們總是能找到許多其他的事情來替代它。

　　當我們覺察不到真正的需要，也不會有真實的禱告。在某些處境下，有些事情會促使我們跪下來禱告，但是有時生活好比脫韁的野馬，難以控制。耶穌說：「因為離了我，你們就不能做什麼」（約十五5），這個真理在此時顯得特別明確有力。因為我們的驕傲和自滿，好像總是要等著遇上何等難以處理的大事，才願意來到神的面前禱告。我們必須看見，這樣的態度有多麼危險和愚昧，否則不會明白神渴望我們禱告的原因，於我們有何益處。 070

　　若對神和福音的偉大缺乏知覺，我們的禱告生活也會乏善可陳。若對神的本質和性情思想得愈少，對耶穌基督在十字架上所為我們成就的工作意識也愈少，那麼我們禱告的意願也就愈小。今天開車途中，我收聽一個電臺節

目，嘉賓是一位天體物理學家，談到宇宙中數之不盡的星
系。默想片刻後，我已自動進入讚美和禱告的狀態。爲什
麼呢？因我對神的偉大有了嶄新的認識。我想到，耶穌基
督拯救我脫離何等不堪的景況，使我回想祂所爲我承受的
羞辱，幫助我記起救恩的意義，禱告於我也就如此自然。
人若很少有這樣的想法，也就會很少禱告。

當然，許多基督徒很少禱告，另一個原因是因爲他
們對於禱告的認識還不夠充足。

禱告需要學習

假如你因爲不知該如何禱告，所以對禱告感到灰
心，有項事實能爲你帶來希望：禱告是需要經過學習的。
也就是說，在開始過基督徒生活時，不懂得如何禱告或沒
有禱告經驗，並不成問題。無論現在你的禱告生活有多強
或多弱，你都可以學習更加茁壯成長。

從某方面來說，教導神的兒女學習禱告，無異於教
導嬰孩學哭。起初藉著哭讓基本需求得著滿足，只是最爲
渺小的溝通，但若我們要成長，就要趕快離開嬰孩的樣
式。聖經說，我們必須爲著神的榮耀禱告，憑信心按著祂
的旨意，奉耶穌的名忍耐地禱告。神的兒女，就像成長中
的孩子學說話那樣，逐漸學會禱告。若我們期望學像成熟

的基督徒那樣禱告有力，就必須學習門徒在路加福音十一章1節向主說：「求主教導我們禱告。」

藉著禱告學習禱告

如果你曾學過外語，你曉得最好的學習方法實際上就是多講。學習禱告這種「外語」也是一樣。縱然現今有很多好的資源，最好的方法仍是藉著禱告學習禱告。

《禱告的學校》（*With Christ in the School of Prayer*）的作者，南非牧師慕安得烈（Andrew Murray）寫道：「讀一本關於禱告的書，聆聽或談論禱告的道理都很好，但你不會因此學會禱告。若沒有練習或實踐，你就一無所獲。我可以花一年時間聽音樂家演奏最優美的樂章，但我不會因而學會一種樂器。」[5]

聖靈也教導人如何禱告。這就是耶穌在約翰福音十六章13節所帶出的應用，祂說：「只等真理的聖靈來了，他要引導你們明白一切的真理。」如同一架飛機在空中飛行，比起在地上關掉引擎更容易導航。相同地，我們在禱告的天空中翱翔，比起在沒有禱告的時候，更容易受到聖靈的引導。

藉著默想聖經學習禱告

若論及禱告，這會是我個人所體會到，一個最具有

吸引力的概念：默想是研讀聖經與禱告之間的環節。兩者
本應是相連在一起，卻往往斷了聯繫。每次我們讀完聖
經，闔上它後，隨即換檔轉為禱告，讀經與禱告間的齒輪
似乎不太相合。事實上，當我們在讀經方面有些進步，轉
入禱告時卻會像忽然轉入空檔，甚至打倒退檔。從聖經的
輸入到禱告的輸出，本應是順暢、幾乎察覺不到轉移的軌
跡，讓我們在禱告時刻與神更為親近。然而，要做到這
點，我們需要用默想來連接。

關於這件事的教導，至少有兩處經文作為例子。大
衛在詩篇五篇1節如此禱告：「耶和華啊，求你留心聽我
的言語，顧念我的心思。」譯作「心思」的希伯來文，也
可解作「默想」。事實上，這個詞在詩篇十九篇14節，也
有同樣的意義：「耶和華我的磐石、我的救贖主啊，願我
口中的言語、心裡所默想的，都在你面前蒙悅納。」
（〔NIV〕新國際本）值得留意的是，這兩節經文都和禱告
有關，皆是指禱告中所說的其他「言語」。但在這兩節經
文中，默想是催化劑，把大衛從研讀神的真理推進到與神
交談的狀態。從詩篇五篇1節可看出他已經在默想，祈求
耶和華留心聽，並且顧念。在詩篇第十九篇，我們讀到很
072 熟悉的一段經文，從第7節開始：「耶和華的律法全備，
能甦醒人心。」這個部分延申到第11節，然後大衛在第
14節的禱告成了這段默想的結尾。

這個過程是如此運作：當我們研讀一段聖經後，透過默想，汲取神向我們所說過的話，深入思想、消化，然後藉由有意義的禱告，向神說話。經由默想、個人化的浸潤後，我們就能本於自聖經中所得的領受向神發出禱告。我們不僅在禱告中表達實質的領受，也確知我們是按照神的意念來向祂禱告，並且帶著禱告的熱情。當我們持續地禱告，就不會顛簸和搖擺，因為我們已經得著屬靈的動力。

生活在一五五〇至一七〇〇年的英國清教徒，似乎最明白禱告的箇中祕訣。容我引述幾位清教徒作家的話，希望能藉此說明默想與禱告之間的關聯，或許在今日被人所忽視，卻在昔日普遍受到重視。我也希望透過分享這些，能將這份真理穩固地運用在你的禱告生活，其中所含括的道理，值得我們信賴。

巴克斯特牧師在其至今仍在發行的經典著作《心意更新的牧者》（*The Reformed Pastor*）中寫道：

> 我們在默想中，常混著獨白和禱告，有時向自己的內心說話，有時向神說話。依照我的理解，這是我們進入屬天工作的最高層級。我們切莫以為可以將禱告獨立出來，而把默想擱置一旁；因為兩者即使擁有不同的職分，但皆

必須遵行，缺一不可；若是忽略其一，我們必
會令自己受害。此外，兩者的混合就像音樂一
樣，相輔相成，更引人入勝。在默想中向自己
說話，必須先於我們在禱告中向神說話。[6]

克倫威爾（Oliver Cromwell）的軍牧，清教徒中最偉
大的神學家歐文（John Owen）寫道：「要一邊思想，一邊
禱告，留心並且預備迎接，進入你心思中的每一份亮光和
真理。為著深刻的領受感謝神，也為此禱告。」[7]

清教徒牧師和解經家馬太‧亨利（Matthew Henry），
論到詩篇十九篇14節說：「大衛的禱告不只是他的言語，
也是他的默想；就如默想是為禱告所作的最佳預備，禱告
也是默想的最佳結果。默想與禱告是連在一起的。」[8]

清教徒牧師兼多產作家孟頓（Thomas Manton），在
一篇講論以撒於田間默想（參創二十四63）的信息中，
直接指出默想是研讀聖經和禱告之間的橋樑。他寫道：

默想，是我們在言語和禱告之間要盡的職
分，它對兩者皆給予尊重。言語促進默想，默
想促進禱告。這些操練必須同步遵行，先是聆
聽，然後是默想，繼而是禱告。單是聆聽而沒
有默想，將毫無成果。我們可以一聽再聽，但

那就像把東西放進穿孔的袋子。……單是禱告
而不默想，是過於急躁。我們研讀神的話語，
需要藉由默想來消化，透過禱告來釋出。這三
個操練必須按次序遵行。人若在聖潔的意念上
缺少操練，他的禱告就會貧乏、枯竭，並且沒
有活力。[9]

貝茲（William Bates）享有「後期最優秀、最有修養
的清教徒傳道人」之美譽。他說：「我們的意願像箭，但
弓的力道太弱，射不到標靶。為何如此？原因只有一個：
我們在禱告前沒有默想。……我們的禱告會沒有果效，主
要原因是我們在禱告前沒有默想。」[10]

在清教徒著作中，具有極高實用價值的，還有布瑞
基的作品。關於默想，他提出以下主張：

默想是讀經的姊妹，也是禱告之母。人的
心雖然很不情願禱告，但只要他默想神和關於
神的事情，他的心很快就會進入禱告。……先
從閱讀和聆聽開始，然後是默想，最後是禱
告。……讀經而不默想是無益的；默想而不讀
經是有害的；有默想和讀經卻沒有禱告，就得
不著福分。[11]

074　現代英國作家湯彼得（Peter Toon）在《從頭腦到心靈》（*From Mind to Heart*）一書中，把清教徒的教導總結如下：

> 讀經卻不默想，可視為沒有成果的練習。讀一章聖經後默想，比連讀數章聖經但不默想還好。同樣地，默想卻不禱告，就像準備賽跑但從不離開起跑線一樣。讀經、默想、禱告這三個操練，應當歸於一體，雖然每個操練有時是單獨存在，但因為這三者都是為了神而做的操練，最好能合在一起運用。[12]

與這些清教徒相隔大約兩百年後，慕勒（George Muller）獲譽為歷史上最蒙神恩膏的禱告者之一。在十九世紀中有三分之二的時間，他都在英國布里斯托（Bristol）經營一所孤兒院。他不登廣告，也不舉債，只憑著禱告和信心，照顧為數多達兩千的孤兒，並且支持世界各地的宣教工作。因為人們紛紛主動捐獻，他收到的奉獻達數百萬元之多，而他成千上萬的禱告蒙應允的事例，也都成為傳奇。

凡聽過慕勒的故事的人，都會思索他禱告得力的祕訣。儘管眾說紛紜，但我相信他的禱告之所以大有果效，

至終必定是出於神的主權。若我們想向他借鑑和學習，可以參照他禱告的「祕訣」，是我以前從未曾聽聞過的。

　　一八四一年春天，慕勒探索默想與禱告之間的關聯，這次探索改變了他的屬靈生命。他這樣描述自己嶄新的洞見：

　　　　距離現在至少十年的期間，我一直照著習慣來操練自己，早上更衣後就禱告。但是現在，我發現最重要的事是讀神的話，**而且默想**，好讓我的心得著安慰、鼓勵、提醒、責備和教導。在默想神話語的時候，我的心就與主契合。

　　　　我一早起來就**默想**新約聖經。我先用幾句話，祈求神透過祂寶貴的話語賜福給我，然後**做的第一件事**，就是默想神的話，從每一節經文中尋索，希望得著祝福。這不是為了在公眾場合執行神話語的服事，也不是為了宣講我所默想的內容，而是為了餵養我的靈魂。

　　　　結果，幾乎每一次，在數分鐘過後，我的靈魂就被導向認罪、感恩、代求或祈願；雖然我並沒有定意要投入禱告之中，而是**默想**，但我幾乎是立即進入或多或少的禱告狀態。當我

075

用一段時間認罪、代求、祈願或感恩後，就會
繼續讀下面的經節，一邊讀，一邊把聖經的話
語帶入禱告中，順從神話語的引導，為自己和
別人禱告。如此持守**默想**的目標，讓我的靈魂
得著餵養。**如此一來，大量的認罪、感恩、代
求或懇禱，與默想融合在一起**，我的內心得著
滋潤，增添力量；到了早餐時間，我的心靈即
或稱不上快樂，也處於平安之中，幾乎沒有例
外。

　　我以前的操練和如今的區別在於：以往我
起床後就立即開始禱告，早餐前的時間幾乎都
用來禱告。無論如何，我總是先禱告。……但
結果如何呢？我常花二十分鐘，或半小時，甚
至一小時跪著禱告，然後才得著安慰、鼓勵、
心靈的謙卑等等；往往在頭十分鐘或二十分
鐘，甚至半小時，皆處於思緒遊離的狀態，然
後才真正開始禱告。

　　現在，我很少出現這種苦況。因為我的心
得到真理的餵養，體會到與神相交契合的滋
味，每次我與父神和靈魂的良友傾談（雖然我
是個卑劣而不配的罪人），所談皆是祂藉著寶貴
的話語帶給我的信息。我常感訝異，為何沒有

早些發現這一點。……現在，因為神教我學會
這件事，我清楚知道，神的兒女每天早晨要做
的第一件事，就是取得裡面的人所需的糧食。

　　裡面的人所需的糧食是什麼呢？**不是禱
告，而是神的話語；我要再說一次，不單是閱
讀神的話語，讓它只是流經我們的頭腦，像水
流經管子一樣，而是深思我們所讀的，反覆思
考，把它放進心裡。**

　　當我們禱告，我們是向神說話。要使禱告
的時間超越形式化的要求，一般來說，需要一
定的力量或敬虔的渴望。這項靈魂的操練達到
最佳效果，是因為裡面的人藉著**默想神的話語**
得著餵養後；會發現父神向我們說話，鼓勵、
安慰、教導我們，也責備我們。雖然我們的靈
性如此軟弱，但是帶著神所賜的福分默想，是
於我們有益的。我們愈是軟弱，就愈需要默
想，好使裡面的人堅強起來。與其擔心禱告時
會思緒游離，不如擔心禱告前沒有花時間**默想**。

　　我如此強調這件事，是因為自己由此得著
極大屬靈的餵養和益處，我也熱情並鄭重地請
求所有的屬靈同伴思想這問題。藉著神的賜
福，這個操練模式使我得著從神而來的幫助和

力量，帶我平安渡過嚴峻的試煉。這樣的經歷
前所未有。這方式我已實踐了十四年，懷著對
神的敬畏，我大致上已充分掌握了它。[13]

我們該如何學習禱告？如何學習像大衛、清教徒和
慕勒那樣禱告？我們應當藉著默想來學習禱告，因為默想
是我們研讀聖經和禱告之間流失的環節。

077 和別人一同禱告

門徒不單藉著耶穌的教導來學習禱告，也在祂禱告
的時候，待在祂旁邊學習。別忘了，「求主教導我們禱告」
不是隨便就有的主意。這項請求是門徒在陪伴耶穌禱告時
所發出的（路十一1）。同樣地，有些人是真實禱告的榜
樣，我們可以藉著與他們一同禱告來學習。

然而，我在此說的不只是運用新的字句來禱告而
已。如同跟任何榜樣學習一樣，我們會培養出好習慣和壞
習慣。我曾聽說有人從來不用自己的話禱告，每一次他們
禱告，說的都是同樣的東西。他們很明顯堂皇其辭，所說
的卻都是多年來從別人禱告中摘取的果實。耶穌說，禱告
時不要「用許多重複話」（太六7）。這類禱告絕少是發自
內心，神不是他們禱告的對象。實際上，這些禱告只是為
了打動其他在聽的人而已。

我們可以和其他基督徒一起禱告，向他們學習。但我們和他們一同禱告時，學的是禱告的法則，而非禱告的字句。某位弟兄姊妹可能提出合乎聖經的理由，說明主為何要垂聽禱告，也有人會示範如何使用聖經經文來禱告。與忠心的代禱者一起禱告，可以學習如何為實踐使命而禱告。定期與其他人一同禱告，可以成為你基督徒生活中最富意義的冒險活動之一。神偉大的行動，大多數是從祂所呼召的小組一起禱告，而開始萌芽。

閱讀關於禱告的著作

單是閱讀關於禱告的書卻不禱告，便是徒勞無功。不過，除了禱告還加上閱讀關於禱告的書，是有價值的學習。箴言二十七章17節寫道：「鐵磨鐵，磨出刃來。」向禱告老兵學習，讓他們磨利你禱告爭戰的武器。「與智慧人同行的，必得智慧」，這是箴言十三章20節的教誨。閱讀睿智禱告者的著作，我們就有與他們「同行」的特權，能夠向他們學習神所賜的禱告方法。

我們從切身經驗中知道，別人能從聖經中得著我們想不到的獨特見解，或是能以嶄新的方式解釋熟悉的教義，加深我們的理解。相同地，閱讀別人從研經中學到的 078 禱告，以及他們在恩典中的朝聖之旅，可讓我們領受到前所未有的教導。有誰讀過慕勒禱告生活的點滴，而不曾學

到憑信心禱告的真理？有誰讀過布銳內德（David
Brainerd）的傳記，而沒有增添禱告的動力？希望本章談
論操練禱告的內容，能幫助你相信，閱讀有關禱告的文章
有助你學習禱告！

讓我再說一句鼓勵的話。無論你現在覺得禱告有多
難，只要堅持學習，總是有盼望，前面的禱告生活會更堅
定，所結的果子也會更多。

禱告必蒙應允

我喜歡詩篇六十五篇2節，大衛對神的稱呼：「聽禱
告的主啊」。

也許最理所當然的禱告原則是：禱告必蒙應允。想
像你第一次讀到耶穌的應許：「你們祈求，就給你們；尋
找，就尋見；叩門，就給你們開門。因為凡祈求的，就得
著；尋找的，就尋見；叩門的，就給他開門」（太七7～
8）。

慕安得烈對耶穌的承諾，作出大膽的評論，我認為
他說得很正確。

> 「祈求，就得著；凡祈求的，都必得著。」
> 這是天國永恆的定律：假如你祈求而沒有得

著，必定是因為禱告中缺少了什麼。要堅持讓神的話和聖靈教導你正確地禱告，但不要失去祂要點醒你的信心：凡祈求的，就得著。⋯⋯讓基督學校裡的每位學生都清楚領受主的話語。⋯⋯讓我們留意，不要用人的聰明才智，削弱了你對神話語的信靠。[14]

因為神垂聽禱告，所以一旦我們「祈求卻沒有得著」，就必定要考慮一個可能性：我們的禱告是否「缺少了什麼」。記得，很有可能實際上神已應允，但我們不一定能清楚看見和明白。也有可能我們的禱告並沒有缺少什麼，我們看不到禱告蒙應允，只是因為神要我們再多堅持禱告一會兒。然而，我們也必須檢視自己的禱告是否祈求不合神心意，或不榮耀祂的東西？我們是否帶著自私的動機禱告？是否沒有處理一些明顯的罪，以致神延遲應允我們的禱告？不管我們看到自己的禱告得著什麼回應，不要慣於接受禱告中的不足，以及祈求卻得不著的窘境，以致對耶穌的應許缺少信心。禱告**必定會蒙應允**。

我的妻子凱菲是位美術師和自由繪畫家，她在家中的小畫室工作。雖然她為不同的基督教機構，繪製過數以百計的作品，但是所有工作都屬於臨時性的。我們常向主禱告，祈求主為她的美術工作開路，因為她的畫板上空空

如也。最近我跟她說，我們應當祈求主賜給她新的工作項
目。隔天午餐前，凱菲打電話給我說：「別再祈求主給我
工作了！今早好多人打電話來邀約我創作，要好幾個月才
做得完！」她從沒有這麼快就接到如此多的工作。我為不
少事情禱告過（我為自己，也為教會和其他人禱告），主
大可以隨意挑選來應允。但我不知道祂為何獨獨選中這個
祈求。這些機會果真是禱告蒙應允的事例，還是純屬巧
合？只有神知道。有人說：「假若那是巧合，我禱告後帶
來的巧合，肯定比不禱告還多得多。」我很同意這句話。

神不會用禱告蒙應允的應許來和我們開玩笑。司布
真說：

> 我無法想像，有人會故意逗弄自己的小
> 孩，卻根本不打算滿足他的想望。向貧困的人
> 伸出橄欖枝，待他們伸出手來，卻以拒絕的姿
> 態嘲笑他們的貧困，是非常刻薄的舉動。把患
> 病的人送到醫院，卻不關懷照顧，任由他們等
> 死，無異於殘酷地增添他們的不幸。神引導你
> 向祂呼求，祂就是要你得著。[15]

080　　　藉著談論禱告的經文和聖靈的工作，神確實帶領我
們禱告。既然是祂引導我們禱告，就不會在我們面前關上

天堂的門，故意令我們失望。讓我們操練及學習禱告，好能更像耶穌那樣體驗禱告蒙應允的喜樂。

深入思考

既然神期望我們禱告，你要禱告嗎？我直接向你發出挑戰，因為我認為，我們需要對自己的禱告生活作清醒的決定。是時候把禱告化為具體的計畫了。有一位牧師對此有相同的見解寫了下述的內容：

　　若非我嚴重誤解，許多屬神的兒女沒有很好的禱告生活，與其說主要原因是他們不想，不如說他們沒有計畫。你若想用四個星期的時間度假，你不會光是在某個夏日的早晨起來說：「嘿，我們今天出發吧！」你還沒作好準備，也不知道要去哪兒，絲毫沒有任何計畫。這正是我們許多人看待禱告的方式。每天一早醒來，發覺一定要把若干禱告的時間放在生活中，但我們從未有任何準備，不知該往哪個方向去。沒有任何計畫、時間和地點，更無何步驟可言。我們都知道，缺乏計畫絕不會帶來流暢、深入、隨心所欲的禱告經驗，而是守舊不

變。若你不為假期定計畫，大概只會留在家裡
看電視。屬靈生命若沒有計畫，任由它自然流
動，只會墮入低潮。我們有比賽要跑，有仗要
打。如果你渴望更新自己的禱告生活，就必須
定下計畫。[16]

你會為著敬虔的目的禱告嗎？今天你會禱告嗎？甚
至是明天、後天，你會為禱告作計畫嗎？

既然禱告需要學習，你會學習禱告嗎？更多學習禱
告，往往有助於改善禱告生活。不過，就像實踐禱告一
樣，學習禱告也需要計畫。你是否願意學習藉由默想來連
081 接讀經和禱告？你是否願意藉著閱讀，來學習更多的禱
告？市面上有很多關於禱告這類型的書籍，以及偉大代禱
勇士的傳記。除了本章引用過的資料之外，可以請你的牧
者或基督教書房的店員推介。重要的是，你計畫什麼時候
開始禱告呢？

既然禱告必蒙應允，你會堅持禱告嗎？記得，馬太
福音七章7～8節的祈求、尋找、叩門，原文字詞是現在
進行式，意謂我們必須堅持禱告，直到禱告得蒙應允為
止。在路加福音十八章1節起的一段經文，耶穌講了一個
比喻，「要人常常禱告，不可灰心」。有時候我們沒能堅持
禱告，證明我們從一開始就沒有認真祈求。也有一些時

候，神希望我們堅持禱告，是為了增強我們對祂的信心。若是所有禱告都立即蒙應允，我們的信心永遠不會增長。堅持禱告，也會培養一顆感恩的心。如同經過多個月的期待，嬰兒誕生所帶來的喜樂特別大，因著堅持禱告而蒙應允，所得的喜樂同樣也更大。在這節奏飛快的世代，人或許不願承認有此需要，可是神要求我們堅持禱告，為要在我們的生命裡塑造像耶穌基督那般忍耐的心志。

依照慕勒的觀察：

> 屬神的兒女有個大毛病，就是沒有持續不懈且堅忍地禱告。若他們為著神的榮耀懷抱任何渴望，就應該禱告，直到得著為止。因為我們所祈求的那位神，祂是何等良善、恩慈、體恤、屈尊降卑。我雖如此不配，祂卻賜給我一切，遠超過我所求所想！[17]

像這樣的見證並不多見，原因可能是堅持不懈禱告的人太少了。然而，在禱告中這樣尋求神，甚有價值。在禱告中不論遇到多少沮喪和失望，也是值得的。神不僅願意，也有能力應允禱告，所以不要被仇敵引誘，以致你默默開始對神心生懷疑。要憑著對神的愛，在禱告中得勝。祂的判斷何其難測，祂的蹤跡何其難尋（羅十一33），但

祂仍然愛你。

082　　讓我們暫時停下來，看清楚自己的方位。為什麼這關係到禱告的操練呢？因為這是為能「達到敬虔的地步」。凡有敬虔的所在，就有禱告。司布真以他一貫栩栩如生的描述來表達：「就像月亮影響海的潮汐，禱告……也同樣影響敬虔的水平高低。」[18]

　　屬神的人常是禱告的人。我的牧養經驗與賴爾（J. C. Ryle）的見解一致：「為什麼有些基督徒比其他基督徒更有光彩和聖潔？在這樣的二十個人當中，我相信有十九個人是由於個人禱告習慣不同所致。不聖潔的人禱告*甚少*，聖潔的人禱告*甚多*。」[19]

　　你願意效法耶穌基督嗎？按著祂的吩咐行——操練自己成為禱告的人。

第 **5** 章

敬 拜

真正屬靈的自我操練會使信徒受約束，但絕不會被捆綁；
所帶來的果效是使人擴張、拓展、得自由。

——克爾（D. G. Kehl），《節制？自我操練的藝術》
（*Control Yourself? Practicing the Art of Self Discipline*）

085　在我十歲生日那天，發生一段傷心的童年往事。生日前幾天，我把慶生的邀請函寄給八位朋友，心想這將會是我有生以來最快樂的生日。到了生日這天，朋友如期在放學後都來到我家，我們在外面踢足球、打籃球，直到天黑。爸爸烤好熱狗和漢堡，媽媽為生日蛋糕加上最後的點綴。我們吃完糖霜、雪糕和大半塊的蛋糕，然後拆禮物。坦白說，直到今日我已經記不得任何一件禮物，但仍記得和一群朋友歡度的時光。我沒有兄弟，所以慶生這天最快樂的事，就是和別的男孩玩在一起。

那天慶生的最高峰，是我回送他們每個人一份禮物。既然是送給朋友，當然要給最好的，花費多少已不重要。當天我的回贈禮是，出錢請他們觀賞城中最刺激的盛事——高校籃球賽。那日的景象如今還歷歷在目：在那爽朗的夜晚，我們愉悅地從我父母的休旅車中跳出來，一路笑鬧地跑進體育館。我站在售票窗前，在朋友的簇擁下買了九張入場券，每張二十五分錢，那是我一生中最純真和難忘的時刻。買票當時我所想像的是，八個朋友各坐在兩

邊，而我坐在中間，大家大口吃著爆米花，打打鬧鬧，高 086
聲為自己高校的英雄加油喝采，完美結束我的十歲生日。
在這樣的想像下，走進會場時，我感到自己比電影《風雲
人物》（*It's a Wonderful Life*）經典場面中的史都華（Jimmy
Stewart）更加開心。

　　然而，我的黃金時刻隨即就被粉碎了。走進體育館
後，我的朋友全都四散而去，那天晚上我再也沒見到他
們。他們沒有為那些歡樂、食物或門票道謝，甚至連說一
聲「祝你生日快樂，但是我要和別人坐在一起」也沒有，
更別提一句感謝或道別的話。他們頭也不回地全都離開
了。十歲生日那天所剩的時間，我一個人坐在露天座位
上，孤獨地度過。那是一場我此生記憶糟糕至極的球賽。

　　講述這故事，不是要為我痛苦的童年記憶博取同
情，而是因為它讓我想起，我們在敬拜時是否也常如此對
待神。雖然我們說以祂為這次盛會的貴賓，卻可能只是例
行的事項，向祂唱幾首慣常唱的歌，然後就完全忽略祂，
轉把焦點放在其他人身上，欣賞我們眼前的表演。我們就
像我十歲時的朋友一樣，離開時心裡沒有一絲歉疚，以為
早已完滿履行了所有責任。

　　耶穌自己就重申並遵行舊約的命令：「當拜主你的
神」（太四10）。敬拜創造主，是所有人的職責（和特
權）。詩篇九十五篇6節寫道：「來啊，我們要屈身敬拜，

在造我們的耶和華面前跪下。」神很清楚地表明期望我們
來敬拜祂，這是我們人生的目的。沒有對神的敬拜，這樣
的敬虔令人難以想像。但追求神的人必須明白，即便他們
敬拜神，仍有可能是枉然。耶穌引用另一段舊約經文，向
人提出警告：「這百姓用嘴唇尊敬我，心卻遠離我……所
以拜我也是枉然」（太十五8～9）。

那麼，如何敬拜神才不至於枉然呢？其中一個要點
是，我們必須學習效法耶穌——操練屬靈的敬拜。

敬拜：聚焦於神並且回應祂

要為敬拜下個好的定義，並非容易的事。在約翰福音
二十章28節，復活的耶穌向多馬顯現，給他看手和肋旁的
087 釘痕，多馬說：「我的主，我的神！」這就是敬拜。在啟
示錄四章8節，四活物圍繞在寶座前，晝夜不住地敬拜神：
「聖哉！聖哉！聖哉！主神是昔在、今在、以後永在的全
能者」。在第11節，二十四位長老在天上神的寶座周圍，
把他們的冠冕放在祂腳前，俯伏敬拜說：「我們的主，我
們的神，你是配得榮耀、尊貴、權柄的；因為你創造了萬
物，並且萬物是因你的旨意被創造而有的。」在下一章，
成千上萬的天使、長老，和在神羔羊耶穌基督寶座前的四
活物，大聲敬拜：「曾被殺的羔羊是配得權柄、豐富、智

慧、能力、尊貴、榮耀、頌讚的」（啓五12）。所有被造之物又一同敬拜：「但願頌讚、尊貴、榮耀、權勢，都歸給坐寶座的和羔羊，直到永永遠遠！」（啓五13）

　　讓我們描述一下所見的情景。敬拜就是把神所當得的歸給祂。向神獻上神所當得的頌讚，意謂按著神所配得的來親近祂並向祂說話。因爲聖潔全能的神是宇宙萬物的創造者和守護者，且是至高無上的審判者，所有人都要向祂交帳，所以祂配受一切的頌讚與尊貴，配得我們永無止盡的敬拜。例如，我們可以注意到，在啓示錄四章11節和五章12節，俯伏在神寶座前的長老和四活物，都稱神爲「配得」。

　　我們愈多聚焦於神，就愈能明白祂配受一切的榮耀。當我們領會這一點，就不得不向祂回應。一如眺望美不勝收的日落或儡人心魂的山巔景致時，我們會發自內心地讚嘆；當我們遇見神的榮美和尊貴，也必然會以敬拜回應祂。假如此刻你可以親眼看見神，你就會完全明白祂何等配受尊崇，然後就會出於本能俯伏敬拜祂。這正是我們在啓示錄所讀到的情景。凡在寶座前看到神的，都俯伏敬拜，最接近的四活物因看見神的尊榮而驚訝不已，就不止息地說：「聖哉，聖哉，聖哉。」敬拜，即是聚焦於神並且回應祂。

　　但實際上，我們還沒有到天堂，無法以這樣的方式

088 看見神。那麼在現今世上，神如何向我們顯現祂自己，讓
我們能聚焦於祂呢？神藉著受造的萬物彰顯祂自己（羅一
20），所以當我們看到醉人的日落或壯觀的山景，正確的
反應就是向創造主敬拜。神還用更明確的方式，透過祂的
話語——聖經（提後三16；彼後一20～21），並且藉著祂
真理的顯明——耶穌基督（約一1、14；來一1～2），清楚
無誤地彰顯祂自己。於是，我們的責任即是透過耶穌基督
和聖經來尋求神。聖靈打開我們悟性的眼睛，使我們能看
見在聖經中彰顯的神，然後可以回應祂。舉例來說，我們
從聖經中讀到神是聖潔的，在默想這樣的信息時，一旦愈
發了解神聖潔的含意，就愈難以遏止地渴望敬拜祂。然
而，最鮮明彰顯神形象的，仍是耶穌基督，因為耶穌就是
神。假若我們能藉由默想，聚焦於聖經中所記載耶穌的位
格和工作，就會明白神是一位怎樣的神，因為耶穌「將他
表明出來」（約一18）。我們對神真實的認識有多深，回
應、敬拜祂就有多深。

　　因此，無論是公眾或個人的敬拜，都應該以聖經為基
礎，含括神的話語。聖經向我們顯明神，使我們能夠敬拜
祂。讀經和講道是公眾崇拜的核心，因為這是聚會中最清
晰、直接，並且全面性描述神的方法。同樣地，熟悉聖經
和默想也在個人敬拜中佔有重要位置。詩篇、讚美、靈歌
的內容，除了表達神的真理，也是回應、敬拜神。禱告則是

我們回應神在眞理中顯明祂自己，奉獻也是同樣的道理。

　　既然敬拜是以神爲焦點來回應，不管我們做什麼，倘若不是思想神而行，就不是在敬拜。你可能在聽講道，但如果沒有思想如何把神的眞理運用到生活中，並且爲你和神的關係帶來影響，就不是在敬拜。你可能在唱「聖哉，聖哉，聖哉」，但如果沒有思想神，就不是在敬拜。你可能在聽別人禱告，但如果你沒有思想神並與他們一同禱告，就不是在敬拜。有人認爲：無論做什麼事，只要是爲了順服神而行，即使是日常生活和家裡的瑣事，也是敬拜。然而，這些事都不能取代我們直接向神，發自內心對祂的敬拜。

　　敬拜，常包括言語和行動，但不僅是頭腦與心靈的聚焦。敬拜，是以神爲中心，裡面的人作出回應，且將全副心思傾注於神。所以，不管你在任何時候說什麼、唱什麼、做什麼，惟有聚焦於神並思想祂，才是在敬拜祂。但是無論何時，只要你聚焦於神的無限尊貴，必定會以敬拜回應祂，有如月亮反射太陽光芒那樣自然與確切。這樣的敬拜絕不枉然，以下內容也是如此。

敬拜：要用心靈和真理

　　在新約聖經中，最深刻談論敬拜的經文是約翰福音

四章23～24節。耶穌說：「時候將到，如今就是了，那真
正拜父的，要用心靈和誠實（編註：Truth，又譯作真理）
拜他，因為父要這樣的人拜他。神是個靈，所以拜他的必
須用心靈和誠實拜他。」

在我們用心靈按真理敬拜神之前，心裡必須有聖
靈，就是真理的聖靈（約十四17），祂只住在那些願意悔
改，並且存有信心來就近耶穌的人裡面。沒有聖靈，就沒
有真正的敬拜。哥林多前書十二章3節告訴我們：「若不
是被聖靈感動的，也沒有能說耶穌是主的。」這並非表
示，人若不是被聖靈感動就不能說這句話，而是說，人若
不是受聖靈感動，就不會說這句話來行出真實的敬拜。透
過聖靈，神向我們顯明，使我們無從抗拒耶穌基督。聖靈
教導我們聖經的真理，使我們向神已死的心再次活過來，
又使原本對敬拜冷漠的心，重燃對耶穌熱情的火。

即便有聖靈的內住，也不保證我們就會每時每刻用
心靈和真理敬拜神，這只意謂我們可以這樣做。用心靈和
真理敬拜神，是從裡到外地敬拜祂，這樣的敬拜是真誠
的。無論你唱的歌多麼屬靈，或禱告的多麼有詩意，若不
真誠，就不是敬拜，而是假冒為善。

除了用心靈來敬拜，還要加上按照真理敬拜，才能
與之平衡。我們敬拜神，需要以聖經真理為根據，按著聖
經所顯明的神，而不是照我們所希望神呈現的樣子來敬拜

祂。我們敬拜祂，無非是因爲祂既有憐憫又有公義，富有
愛也有忿怒。祂歡迎人上天堂，同樣也施行審判使有罪者
下地獄。敬拜神，是對於眞理的回應；若非如此，敬拜就
是枉然。

　　早先我已指出敬拜神是對於眞理的回應，在此，我 090
要再來闡明按眞理敬拜的意思。無論是公眾或是個人的敬
拜，我們都要明白，心若沒有插上插頭，就毫無敬拜的電
力。一位當代牧者直截了當地說：「對神的感覺若已死，
敬拜就是死的。」[1]

　　他用例證來說明：

　　　敬拜，是樂意反射神尊榮的光輝。單出於
職責做不成此事，需要憑著發自內心的熱情。

　　　讓我以結婚週年紀念打個比方。我的週年
紀念日是十二月二十一日。假設當日我帶著一
打玫瑰花回家，準備送給我的妻子諾愛兒
（Noël）。她一開門迎接我，我就將花送上，她
對我說：「約翰，花真漂亮，謝謝你。」然後給
我一個熱情的擁抱。我卻擺了擺手，若無其事
地說：「這沒什麼，職責所在。」

　　　發生了什麼事？履行職責豈不是高貴的事
情嗎？我們盡責殷勤地服事，不是表示尊敬

嗎？並非如此。如果沒有真心，就不是。出於
履行職責而買的玫瑰花，是兩個互相矛盾的概
念。若不是出於內心向對方由衷而發的情感，
我送玫瑰就並非表示對她的敬意。實際上，花
兒貶低了她。玫瑰花只是用來稍加遮掩一個事
實：在我眼中她沒有足夠的價值或美麗，可以
令我燃起熱情。我所能做的，彷若只有經過精
心計算，付上對婚姻的義務與職責……。

敬拜的真正職責，並非言說或履行一套具
儀文外表的職分，而是發自內裡遵行神的命
令：「以耶和華為樂」（詩三十七4）……。

這才是敬拜的真正職責所在，因為這才是尊
崇神，空洞的外在禮儀卻不是。如果我在結婚週
年紀念日當晚帶妻子外出，她問道：「你為何這樣
做？」最能真誠且敬重她的回答是：「因為沒有別
的事比和妳在一起，更令今晚的我感到快樂。」

我若回答「這是我職責所在」，是對她的不
敬。

反言之，我若回答「這是我的喜樂」，是對
她的敬重。

所以，我們該如何在敬拜中尊崇神？是說
「這是我的職責所在」，還是「這是我的喜樂」？[2]

　　我們敬拜神，必須既以靈又以真理；既用心又用頭 091
腦；既富感情又富思想。敬拜若過分依賴心靈，就會對真
理含糊和鬆馳。單憑感覺來敬拜，會走入極端，不是流於
寬縱敬拜中的倦怠感，就是靈火熾烈到難以控制的程度。
反之，若敬拜只按照真理卻不用心靈，就會變得緊繃、嚴
厲、冰冷而死板。

　　實際上，用心靈和真理敬拜，是互補且相互平衡
的。我們必須明白這一點，因為我們都曾希望投入公眾或
個人的敬拜中，卻發現心中的祭壇沒有火。若是能正確地
默想真理，就能燃起對敬虔的熱誠。另外，正確地渴慕神
的心靈，就會渴望受真理引導，我們必須兩者兼具。耶穌
說，最大的誡命是要盡心（心靈）、盡性（思想）愛神
（可十二30），否則我們的敬拜即是枉然。

　　不過，倘若我們不能維持心靈和真理的平衡，是否
就要停止敬拜，或中斷每日的靈修？若是靈性長期枯乾，
敬拜看似只流於假冒為善的實踐，該如何是好？如果敬拜
成為徒然，我們還要繼續嗎？

　　事實上，即便我們沒有敬拜的感覺，也不應該停止
各種形式的敬拜。有些事情是在我們即使感覺不到時，也
必須堅持下去，因為那是應該做的事。就連我們以為「最
佳狀態」的敬拜，也有不完美的地方，但我們不會因為有
缺陷就認為應該停止敬拜。更重要的是，我們往往會在敬

拜中找到「突破」，重拾敬拜的喜樂和自由。常有人告訴我，他們在某次崇拜聚會時感覺不到自己想來教會參加崇拜，卻因爲某些經歷得著更新，重新校正屬靈的眼光。

每個基督徒在奔赴天國的旅程中，必然會經過靈性的曠野。總有一時片刻，或有那麼幾天，你會遇上乾旱的光景。也有些時候，你會帶著凋萎的心靈，走上幾個星期。然而，愈是如此，就愈要堅持敬拜神，轉去向神呼求，祈求祂使你重新察覺，耶穌在約翰福音七章38節所應許的，要在基督徒的生命中，湧流出「活水的江河」（指聖靈）。

092

敬拜：公眾和個人層面都很重要

希伯來書十章25節吩咐我們，基督徒要恆常參與群體的敬拜：「你們不可停止聚會，好像那些停止慣了的人。」要操練敬拜，首先需要培養一種習慣，忠心與其他信徒一同聚會，並以敬拜神爲主要目的。

基督教不是孤立主義者的信仰。新約聖經用身體（林前十二12）、房（弗二21）、家（弗二19）等隱喻形容教會，每個隱喻都提及個人與群體的關係。基督教信仰的表達和體驗，若一味停留在個人層面（即排除群體層面），就會錯失神許多的祝福與能力。這既無必要，也會

受指摘。於是，希伯來書的這節經文教導我們，那些「停止」聚會「習慣」的人，就培養不出合乎基督徒的樣式。

「聚會」的意思，無可否認就是親身與其他基督徒一同敬拜神。這個詞本身不容許其他解釋，而且當這封書信寫給希伯來的基督徒時，這個詞也無法有別的詮釋。所以，我們無法說服自己相信，能藉由看電視和其他基督徒一起「聚會」。主日崇拜的廣播和錄音之所以存在，自有其特別的用意，但都不能以此取代出席參與聚會。

無論你的個人靈修生活的品質有多好，也不能自認可不與其他基督徒一同敬拜。你的靈修生活也許可比慕勒，但你、他以及其他希伯來基督徒一樣需要群體敬拜。敬拜與基督信仰有一種要素，是在個人敬拜或觀看別人敬拜時所經歷不到的。有些恩典與祝福，神只會在基督徒的「聚會」中賜下。

清教徒傳道人克拉森（David Clarkson），在一篇啓迪 093 人心的講章裡提到，「公眾敬拜優於個人敬拜」。

> 如今在地上所成就諸多美好的事，是在公眾禮儀中完成的，雖然其共同性質和屬靈特質使得這些事情似乎沒有什麼特別稀奇。但在這當中，耶穌一說話，即把生命注入枯骨，讓死人從罪的墓穴和墳塚裡活過來。在這當中，死

人聽見神兒子和祂使者的聲音，聽到的人就得
著生命。在這當中，祂使生來瞎眼的能夠看
見，因為有福音向人傳講，開了罪人的眼睛，
使他們出黑暗入光明。在這當中，祂用一句話
就治好了世人和天使都無法治癒的病人。在這
當中，祂驅逐撒但，將污鬼從長期被附的罪人
裡趕出來。在這當中，祂推翻執政掌權者，戰
勝黑暗的權勢，使撒但如閃電般從天上墜落。
在這當中，祂扭轉罪人的本性，使舊事已過，
一切都變成新的。即使這些不是所有公眾敬拜
中普遍發生的事，它們得以成就的本身仍是令
人驚奇，且被詳實記載下來。耶穌確實沒有限
縮自己只在公眾的場合施行這些特別的事，然
而公眾敬拜是祂通常會使用的途徑。[3]

反之，不論我們恆常參與的公眾敬拜多麼令人滿意
和充實，有時與神同在的體會，仍是僅在個人敬拜中神才
會賜給我們。耶穌每逢安息日，都會在會堂，或是耶路撒
冷聖殿裡的聚會中，忠實地參與公眾敬拜。但是除此之
外，路加同樣觀察到「耶穌卻退到曠野去禱告」（路五
16）。正如我們所熟悉的清教徒注釋家馬太‧亨利所言：
「公眾敬拜並非我們迴避個人敬拜的藉口」。[4]

　　倘若自己一整個禮拜都沒有敬拜神，又怎麼可能在每週的公眾崇拜裡敬拜祂呢？如果敬拜的火焰在平日沒有為神點燃，又如何能在主日敬拜中燃燒旺盛呢？我們無法在群體的敬拜中感到滿足，豈不是因為個人的敬拜不夠嗎？托馬斯說：「忽略在隱祕之處的敬拜，就無法在主日 094 崇拜中與神契合。」[5]

　　我們不可忘記，神期望我們私下敬拜祂，好得著祂的賜福。若忽略每天敬拜神，我們的喜樂就會銳減。神並不限制我們只在每週的某一天才能來到祂面前，享受祂的同在，我們可以每天得著祂所賜的力量、引導和鼓勵，這是我們生命中極大的祝福。神邀請我們，每天都與耶穌基督親密同行。

　　只要你渴慕，主耶穌基督願意，甚至迫切地願意每天與你相會。倘若你是耶穌最後三年生涯裡，祂數千個追隨者之一，你能想像某天祂的一個門徒對你說：「主渴望我們告訴你，無論何時，只要你願意且不管花多少時間，祂都樂意與你在一起，而且祂期望如此。」那會是多麼興奮？這是何等尊貴的特權。這奇妙的特權和期望，總是為你預備。所以，為著神的榮耀和喜悅，要履行這份特權，滿足於這樣的期望。

敬拜：需要培養的操練

耶穌說：「當拜主你的神。」（太四10）若要一生敬拜神，需要經過操練。若缺乏操練，我們對神的敬拜就會顯得薄弱和反覆。

敬拜乃是專注於神且回應祂，以表明：真正的敬拜會蓋上心靈的印記，而非精心策畫出來。敬拜是懷著愛且用心回應神、專注於祂，這才是最高的目標。敬拜也是通往敬虔的途徑。我們愈是按照真理敬拜，就會愈像神。

095

經觀察發現，人經常注意的對象是誰，就會愈像誰。我們所思所想的是誰，就會模仿誰。小孩扮演他們夢想的英雄人物；少年人打扮成他們欣賞的體育明星或流行樂手。成年後，我們這些傾向也沒有消失。集中精神「攀登高位」的人，會閱讀「最頂尖」人物的著作，然後仿效他們的營商模式和個人習慣。以較粗俗的例證來說，若是沉迷於色情刊物的人，也會模仿他們所看到的一切。倘若我們注意世界多過於注意神，我們就會變得更加世俗化，遠離敬虔。若要活得敬虔，必須聚焦於神。若渴慕敬虔，就需要操練敬拜。

也許有人會沮喪地喊叫：「我試過了，沒用的。我忠實地上教會，每天慣常讀經禱告，卻始終沒有得到所期待的成果。我做了一切，卻不覺得在敬虔上有多大的長

進。」但是，其實按慣常方式行事，不等於正確實踐屬靈操練。每日讀經也並不保證使我更敬虔，就如每天閱讀《芝加哥論壇報》（*Chicago Tribune*），並不會使我變得善於營商。然而，沒有經歷所嚮往的成果，並不表示神為人預備效法耶穌基督的方法就是失效的。可以嘗試請教在公眾和個人敬拜中培養敬虔品格的人，或與成熟的基督徒交談，這將會為你的靈修生活增添意義。重溫本書前幾章，特別是論及默想和禱告的篇章。要培養任何一種操練，包括打高爾夫球或彈鋼琴，常需要經驗豐富的人來幫助我們。因此，在學效耶穌基督的敬拜操練上，同樣需要幫助。請別感到意外，更不要害怕向人請教。

有人這樣形容現代人：「他們崇拜自己的工作，致力於玩耍，所以也在敬拜中隨意輕忽。」為了抵抗這項論點，你又會如何培養自己敬拜呢？

深入思考

你會每天專注投入操練敬拜嗎？陶恕（A. W. Tozer）說：「你若沒有一個禮拜七天敬拜神，就不會有一天真的敬拜祂。」[6] 不要自欺，敬拜並不是每週一次的事。假如整個星期我們心裡都壓抑敬拜，就無法期盼在主日時，嘴唇會湧流出敬拜的話語。敬拜之泉不應在我們心裡停止流

動，因為神永遠是神，祂永遠配受敬拜。但我們每天至少要把湧流敬拜的導管疏通和淨化，才能經歷獨特的敬拜。

有些人較希望單獨操練，但其實這麼做是把自己與其他基督徒隔離。他們認為，個人的靈修生活比在群體敬拜中的經驗還要豐富，所以漠視公眾敬拜中神話語的傳遞與彰顯。我們應當小心，以免陷入失衡的危險境地。在我牧養的事奉中，也曾遇過不少認真的基督徒，但他們走入了另一種極端。他們忠實謹守參加群體的敬拜，卻忽略恆常落實個人敬拜。在通往敬虔的路途上，這是極其常見的陷阱。許多人在效法基督和追求敬虔上沒有進步，就是因為他們沒能在這方面操練自己。所以，不要重蹈覆轍。

你會將實質的敬拜融入敬拜行為之中嗎？克拉森針對公眾敬拜的想法，也同樣適用於個人敬拜。

> 你在公眾敬拜中所做的，要傾盡全力去行。要擺脫怠惰、淡漠、不冷不熱的脾性，這些都是神所厭惡的。……單是把身體呈現在神面前並不足夠。……用身體敬拜只是敬拜的骨架而已，用心靈敬拜才是敬拜的核心。只用嘴唇親近神，會發現神遠離他們；在公眾敬拜中，不單要用嘴唇、嘴巴、舌頭，也要用心思、心靈、感情；不單要用膝蓋、手、眼睛，

也要用心靈、良知、記憶，專注仰望神。大衛
說：「我的心，我的身，都渴想你，切慕你」（詩
六十三1，新譯本）。我們整個人的身心都等候
主，主就與我們親近；只要我們全心尋求主，
主就會讓我們找到祂。[7]

　　敬拜若沒有實質，就是慘淡與偽善。若敬拜已令你
感到疲累，你就不是真的在敬拜。試想，圍繞在神寶座前
敬拜祂的一個活物說：「我厭倦了！」這個念頭有可能未
曾出現過在他們腦海中，於往後的世代也不會出現。事實
上我們只讀到，他們被神的榮耀深深震懾，就「晝夜不住
地」敬拜祂（啓四8）。也許如今我們在敬拜中還無法經
歷這些，但我們從他們的經歷中可以曉得，「無意義的敬
拜」本身是矛盾的敘述。因為我們敬拜的對象是天上榮
耀、尊貴的神，當敬拜變得空洞，問題是出在敬拜的主體
（我們），而不是對象（神）。祂配得一切的敬拜，所以我
們應當把最好、最真誠的敬拜獻給祂。

　　藉著在公眾和個人敬拜的屬靈操練，神讓我們領受
恩典，長成滿有基督的身量。我們愈是堅定地敬拜，就愈
能照著基督的形象成長。柯立芝總統（Calvin Coolidge）
有一句話，說得言淺意深：「惟有當人開始敬拜神，才會
開始成長。」[8]

第 **6** 章

傳福音

屬靈操練當前的益處,是為人帶來充實、蒙福、結實纍纍且有助益的生命。
當你投身於屬靈的健身運動,敬虔的祝福自會領你入永恆。
許多人操練身體所花的時間,遠比操練靈魂更多,
但是忠心追隨耶穌基督的人會明白,屬靈操練需列為首位。

——麥克阿瑟(John MacArthur, Jr.),
《卓越僕人的素質》(*Qualities of an Excellent Servant*)

099 **截**至目前為止，只有敬拜神時那種喜不自勝的經歷，可比擬向人傳講耶穌基督的福音，那樣令人興奮和陶醉。

我一生中感到最滿足的時刻，是在宣教旅程上所獲得的，即便我只是整天在街上、在別人家中，對某個人或一群人談論耶穌而已，心裡雀躍不已。在本地同樣如此，最令我感到興奮的，莫過於向還未認識耶穌的人談論關於祂的事。對任何基督徒來說，這同樣也可以是令人滿足的經驗。

然而，談到傳福音的責任對於某些基督徒，比如說像我這樣的人，最易感到緊張不安，甚至會兩眼低垂、雙腳怯步。我認識許多基督徒，雖然在提到讀經、奉獻或服事上，能滿有信心表示自己遵從主的吩咐，但我從未見過有人能大膽地說：「我已盡上當盡的責任，作傳福音的人。」

因為傳福音是個十分寬廣的主題，有許多的事項我不會在本章提及。但我要傳遞的主要觀念是，敬虔的操練

要求我們把傳福音付諸實踐。沒有更多傳講耶穌，其中一個原因往往是恐懼。稍後我們會一同思考這一點。但我深信，許多人未能無所畏懼且有效地為耶穌作見證，主要原因是他們沒有操練自己去行。

應當傳福音

　　正在讀這本書的人大多不反對，傳福音是每個基督徒都受到期待要去做的事。即便每個基督徒傳福音的**方法**不盡相同，但所有的基督徒都應當傳福音。

　　在深入探討之前，我們要先了解傳福音（evangelism）是什麼？若詳加說明，可認為傳福音是指靠著聖靈的能力向罪人傳揚耶穌基督，讓人藉著祂信靠神，願意接受耶穌基督成為他（她）生命的救主，並且服事祂，尊祂為君王，參與祂所設立的教會。[1]簡要來說，新約聖經所提的傳福音，就是指傳達福音的信息。凡有人忠心講述神透過耶穌基督所成就的救恩，就是傳福音。這包括用口語、文字或錄音，也包含以個人或群體為對象。

　　然而，為什麼我們應當傳福音呢？主耶穌基督親自吩咐我們作見證。從以下經文可見祂的吩咐：

　　「所以你們要去，使萬民作我的門徒，奉父、子、聖靈的名給他們施洗，凡我所吩咐你們的，都教訓他們遵

守，我就常與你們同在，直到世界的末了」（太二十八19～20）。

「他又對他們說：『你們往普天下去，傳福音給萬民聽』」（可十六15）。

「並且人要奉他的名傳悔改、赦罪的道，從耶路撒冷起直傳到萬邦」（路二十四47）。

「耶穌又對他們說：『願你們平安！父怎樣差遣了我，我也照樣差遣你們』」（約二十21）。

「但聖靈降臨在你們身上，你們就必得著能力，並要在耶路撒冷、猶太全地，和撒瑪利亞，直到地極，作我的見證」（徒一8）。

這些吩咐不只是向眾使徒述說而已。舉例來說，因眾使徒從沒有來過這個國家，若要實踐耶穌的吩咐，使全101 國人民能聽聞祂，福音就需要由其他基督徒傳到這裡。使徒從不可能親自來到你家、你居住的鄰里，或你工作的地方。要讓大使命在這些地方實踐，並且讓耶穌在這「遙遠」的地上有見證人，就需要像你這樣的基督徒操練自己完成這任務。

有些基督徒認為傳福音是一項恩賜，惟獨擁有這樣恩賜的人才要承擔此責任。他們引用以弗所書四章11節作為支持的根據：「他所賜的，有使徒，有先知，有傳福音的，有牧師和教師。」即便如此，雖然神給某些人傳福音

事奉的恩賜，祂卻呼召所有的基督徒作祂的見證人，並將作見證的能力和充滿大能的信息都賜給我們。就算只有少數見證人蒙召擔任傳道人的職分，每個傳福音的人卻都蒙召作見證人。如同每個基督徒不論有什麼樣的屬靈恩賜或事奉，對於愛人如己，是他們都要去行的。同樣地，不論每個基督徒的恩賜是否是傳福音，都要傳揚耶穌的福音。

　　所以，從彼得前書二章9節來思想個人傳福音的責任：「惟有你們是被揀選的族類，是有君尊的祭司，是聖潔的國度，是屬神的子民。」許多基督徒熟悉本節經文的前段部分，卻不明白這節經文的後段。經文繼續說，基督徒有尊貴的特權，「要叫你們宣揚那召你們出黑暗入奇妙光明者的美德」。我們通常以為，這節經文是確立信徒皆祭司的教義。但這節經文也勸勉我們：所有信徒都要作先知，神期望我們每個人都「宣揚」耶穌基督。

傳福音的能力：從神而來

　　既然幾乎所有基督徒都明白要傳福音，但為何我們好像經常違背這樣的吩咐？

　　有些基督徒認為，他們需要接受更多的專門訓練，作見證才有果效。他們需要擁有足夠的聖經知識，才足以應付可能會遇到的質問或反駁，不怕與人談論耶穌。但問

題是，他們永遠不會有那樣的自信。在約翰福音第九章，假如耶穌曾醫治好的那個瞎眼之人這麼想，會是如何呢？他何時會覺得自己準備好，能夠向滿腹經綸、好批判的法利賽人作見證？然而，他卻在與耶穌見面後不到幾小時，也許不到幾分鐘之內，就勇敢地把他對耶穌的認識告訴他們。

有時候我們沒法講述耶穌，是因為怕別人認為我們古怪或抗拒我們。我在讀法學院時，與一位同修財產法的同學成為朋友。我很快就知道他不是基督徒，也察覺到自己有責任與他分享福音。我盡我一切所能，把握機會向他展現耶穌的品格，又禱告求神給我向他作見證的機會。將近學期末時，有一天，上課鈴聲剛響起，出乎我意料之外，他問我：「為什麼你總是那麼快樂？」雖然馬上就要上課，但即使只說一句話，我也可以向我的朋友作清楚的見證。我本來可以回答：「是因為耶穌基督。」也可以說：「下課後我再告訴你。」可是，當我所祈求的機會終於來臨時，我卻恐懼得不知所措，擔心他因我的信仰而小覷我，於是我說：「我不知道。」

在某些情況下，我們所採用作見證的方法，造成我們對於傳福音的恐懼。假如要去接觸從未見過面的人，和對方談論耶穌，多數人都會害怕，並且逃之夭夭。少數人會享受這樣的經驗，但大部分的人一想到要挨家挨戶分享

福音，就嚇得顫抖。即使向朋友或家人作見證，如果要動用到強迫、對峙或勉強的方式，那麼即使是向最愛的人傳述，也會使我們心生畏懼。

　　我從未聽人這樣說過，但我認為傳福音的嚴肅性質，是把我們嚇跑的主要原因。我們知道，跟人談論耶穌是攸關天堂和地獄的大事，牽涉到一個人永恆的歸宿。即使我們確信這次會面的結果完全交託在神的手中，不必為那人對福音的反應負責，但我們仍感受到一份莊嚴的責任感和一種神聖的使命，需要忠心地傳達信息，深怕自己所說的任何一句話，或所做的任何一件事，會成為那人得救的絆腳石。許多基督徒面對這類的挑戰毫無準備，不然就是信心太小，害怕進入這種關乎永恆重要性的處境。

　　對於基督徒害怕傳福音，民意調查專家喬治‧巴拿（George Barna）提出另一種解釋。

　　　　基督徒來愈不願意和未信者分享信仰，
　　　背後有個主要原因，是與分享的經驗本身有
　　　關。當問到基督徒作見證的行動，我們發現每
　　　十人當中，有九人向人解釋他們的信念和神學
　　　後，後來都覺得以失敗的經驗告終……按照人
　　　類行為的實際情況來看，大多數人會逃避他們
　　　認為失敗的經歷。基於尋求歡愉和舒適的本

103

能，我們想要強化那些我們覺得能幹、穩妥的
行為與範疇。因此，雖然神吩咐人要傳揚真
理，許多基督徒卻把精力放在其他感覺更容易
滿足，更能取得成功的屬靈活動上。[2]

如何傳福音才稱得上是成功？聽見你向他作見證的人
最終歸信基督，即為所謂的成功嗎？那當然是我們希望看
見的結果。但如果這才算成功，是否每次我們分享福音，
而人家拒絕相信，就是失敗？當人們轉臉離開耶穌、拒絕
接受祂的信息，好比聖經中那位富有的少年官，這樣是否
代表耶穌是不是一位「傳福音的失敗者」？當然不是。那
麼，當我們向人傳講耶穌和祂的信息，最終他們卻拒絕相
信，我們也不算是失敗。我們要曉得，單單分享福音就是
成功的傳福音。我們應當關心人的靈魂，帶著眼淚懇求
神，希望更多人悔改歸主，但成就與否是惟獨神能賜的。

在這方面，我們就像從事郵遞服務的人。衡量成功
的標準，是傳達信息的仔細和準確程度，而非收信人的反
應。只要我們分享了福音（包括領人悔改和信主的呼
籲），就已經成功了。以最真確的意義來說，所有按照聖
經教導實踐的傳福音行動，不管結果如何，都是成功的傳
福音。

傳福音的能力來自聖靈。從聖靈住在我們生命裡的

那一刻起，祂就賜給我們作見證的能力。耶穌在使徒行傳一章8節強調這一點：「但聖靈降臨在你們身上，你們就必得著能力，並要在耶路撒冷、猶太全地，和撒瑪利亞，直到地極，作我的見證。」每位基督徒都應該傳福音，因爲我們都被賦予傳福音的能力。但是，耶穌在使徒行徒一章8節所應許作見證的能力，常遭到人誤解。我們不是被賦予能力用同一種方式傳福音，而是所有基督徒都有能力爲耶穌基督作見證，並且你已得著這樣爲主作見證的能力，因爲你生命的改變就是確據。改變你生命的聖靈大能，就是我們能爲基督作見證的能力。所以，如果神藉著祂的靈改變了你的生命，你要確信：神已賜給你使徒行傳一章8節所說的能力。這意謂我們一定有能力，能按照符合自己的個性、氣質、屬靈恩賜、機會等方式和方法，與人分享福音。得著使徒行傳一章8節所說的能力，也表示神會使你的生命和話語充滿力量，你所分享福音的方式，往往是你意想不到的。換言之，在你傳福音、作見證時，聖靈會賜給你許多能力，卻不會使你感受或觸及到祂的力量。

　　我們和人所分享的福音本身，也帶有聖靈的能力。使徒保羅在羅馬書一章16節寫道：「我不以福音爲恥；這福音本是神的大能，要救一切相信的，先是猶太人，後是希利尼人。」所以，不論是青少年暑期聖經班的老師，還

是受過神學訓練、持有博士學位的傳道人；不論是閱讀牛津學者的著作，有如魯益師的作品；還是閱讀簡單的福音單張，人都有可能因而悔改信主。神使人蒙恩的福音，沒有任何言語能以相比。

這不是說福音宛如魔術棒，只要向未信者揮動一下，神的能力就自動湧流出來，使人悔改信主。可能你和我一樣，都是聽聞福音多次後才終於得救。或許你也有想起一些人，他們已經聽過福音許多次，卻遲遲尚未經歷重生。除了聽見福音，人還必須蒙神賜予信心（弗二8～9），因為「這福音本是神的大能，要救一切相信的」（羅一16）。然而，神就是透過福音，賜予人願意相信的能力。這就是羅馬書十章17節的意思：「可見，信道是從聽道來的，聽道是從基督的話來的」。

當你分享福音，你是在分享「神的大能」，它「要救一切相信的」。分享福音，就像在閃電雷轟中行走，把避雷針傳給人。你不知道何時會閃電，或是誰會被擊中，但你知道手持什麼將會被擊中——福音的避雷針。所以在閃電時，只要手裡拿著避雷針的那個人就會充滿神的大能，他就有可能相信耶穌。

所以我們可以確信，只要忠心地分享福音，總會有105 人相信。這福音本是神救恩的大能，不是仰賴我們自己的口才或說服人的能力。神所命定的人，祂必定呼召；神所

揀選的人，祂必透過福音呼召他們（羅八29～30、十17）。否則，我們就會因那些抗拒福音的人而心生失望，停止傳揚福音。使人與神和好的能力，來自於祂兒子的信息，所以只要我們傳揚，就能確信總有人會有反應。

認真活出基督徒生命的人，也會帶著傳福音的能力。這種能力說來也奇怪，讓我用以下實例來說明。我妻子的家鄉位於阿肯色州春谷鎮（Springdale）的北邊，當地七十一號公路旁有間燒烤店，它最馳名的廣告，不像一般廣告宣傳那樣抓住人的眼目或耳朵，而是向著人的鼻子發出：燒烤牛肉和豬肉的煙氣上騰，飄過四車道的公路。每一天，行經此地的人根本不用等到肚子餓，只需聞到那股香氣，就對店內的「信息」感到有興趣了。

在哥林多後書二章14～17節，保羅這樣描述敬虔的能力：「感謝神，常率領我們在基督裡誇勝，並藉著我們在各處顯揚那因認識基督而有的香氣。因為我們在神面前，無論在得救的人身上或滅亡的人身上，都有基督馨香之氣。在這等人，就作了死的香氣叫他死；在那等人，就作了活的香氣叫他活。這事誰能當得起呢？我們不像那許多人，為利混亂神的道；乃是由於誠實，由於神，在神面前憑著基督講道。」主耶穌使忠心信徒的生命（14～16節）和言語（17節）都帶著能力，讓他們有屬靈的吸引力。這能力來自一股香氣，而神使用這香氣吸引人聆聽祂

兒子的信息。

要使見證發揮最大的效用，始終是靠活出神話語的基督徒來傳講眞理。一九八〇年代中期，我的妻子在兩名初信者的鼓勵下，在我們家開辦了一個姊妹查經班。第二次聚會時，她們帶來一位朋友叫珍納（Janet），她對整個基督教信仰抱持尖銳且譏諷的態度。她曾在自己編寫的一首歌中寫道：「性、毒品、搖滾樂，是我的三一神」，又因參加埃哈德課程（譯註：Erhard Seminars Training，簡稱EST，七十年代初期至八十年代初期，在美國一度流行，內容強調改變生活體驗的新紀元靈修，後改名爲 The Forum），更加混淆她的思想。但是，就在當天晚上，奇妙的事發生了，並且延續一段很長的時間，過程中只有珍納自己知道。幾個月後，她對我們說，自從參與聚會開始，她就發現凱菲的屬靈生活和一般的人不太一樣，特別是凱菲的家中散發著一股香氣，還有查經班供應的糧食——神的話語，都使她想品嚐更多。改變人心、使人活出美好生命的信息，使她樂在其中，再多也嫌不夠。今天的珍納，成爲一位同樣向世人發出清新、活潑「基督馨香之氣」的基督徒。

因著聖靈和聖經，傳福音的能力確實是由神所賜的。

傳福音是一項操練

傳福音會從基督徒的生命中自然流露而出。我們應該都能夠談論主所爲我們做的事，和祂對我們的意義。可是，傳福音也是一項屬靈操練，我們必須操練自己，在所處的環境中隨時作好傳福音的預備，意謂我們不能等待作見證的機會自動出現。

在馬太福音五章16節，耶穌說：「你們的光也當這樣照在人前，叫他們看見你們的好行爲，便將榮耀歸給你們在天上的父。」要讓光能照在人前，就不會是「不做任何事，不讓你們的光照亮」。想像祂這樣勸勉我們：「讓你們的好行爲如光在生命中照亮，使你們的生命將改變，顯明出榮耀神的證據。讓你們的光開始顯耀出來！」

爲什麼我們不更積極一點作見證呢？如前所述，有人認爲，主要是因爲沒有受過足夠的訓練，不懂得如何分享福音。這句話或許有些道理。學習分享福音的技巧，對我們會有所幫助。但若我們再想想約翰福音九章25節，耶穌治好瞎眼的人的故事。我們會發現，不能將不傳福音歸咎於缺乏訓練。雖然那位瞎眼的人相信耶穌，只有在短短幾分鐘之內，即便他沒有受過任何訓練，但他願意告訴別人耶穌爲他所做的事，「有一件事我知道，從前我是眼瞎的，如今能看見了」。而且，基督徒只要聽過、讀過聖

經真理和任何時代的基督教著作，都應當至少對信仰的基本信息有足夠的了解，能夠和別人分享。如果我們對福音的了解足以使我們悔改信主，那麼即使我們對信仰還沒有完全的認識，也應該能夠告訴別人如何悔改信主。

107 　　另外一個常有人提到的不利因素，就是缺少時間。我們由於忙著應付工作、家庭和教會責任，沒有足夠的時間「作見證」。在接受這個不利於傳福音的理由之前，讓我們想想：我們真的可以說自己太忙，以致無法實踐耶穌所頒佈的大使命──使未信者作主的門徒（太二十八19～20）嗎？我們是否期望，在大審判之日，單憑一句「我沒有時間」，耶穌就會寬赦我們沒有完成祂所託付的重要責任？

　　假設基督徒所要承擔的責任，大多數都是神所賦予的。為了方便討論，我們暫且接受這樣的說法：我們沒有時間再多完成一件行事曆上沒有編定的事。然而，神不僅是這一切事務背後的策畫者，祂也是大使命的策畫者。祂希望每個跟隨祂的人，找出方法和未信者分享福音。無論主把我們放在哪一種生活處境，祂都呼召我們在那樣的環境裡克服一切限制，履行大使命。「照著主的教訓和警戒」養育兒女（弗六4），在財務上支持教會工作和宣教事奉，都是履行大使命的方法。然而，在我們家庭以外的那些未信者，該如何呢？除了像我們這樣的教會成員，又有誰更適合做教會傳福音的工作？

我們沒有作見證的主要原因，不就是沒有**操練**自己去行嗎？是的，神不經意為我們帶來奇妙的機會，往往都不在我們的計畫之內，「有人問你們心中盼望的緣由，就要常作準備……回答各人」（彼前三15）。所以我認為，基督徒應該把傳福音當作一項屬靈的操練。

身為牧師，我可以一週七天、每天二十四小時和基督徒在一起，而且永遠有完成不了的工作。預備講道、輔導、執事會、查經班、醫院探訪等，我可以在基督徒中間花上所有時間（除了一些人數較多的場合，或未信者要求和我私下會面的時候）。因為服事屬神兒女的工作永遠做不完，我理當可以「名正言順」、輕易地為我缺少與非基督徒接觸找藉口。但是，假如我沒有與未信者一起，個人佈道的潛在機會有多少呢？答案是零。除了說因為那是我的工作，什麼時候我才會有機會與失喪的人分享福音？答案是永不。然而，這可不太對勁。同樣地，對於基督徒家庭主婦來說，除了與孩子、教會朋友相處外，幾乎很少與其他人一起，也會面對相同的情況。

「這不是**我**的問題！」有人笑著說。「工作的時候，成天圍繞在我身邊的，全是一群你能想像最屬世的非基督徒。」但是，假若你不在公司這樣的場合向他們分享福音，那麼還有什麼時候呢？重要的不是你每天遇見多少個未信者，而是你和他們相處的時候，有多少適合分享福音

的機會。一天當中有不少與工作相關的重要對話，但你有
多少機會能和同事深入交談，由此開啟屬靈的話題？假如
你從來沒有機會談論耶穌，那麼你身邊有多少非基督徒都
不重要，你傳福音的潛在機會恐怕不會有多少。

　　所以，我認為傳福音是一項屬靈操練。除非操練傳
福音，否則我們很容易找藉口逃避與任何人分享福音。

　　請注意在歌羅西書四章5～6節的用詞，傳福音需要
有紀律、心思、計畫：「你們要把握時機，用智慧與外人
交往。你們的話要常常溫和，好像是用鹽調和的，使你們
知道應當怎樣回答各人」（新譯本，強調字為筆者所加，
後同）。不管什麼時候與未信者交談，總要想到傳福音，
運用智慧把握每一個機會。要曉得如何回答每個人，需要
深思和作好準備。這些原則隨著作見證的多種機會，有各
式各樣的具體方法，但是綜合上述內容：除了一些自發性
的原因，傳福音是一項屬靈操練。

　　對我來說，那意謂我要操練自己如何與未信者相
處。有時我和凱菲會約未信主的鄰居吃飯。我們會把食物
或慶祝喬遷的禮物，帶給同一條街上新搬來的家庭，並花
時間認識他們。雖然我與基督徒相處較為普遍，且與他們
交談通常更為深入，但我仍在我們教會的活動中，儘量把
焦點放在非基督徒身上。再次強調，關鍵不僅是與未信者
來往而已，而是在與他們談話的過程中，能幫助他們的心

靈和頭腦向福音敞開。

　　操練傳福音，也需要定期約鄰居或同事私下聚餐，提出好的問題，認識他們的生活。同樣的機會也會出現在公司贊助的運動或社交活動上，或在與同事出差途中等非正式的場合。藉由交談和細心聆聽，你會發現他們的需要，甚至察覺他們最深切的需要，就是對耶穌的渴求。

　　不論是與經常見面的人，還是同初次會面的人相處，我發現打開屬靈話題最好的方法，就是詢問有什麼樣的事可以為對方禱告。對基督徒來說這幾乎是例行公事，但大多數的非基督徒並不認識誰能為他們代禱。我發現每回未信者接收到這少有的關心時，常會深受感動。我有一位認識超過七年的鄰居，一直無法和他談論太多關於神的事情，直到有一次我告訴他，我常為他禱告，也想知道能夠如何更具體地為他代禱，他就和我談起我從未知道的一些家務事。還有一次，我遇到一位鄰居，問他有何需要，是我在教會當晚的特別聚會可以為他禱告的。幾乎在我所遇到的每一個家庭裡，他們的反應和他們罕見開放的態度，都令我意想不到。

　　但是，縱使有這些機會，重要的是我們如何操練自己。事情並不會自動發生，所以你必須把握時機操練自己。你可以詢問鄰居可以如何為他們禱告，或什麼時候可以和他們一同用餐。你必須操練自己，在工作以外的時間

常和同事相處。許多傳福音的機會，不會自然而然出現。
世界、肉體、魔鬼，會盡一切力量阻止福音傳開。但是，
因為你靠著聖靈無往不利的能力，就可以確信這些阻撓福
音的敵人無法得逞。

　　早前我有提過，一直不希望給人一個印象，以為傳
福音的操練，是要求我們全用同一種方式分享福音。本章
提到一些傳福音的方法，也許會把你嚇跑。但是，令你自
己都感到害怕的傳福音方式，不一定是你帶人成為耶穌門
徒的最佳方法。

　　使徒彼得在他的一封書信中，把屬靈恩賜分為兩大
110 類：服事的恩賜和說話的恩賜（彼前四10～11）。有些人
發現，他們較多用服事的方式，有些人則是較多以說話的
方式傳福音。用服事的方式傳福音，例如包括主持一場餐
會，在賓客面前活出真理。當他們看見你個人或家庭生活
的特質，傳福音的機會即使不是立刻就有，最終也會出
現。也許你可以煮一頓飯或火烤漢堡，讓你的配偶有機會
分享信仰。有人告訴我，每個家庭平均六個月會出現一次
「危機」。在那段日子裡，會遇上患病、失業、財務困難、
嬰孩誕生、親人離世等變化，當你效法耶穌去服事那一家
人，往往可以表現信仰的真實，也自然會喚醒他們對福音
的興趣。透過這些服事，你可以找到機會用更富有想像力
的方式，表達福音信息或履行大使命。

　　過去幾年，我們教會的會友舉辦過幾次家庭福音聚會，邀請鄰居、同事、朋友到他們家，說明邀請他們前來的目標就是聆聽與會的人講論耶穌基督，以及回答他們對基督教和聖經的疑問。主人家不一定對自己表達福音的能力有信心，特別是要向一群人傳福音，但是透過款待和服事，他們提供機會讓擅長口頭講述福音的人傳福音。打開家門，和其他信徒一同服事，為傳福音創造新的條件。但是，這種傳福音的服事和其他服事一樣需要操練，要做的事情包括：把活動列入行事曆、邀請人出席、預備飯食、為聚會禱告等。沒有這些操練，永遠不會有傳福音的服事。

　　相反地，有些人較善於口頭上直接傳講福音。假若你善於說話多於服事，你可以找擅長以服事方式傳福音的人合作，這會帶給你前所未有作見證的機會。不過，正如服事的人需要服事才能夠打開傳講福音的門，擅長說話的人也需要操練自己更多服事人，才有機會與對方說話。簡單來說，善於說話的人常需要服事，才有機會傳講福音，而服事型的傳福音者最終也必須說話，福音才能傳出去。無論我們對傳福音感覺多麼害羞或笨拙，都無法在任何處境中避免以口頭的方式分享福音。

　　我聽過一個故事，有個人在太平洋西北區某城市的福音聚會上信主。他告訴他的老闆這個消息，老闆說：「太好了！我也是基督徒，我已為你禱告好多年了！」

　　但是，這位初信者聽了垂頭喪氣，問道：「為什麼你從不告訴我？就因為你，這些年來我對福音一直沒有興趣。」

　　「怎麼會呢？」老闆覺得奇怪。「我已盡了最大的努力，在你面前活出基督徒的生命。」

　　「問題就在這裡。」這名員工解釋。「你行事為人這麼好，堪稱模範，卻從不告訴我，是耶穌使你活出與別人不同的生命。所以我一直認為，既然你沒有耶穌也可以活得這麼好、這麼快樂，那麼我靠自己也可以。」

　　哥林多前書一章21節寫道：「神就樂意用人所當作愚拙的道理，拯救那些信的人」。神往往藉著人**活出**、顯現十字架的信息，使別人敞開心靈準備接受福音，祂卻透過**宣講**（言語或字句）十字架的信息，運用大能拯救那些相信福音信息的人。無論我們把福音活得多好（我們也必須好好把福音活出來，否則就會阻礙人接受福音），遲早都必須傳達福音的**內容**，才能夠使人作耶穌的門徒。

　　結束這個部分以前，我要強調，傳福音的操練也可運用於支持宣教工作。除了操練自己同身邊的人分享耶穌的信息，我們也應該操練自己，幫助那些在遠方履行大使命的人。操練自己奉獻、禱告，經常把宣教事奉放在心上，懷著開放的心回應神的呼召（或是讓子女回應神的呼召），藉此支持宣教工作，這是耶穌必定會實踐的行動。

深入思考

　　既然傳福音是應當的，你會遵行主的吩咐去作見證嗎？在某種意義上，我們當然可以說，每位基督徒總是在作見證。藉著言語和生命，我們每一刻都是見證，無論是好與不好，我們都在見證耶穌基督的能力。但我所提的是有計畫的見證，而非被動等待作見證的機會。

　　你願意遵行耶穌基督的吩咐，定意去作見證嗎？定意　112
傳福音，需要按你的屬靈恩賜、天賦、個性、計畫、家庭環境、地點來配合。但是，即使考慮這些因素，每位基督徒也必須明白，不盡力傳揚關於耶穌的信息，是有罪的。

　　但是，別以為我寫了這一章，分享一些經驗，我就是個超級見證人。我要慚愧地說，有許多次我應該向人傳講耶穌，卻因為懼怕而逃避。然而，我相信我們若操練傳福音，就能夠找到一個長遠且合適的方法，解決不作見證，或少作見證的問題。

　　既然傳福音的能力是由神所賜，你是否相信神可以使用你的言語拯救別人？福音的話語帶有神的祝福。它是主耶穌的話語，是彼得的話語，是保羅的話語。在新約聖經時代，神在人的談話中藉著這些話語賜下祝福，今天祂仍藉由這些話語賜福給人。當你說出祂大能的福音，祂就使你的言語充滿祝福。

　　有些人害怕傳福音，因為他們對自己的說服力，或回答人對福音各式各樣的反對意見，沒有足夠的信心。然而，傳福音的能力不在乎我們自己，而在乎神。你可能從沒想過，未信者會因為聽你說話而成為重生的基督徒，但是這樣的念頭並不是謙遜，而是懷疑，不相信神單憑你說話，就可以透過祂的福音賜福給人。千萬不要懷疑，當你傳講耶穌，神會為你的言語加添力量。

　　《天路歷程》（*The Pilgrim's Progress*）的作者本仁・約翰終其一生強調，他歸信耶穌的轉捩點是，有幾位貧窮的婦女坐在陽光灑遍的走廊上談論關於神的信息。要相信耶穌能使用你所說的話，成為別人悔改信主的催化劑。

　　我認為許多基督徒都想和別人談論耶穌，但因懼怕而怯步，因為他們每天生活中常犯明顯可見的罪，行為表現與他們渴望傳的福音截然相反。他們會這樣想：「我生老闆那麼多氣，怎能向他作見證呢？」、「鄰居看著我向孩子吆喝，我永遠也沒法跟他們提到耶穌。」

　　然而，假如神不使用這樣的人——就像我們——為祂作見證，這世上就不會有能為祂見證的人。世界上沒有完美的人，所以也不會有完美的見證。雖然無法改變的事實是：當我們的生命愈像耶穌，傳講耶穌就愈有說服力。所以應當盡力除去言行不一的罪，同時也必須相信，我們無法等到全然無罪的完美境界才來為主作見證，否則就永遠

不會分享福音了。我們所傳揚的信息中一個迷人之處，就是神拯救罪人，包括像我們一樣的罪人。事實上，聖靈可以把罪轉變為傳講耶穌的機會。我認識一些基督徒，他們回到那些曾經目睹他們犯罪，或因他們犯罪而受害的人中間，藉著認罪和請求饒恕，向人作有力的見證。他們顯出生命的改變，吸引許多未信者願意認識這位耶穌。你可能不滿你的老闆，也可能有鄰居看見你對孩子發脾氣，可是當你謙卑承認自己的過錯，你就顯出成為耶穌的門徒，是與世人不同的。你明白其中的要點嗎？言行一致的基督徒生活，確實能使傳福音更有力量；但是洗心革面、擺脫舊樣式的基督徒見證，同樣充滿力量並且使人信服。無論是透過你的成功或軟弱，都可以為耶穌作出強而有力的見證。

　　既然傳福音是一項操練，你會為此訂定計畫嗎？司布真在一八六九年向倫敦基督徒的講道中，談到傳福音的責任：

　　　　假若我從未拯救人的靈魂，我會一直嘆息。假若我不能使人的心破碎，我的心會為他們破碎。我可以理解，可能有人辛勤播種卻一無所獲，但我無法理解，辛勤播種的人怎會甘於沒有收穫呢？我無法明白，何來有基督徒努

力拯救靈魂卻毫無結果，而且對毫無結果甘之
如飴。[3]

假如你不滿足於自己為耶穌拯救靈魂所得到的收穫，
你會訂下計畫，更嚴格操練自己去撒種嗎？你會定下某個
日子，專注於傳福音嗎？你會約同事或鄰居吃午飯嗎？你
會安排家庭福音聚會嗎？你可以從哪裡得到合適的屬靈書
籍，贈送予別人？你可以關心誰並為他們禱告？在不久的
將來，你是否願意*至少使用一種方法*，定意傳福音？

以下是約瑟·克拉克博士（Dr. Joseph Clark）重寫的
哥林多前書第十三章，引述於萊辛格（Ernie Reisinger）
所寫的《今日的傳福音》（*Today's Evangelism*）。

我若能說學術的方言，並能用受認可的教
育方法，卻沒有帶人歸向基督，幫助他們建立
基督的品格，我就成了敘利亞沙漠的蕭蕭風聲。

我若懂得最好的方法，也能掌握宗教心理
學的一切奧祕，且擁有一切聖經知識，卻沒有
履行領人歸主的使命，我就成了海面上的雲霧。

我若讀過所有主日學的材料，參加過主日
學會議、機構和暑期學校，卻沒有立志為基督
拯救靈魂，在品格和事奉上造就基督徒，就毫

無益處。

　　拯救靈魂、建立品格的僕人，恆久忍耐，又有恩慈；他不嫉妒那些不必擔負僕人任務的人；他不自誇，也不因有聰明智識而張狂。

　　這位僕人，在主日以外也不做不合體統的事；他不尋求自己的安舒，不輕易發怒，凡事忍耐，凡事相信，凡事盼望。

　　如今常存的有知識、方法、神的信息；這三樣，其中最大的是神的信息。[4]

　　我們愈像耶穌，就愈能傳講祂和祂的信息。然而，在這件事上我們必須操練自己。但願我們操練自己的生命，好能與使徒保羅同說：「凡我所行的，都是為福音的緣故，為要與人同得這福音的好處」（林前九23）。

第 **7** 章

服　事

屬靈操練不應當作是與世界分離和隔絕的推託之辭，

反之應視為征服世界的途徑。

不是棄絕世界，而是在世界中服事

——這才是聖經所説屬靈操練之目標。

——畢樓奇（Donald G. Bloesch），
《敬虔的危機》（*The Crisis of Piety*）

115 　　這間公司已經消失超過一個世紀，若不是拜電視廣告的威力所賜，曾聽說過「小馬快遞」（Pony Express）的人，恐怕比起聽說過「聯邦快遞」（Federal Express）的人還多。

　　小馬快遞是一間私人經營的快遞公司，用組織妥善的騎馬接力方式運送郵件。起始站位於東部密蘇里州的聖約瑟（St. Joseph），終點站位於西部加州的沙加緬度（Sacramento）。用小馬快遞寄信，每封信的郵費是每盎司（約28.35克）美金2.5元。如果天氣和馬匹狀況理想，又沒受到印地安人的阻撓，信件可在十天之內快速送達，寄送林肯的就職演說報導便是最好的例子。

　　也許你會感到意外，小馬快遞只經營了十七個月，從一八六〇年四月三日，到一八六一年十一月十八日。電報線路接通兩個城市後，這項服務就不再受人需要了。

　　當小馬快遞的騎手是件苦差事，每天要騎七十五至一百英里（約120至160公里），每十五至二十五英里（約24至40公里）要換一匹馬。除了郵件之外，行囊中只能

帶少許乾糧，包括一盒麵粉、玉米片和培根，以防遇上危險；還有一個醫藥包，內有松節油、硼砂和藥膏。騎手必須身著襯衫騎行，爲在遭遇印地安人襲擊時能增加速度和保持靈活，即使在嚴多時分也不例外。

如何聘請人投入這份危險的職業呢？一份一八六○年舊金山的報紙，刊登了小馬快遞的招聘廣告：「誠聘：十八歲以下的小夥子，擁有精瘦、結實身材。需精通騎術，願意天天冒險。孤兒爲佳。」

聘僱的要求說得坦然不諱，但小馬快遞從來不缺少騎手。

同樣地，我們也必須坦然面對服事神這項屬靈操練。就像小馬快遞一樣，服事神不是單憑興趣就能隨意擔任的工作，而是需要付出代價。當神要求你擺上生命和時間，祂希望你把服事祂列爲優先，而非視爲消遣。祂不希望人只用剩餘的精神和力量來服事祂。服事神並不是短期的責任。與小馬快遞不同的是，不論科技如何精進，神的國度永遠不會沒落。

我們對小馬快遞的印象，大概就如一八六○年讀到報章廣告上對那幫小夥子的想像：刺激的場面，志同道合的手足。當他們昂首闊步走進小馬快遞應徵，腦子裡想的盡是令人興奮的冒險旅程。然而，只有少數人會想到，除了興奮，偶爾還會伴隨漫長、艱苦的時日，以及孤獨工作

的滋味。

服事的操練就像如此。雖然耶穌呼召人服事，是遠
大且崇高的屬靈生活方式，卻也常像替人洗腳那樣平淡無
奇。傅士德的論點一語中的：「在某些方面，我們寧願聽
耶穌呼召人為福音的緣故撇下父母、房屋、田產的教訓，
過於聽祂叫我們為人洗腳的吩咐。徹底的捨己，給人冒險
的感覺。我們若捨棄一切，甚至還有光榮殉道的機會。然
而，事實上在服事的時候，我們大多是被貶抑到世俗、平
凡且瑣碎的事務上。」[1]

服事可能是公開的，像講道、教導；但也可能是隱
藏的，像照顧孩童。有時它也許像獨唱那樣顯於人前，但
往往它是不為人所見的。服事可能會像在主日崇拜中作好
見證，受到人的欣賞，但也可能像在教會活動結束後洗盤
碗，無人向你道謝。大多數的服事，包括那些看似最燦爛
動人的服事，也只宛若冰山一角，惟有神看到藏在底下的
每一個部分。

117　　在教會以外的服事還包括：為鄰居照顧嬰孩、為疲
於奔命的家庭送飯、為無法離開家的人跑腿、開車接送車
子損壞待修的人、幫忙出門度假的人餵寵物和澆灌植物，
以及最難做的——懷著一顆僕人的心服事家人。服事其實
是很普遍的事，哪裡有實際的需要，哪裡就有服事。

這就是服事成為一項屬靈操練的原因。肉體因耐不

住服事的隱藏和重複性，所以在這其中有兩個致命的罪——怠惰和驕傲，會使人厭惡服事。這兩個罪蒙蔽我們的雙眼，又綁住我們的手腳，以致即使我們知道要服事，甚至想要服事，卻無法服事。若沒有操練自己為耶穌和祂的國度事奉（而且是為達敬虔的地步），我們只會在偶然間，或是覺得方便、有利於自己時才「服事」。然而，有一天我們向神交帳時，服事的質和量都會令我們感到懊悔。

魏樂德在《靈性操練真諦》（*The Spirit of the Disciplines*）正確地指出，一切的服事應該且需要操練成為守紀律的服事。那些願意操練自己在靈性上更像基督的人，會發現這是在恩典中成長，最可靠和實在的方法之一。

> 並不是每一個有可能視為操練的行動，都一定要被當成操練來看待。我絕對可以只是因為這是個符合愛與公義的行動，來服事別人，而毋需計較這能否令我更有力量跟隨基督。誠然，即或我有如此念頭，也不算有錯，因為這些服事的確能堅固我的靈性。此外，我也可以藉著服事他人，來操練自己遠離驕傲、佔有慾、嫉妒、不滿、貪婪。在這情況下，我便是透過服事來操練自己的靈性生命。[2]

然而，為免讓人覺得服事彷彿是可有可無的選項，讓我們把它刻在基督徒生活的基石上。

每位基督徒都應當服事

神呼召祂所揀選的人到祂面前，凡蒙祂揀選的，不可遊手好閒。當我們重生得救，根據希伯來書九章14節所說，基督的寶血就洗淨我們的良心，使我們「事奉那永生神」。「樂意事奉耶和華」（詩一○○2）是每位基督徒的使命。在神的國度裡，沒有靈性上失業或退休這回事。

當然，我們服事神的動機很重要。聖經裡至少提到六種服事的動機。

以順服為動機

在申命記十三章4節，摩西寫道：「你們要順從耶和華——你們的神，敬畏他，謹守他的誡命，聽從他的話，事奉他，專靠他。」這句經文的每個細節都與順服神有關。在一連串提到順服的命令中，摩西的訓示：「事奉祂」。我們服事主，應當以順服為動機。

約翰・紐頓（John Newton）原以販賣奴隸為業，悔改信主後成為一位牧師，寫下了〈奇異恩典〉（Amazing Grace）這首詩歌。他用以下例證說明何謂順服的事奉：

假如有兩個天使同時受神的差遣，一個統
治了地上最偉大的帝國，一個到最簡陋的小村
莊打掃街道。無論他們承擔何種服事——不管是
統治者還是清道夫，都完全不重要，因為天使
的喜樂單單來自於順服神的旨意。[3]

你能想像其中一個天使拒絕服事嗎？那是難以想像
的。正是由於不願意服事神，有些天使變成了魔鬼。那
麼，身為基督徒的我們怎能接受自己作屬靈的旁觀者，眼
巴巴看著其他人為神的國度工作呢？凡是一位真實的基督
徒，都會打從心裡願意遵從神的心意。然而，若我們不願
服事神，就是違背神的心意，不服事神是有罪的。

以感恩為動機

先知撒母耳用這段話，勸勉神的百姓服事祂：「只要
你們敬畏耶和華，誠誠實實地盡心事奉他，想念他向你們
所行的事何等大。」（撒上十二24）一旦想到神為我們行
了何等大的事，事奉神就不至成為重擔。

你是否還記得，不認識耶穌、沒有神、沒有盼望的
生活是何等光景嗎？你還記得在神面前深感罪咎、未蒙赦
免是什麼樣的處境嗎？你還記得之前得罪神、招惹神怒氣
是什麼樣的滋味嗎？你還記得，距離地獄只有一息之隔是

119

什麼感受嗎？現在你是否還記得，用信心的眼睛看見耶穌基督，初次明白祂是誰，並藉著祂的死與復活為你付上何等的代價？你是否依然記得，經歷赦免和拯救，脫離審判和地獄，初次得著天堂與永生的確據，是何等的美好？當服事神的火焰漸漸熄滅，試著回想耶穌為你所做的大事。

除了把你帶到祂身邊，祂從未為誰做過更大的事，也不可能為你做更大的事。假設祂在你餘生的每天早上，把一千萬元存入你的銀行戶口，卻沒有拯救你，那會是如何？假設祂賞賜你最漂亮的身體、臉孔和千年不老的身軀，等到你離世時卻關上天堂之門，叫你永遠留在地獄裡，那會是如何？神所賜給人的，有哪樣東西可與因信得蒙祂救恩相比？你是否看到，祂除了把自己賜給你，再不能為你做什麼，或賞賜你更大的禮物？祂是我們的所有，我們也在祂裡面擁有了一切。假如我們不能成為向祂滿懷感恩的僕人，還有什麼事會令我們感恩呢？

以樂意為動機

詩篇一○○篇2節，發出鼓舞人心的命令：「你們當樂意事奉耶和華」。我們事奉神，不是出於勉強或強迫，而是出於甘心樂意。

在古代的宮庭，若服侍王的僕人面露愁容，就已罪可致死。在尼希米記二章2節，尼希米聽說許多猶太人從

巴比倫被擄歸回後，耶路撒冷仍是一片頹垣殘壁，就為此消息感到難過。有一天，他拿食物伺候亞達薛西王時，王對他說：「你既沒有病，為什麼面帶愁容呢？這不是別的，必是你心中愁煩。」尼希米深知此話有何意涵，因此寫道：「於是我甚懼怕。」服侍王，不可以含怒或悶悶不樂。這不但表示你不想服侍王，也說明你不滿意王的治理方式。

　　假若你不樂意事奉主，一定有些事情出了問題。我可以理解，純粹因為責任感而服事的人，不會樂意事奉神。我可以理解，為賺取天堂入場券而服事的人，不會樂意事奉神。但那些承認神為他成就永恆生命的基督徒，會歡喜快樂地事奉祂。

　　對基督徒而言，服事神不應該是重擔，而是尊貴的特權。假若神讓你在世上的任何政治或商業職位上事奉，卻不讓你在祂的國度裡服事，那將會如何？假設祂讓你選擇世上任何一個人事奉他（她）、親密地認識（她），卻不讓你服事神，那將會如何？假設祂讓你服事你自己，用你一生為所欲為，沒有缺乏或憂愁，卻不容許你認識祂，那將會如何？即使拿這些最大的樂事，與服事神的喜悅、尊貴的特權相比，也只是悲慘的奴役而已。所以詩人會說：「在你的院宇住一日，勝似別處住千日；寧可在我神殿中看門，不願住在惡人的帳棚裡」（詩八十四10）。

　　你在教會事奉時，是高興還是沮喪？你服事鄰舍，是樂意還是勉強？你的孩子從你得到的印象，是服事神乃是真正的樂事，還是不堪忍受的苦事？

以蒙饒恕而非罪咎為動力

　　在以賽亞著名的異象中，要注意他得到神赦免後的反應：「有一撒拉弗飛到我眼前，手裡拿著紅炭，是用火剪從壇上取下來的，將炭沾我的口，說：『看哪，這炭沾了你的嘴，你的罪孽便除掉，你的罪惡就赦免了。』我又聽見主的聲音說：『我可以差遣誰呢？誰肯為我們去呢？』我說：『我在這裡，請差遣我』」（賽六6～8）。如同一隻狗被皮帶拴著一般，以賽亞在拉扯之中，以某種方式，甚或可以說用任何方式來服事神。因為他感覺罪咎嗎？答案並非如此，而是因為神已除掉他的罪孽！

　　名為倫敦講臺猛將的司布真，帶著如同以賽亞一般的激情，在一八六七年九月八日的講道中說道：

　　　　天國的後嗣純粹帶著感恩服事主，他不必賺取救恩，也無懼失去天堂；……神揀選他，為救贖他而付出重價。出於對神的愛，他渴望完全奉獻自己，服事他的主。靠著行律法追求救恩的人，你們的人生多麼可憐！……你若在順

服中堅忍不懈，也許可以得著永生，可是沒人膽敢假裝已得著永生。你勞苦又勞苦，但你永遠得不到，也永遠不會得到你辛苦追求的，因為「凡有血氣的，沒有一個因行律法能在神面前稱義。」……神的兒子行善非為得到生命，而是因著擁有生命而行善；他行善並非為了得救，而是因為他已經得救，所以行善。[4]

神的子民事奉祂，不是爲得赦免，而是因爲我們已得赦免。假如事奉神只爲免除罪咎感，就像腳踝拖著鎖鍊和鉛塊來服事神。這種服事沒有愛，只有勞苦；沒有喜樂，只有責任和苦役。然而基督徒不是囚犯，無須由於心懷罪咎，而在神的國度裡帶著怨恨服事祂。我們可以選擇樂意事奉祂，因爲耶穌的死把我們從罪咎中釋放出來。

以謙卑為動機

耶穌是完美的僕人。祂甘願卑微，服事祂十二個門徒最基本的需要，由此顯出祂的偉大。

耶穌洗完了他們的腳，就穿上衣服，又坐下，對他們說：「我向你們所做的，你們明白

嗎？你們稱呼我夫子，稱呼我主，你們說的不
錯，我本來是。我是你們的主，你們的夫子，
尚且洗你的腳，你們也當彼此洗腳。我給你們
作了榜樣，叫你們照著我向你們所做的去做。
我實實在在的告訴你們，僕人不能大於主人，
差人也不能大於差他的人。你們既知道這事，
若是去行就有福了。」（約十三 12～17）

耶穌身為門徒的主和老師，以令人詫異的謙卑姿態
洗他們的腳，為跟隨祂的人豎立謙卑服事的榜樣。

在今生我們總有某個部分（聖經稱它為肉體）會認
為：「假如要我服事，我希望能得到些什麼。如果我能因
謙卑而得到獎賞、贏得名聲，或獲取某種利益，那麼我願
意給人謙卑服事的印象。」然而，這不是合乎耶穌形象的
事奉，這是假冒為善，傅士德稱之為「自義的服事」：

自義的服事，會要求外在的報償。它要讓
人看見並欣賞付出的努力。它尋求人的激賞，
當然也要表現出適當的宗教式謙卑……自義
的服事非常關注結果，它迫切希望看到受服事
的人是否會作同樣的報答……肉體會對服事哀
聲抱怨，對隱藏的服事更是尖叫反對。它盡力

爭取榮譽和表揚，謀畫在宗教上可被接納的巧
妙方法，引起人注意它的服事。[5]

靠著聖靈的大能，我們必須棄絕這種自義的服事，
不要懷抱此種罪惡的動機，卻要「存心謙卑」服事，並且
「看別人比自己強」（腓二3）。

你能否服事自己的老闆和其他同事，幫助他們獲得
成功和快樂，即使他們得到提升而你被忽略？你能否為別
人的事奉發展興旺而禱告，假如那會使你被推進衰微的陰
影之中？

在服事的操練上，有時問題不在於你服事得多好。
若是為了爭取利益，世人也能服務得很好。但基督徒的獨
特在於帶著謙卑的心態服事，因為這會使我們更像耶穌。

以愛為動機

根據加拉太書五章13節所寫的，服事的精髓應該是
愛：「弟兄們，你們蒙召是要得自由，只是不可將你們的
自由當作放縱情慾的機會，總要用愛心互相服事」。

愛給人最大的服事動力。憑著愛，人心中服事的火
焰才燃燒得久。有些服事神的行為，就算是為了賺錢，我
都不會做；然而，若是出於愛神、愛人的緣故，我極其樂
意去行。曾經我讀過一位非洲宣教士的事蹟，有人問他是

123 否眞的喜歡自己的工作。他的回答令人震驚：「不喜歡。
其實我和太太都不喜歡骯髒。我們這部分的感覺相當敏
銳。我們不喜歡踏著羊糞走進茅舍……但是，人可以因爲
不喜歡，就不爲耶穌做事嗎？願神憐憫他。喜歡也好，不
喜歡也好，都沒有關係。神吩咐我們『去』，我們就去
了。愛約束了我們。」

耶穌的愛激勵人，他們就「不再爲自己活，乃爲替
他們死而復活的主活」（林後五15）。他們服事神和其他
人，動機是出於愛。耶穌在馬可福音十二章28～31節
說，最大的誡命是用你生命的一切來愛神，其次是愛人如
己。由此可以確定，我們愈是愛神，就愈能爲祂而活、服
事祂；我們愈是愛人，就愈能夠服事他們。

每位基督徒都有服事的恩賜

屬靈恩賜

從你得救的那一刻起，當聖靈住在你裡面，祂就已
經把恩賜給你。哥林多前書十二章4節、11節告訴我們，
雖然恩賜有許多種，但聖靈憑著祂的主權意志，決定把什
麼樣的恩賜給每位基督徒：「恩賜原有分別，聖靈卻是一
位……這一切都是這位聖靈所運行，隨己意分給各人

的」。彼得前書四章10節更具體地提到，每位基督徒都有
獨特的恩賜，目的為要服事：「各人要照所得的恩賜彼此
服事，作神百般恩賜的好管家」。

　　你可能已經知道，屬靈恩賜在許多教會是不斷引發
爭議的題目。但我個人的意見是，每位基督徒都擁有羅馬
書十二章4～8節列出的七項屬靈恩賜之一。神所給我們
的職事，本身就是祂的恩賜（林前十二5；弗四7～13）。
當我們運用恩賜服事，聖靈在別人生命中顯出服事的果
效，對他們而言那是另一種屬靈恩賜（林前十二6～
11）。其他提及屬靈恩賜的重要經文是：哥林多前書十二
章27～31節、第十四章，以及彼得前書四章11節。我鼓
勵你帶著禱告的心讀完這些經文。

　　無論你對屬靈恩賜抱持何種神學觀點，最重要的兩 124
點，在彼得前書四章10節已經說得很清楚：（1）只要你
是基督徒，你肯定有屬靈恩賜；（2）神所給你的恩賜，是
要你運用它，為神的國度服事。

　　假如你從未聽過屬靈恩賜，大概你還不知道自己有
何恩賜。但不要緊，許多基督徒一生忠心事奉神，結出許
多果子，仍從不清楚自己有何特別的恩賜。我不是說你不
應該認識自己的恩賜，而是說，你不是非得清楚明白自己
有何恩賜不可，否則就要退到神國度的後備席。關於這個
主題的書有如汗牛充棟，不妨挑選一些佳作來研讀聖經中

有關屬靈恩賜的教導。無論如何,不要因灰心而不事奉,因為即使你說不出自己有何恩賜,也可以好好服事。巴刻提醒我們:「不論在哪個時代,在教會生活中最重要的恩賜,都是蒙神聖化、平凡而出於自然的能力。」[6]

神所給你的屬靈恩賜,與天賦才幹不全然相同,所以要保持平衡。天賦才幹若是經過聖化,為神所使用,常常有助於辨識你的屬靈恩賜。但你盡力且殷勤事奉時,即使沒有明顯的佐證,也應該發現神給了你哪些特別的恩賜。事實上,除了研讀聖經之外,發掘自己屬靈恩賜的最好方法就是服事。假如你喜好教導,你要去教課才會知道自己的恩賜是教導。透過服事受傷的人,你會發現自己的恩賜是憐憫人。同樣地,藉由參與某項服事,你也可能因而確認自己沒有哪一樣恩賜。若干年前,我以為自己擁有某項恩賜,後來透過服事才發現一項痛苦的事實,就是我擁有的是完全不同的恩賜。

我鼓勵你在教會中恆常、持續地擔當某項事奉。它不一定是受推舉或經過特意挑選而擔任的崗位。然而,你要抗拒試探與誘惑,不要因為方便或一時興起才服事,那不是自我操練的服事。有為僕心靈和眼目的人,他們的事奉會以愛為動力,他們如何服事、何時服事,不會受所謂「制式」的事奉所限,但他們也不會因而忽略教會的常規事工。

　　你可能會感覺受人忽視、受限於特別的工作日程，125
或身體上無法勝任某些服事。但你仍有服事的方法，一些
受特別日程或身體障礙所限的人，往往是有力的代禱者。
雖然受到某些限制，但用心事奉的人總會找到方法服事。

　　我們教會有一位空服員，經常需要往返海外工作。
在她執勤期間，常需連續外出好一段時間，也無法按星期
一至星期五的日程工作。她一向以寫信鼓勵人或送書的方
式作為事奉，加入我們的團契之後，她也尋求以更規律的
方式和其他基督徒一同服事，而不單是自己個人的服事。
然而，按她的工作性質，要如何做到呢？我們很快發現，
她的屬靈恩賜就是服務他人，也就是滿足人實際的需要。
她也擅長招待，現在她是我們教會專門負責招待服事的成
員之一，因為這樣的服事既屬於群體事奉，而她又不必每
次出席。在不必出勤的日子，她就可以參與服事。

　　屬靈恩賜是需要用於服事的。如果神不期盼讓你的
恩賜有得著運用的機會，你的人生就失去了目的。如果不
能為神所用，為何神還讓我們活著呢？神憑藉祂的智慧和
保守看顧，給予每位基督徒服事的恩賜，並維護他們的生
命，好讓他們能夠為主服事。

　　不過，本章重點為呼籲基督徒把服事當作一項操
練，目標是讓我們更像耶穌。有些屬靈恩賜較屬於不顯眼
的事奉，相關的服事往往也不為大眾所注意。然而，就像

耶穌，無論我們在事奉中得到多少公開的表揚，有時我們分外需要蒙召在暗中服事。傑瑞‧懷特（Jerry White）寫道：「有些人有幫助人的恩賜，他們的行動就比他人來得比較自然。而對大多數基督徒來說，要服事，需要有意識地付出努力。」[7]他可以這樣說：「服事是需要操練的。」

服事需要付上代價

有些人認為，只要你發掘並且能發揮自己的屬靈恩賜，服事就變成輕鬆的樂事，不必花費任何氣力，但這並不是新約聖經所闡明的信仰真理。使徒保羅在以弗所書四章12節寫道：「為給聖徒裝備以作服役的事」（呂振中譯本）。有時服事神和服事人不能不付出辛勤與努力。

126　　聖經不但稱呼基督徒為神的兒女，也稱他們為神的僕人。保羅在每封書信的開頭，通常自稱為耶穌基督的僕人（如羅一1）。每位基督徒都是神的僕人，既是僕人，就要工作。

在歌羅西書一章29節，保羅這樣形容自己服事神的態度：「我也為此勞苦，照著他在我裡面運用的大能盡心竭力。」勞苦這個詞，是指工作至筋疲力盡的程度，至於翻譯為「盡心竭力」的希臘文字詞，有「忍受折磨」的意思。所以對保羅來說，服事神是要「忍受折磨至筋疲力盡的程度」。這並不表示服事神都是悲慘的苦役；更切實地

說，保羅如此刻苦工作，是因為他愛神比喜愛服事更多。
神賜給我們能夠來服事祂的力量，照著祂在我們裡面的
「大能大力」，在事奉中「盡心竭力」。真正的事奉從來不
是憑肉體血氣所能成就的，而是因神的大能在我們裡面運
行，因此就能甘願「勞苦」。

　　所以，當你在教會或任何類型的事奉中服事主，很
有可能你常會感到吃力。假若你像保羅一樣，甚至有時要
忍受折磨、盡心竭力，花時間更是在所難免的。而且我們
總是可以找到其他更有娛樂成分的事情來做，就算沒有這
些原因，單單因為服事神牽涉到關乎人的事，它就已經是
一項吃力的工作了。

　　然而，不必付代價的事奉，也成就不了任何事。雖
然服事神使人深受折磨、令人疲累不堪，但它往往也是最
令人心滿意足，給予人最大獎賞的工作。我們在約翰福音
四章34節讀到這個真理。耶穌走了一天的路程，疲倦、
口渴、饑餓，全因祂在服事父神。祂在敘加附近的井旁休
息時，撒瑪利亞婦人來打水。耶穌與她談話，她的生命從
此改變。她一回到敘加，就把耶穌的事告訴眾人。當門徒
買完東西，從城裡回來，把食物遞給耶穌，祂卻說：「我
的食物就是遵行差我來者的旨意，做成他的工」。

　　對耶穌來說，服事神使祂心滿意足，以致祂稱之為
食物。服事神常令祂疲累不堪，甚至在船上遭遇風暴時，

祂竟然在船尾睡著了。服事神，意謂要四十天不吃東西。對耶穌來說，服事神也意謂經常要餐風露宿，並且需在黎明前起身，爭取獨處的時間。可是，縱使要忍受這一切的疲乏、饑餓、口渴、痛苦和不便，耶穌卻說，**服事神的工**
127 **作十分有意義，甚至於像食物**！祂藉著服事神得著餵養，重獲力量，得著滿足，所以祂享受其中並津津有味！

　　服事神是件吃力的工作，但沒有別的工作能如此令人滿足。

　　講求操練的服事，也是**最持久**的一種工作。這和我們所做的其他事情有所不同，因為服事神絕不會徒然。保羅服事神雖然受盡苦楚，以致筋疲力盡，但他提醒我們：「所以，我親愛的弟兄們，你們務要堅固，不可動搖，常常竭力多做主工；因為知道，你們的勞苦在主裡面不是徒然的」（林前十五58）。

　　即便你沒有事奉神很長一段時間，也會感受到自己常受到試探，覺得自己的服事是徒然的。甚至你會有念頭以為事奉是在浪費時間，沒有果效。然而，不管你想到什麼、看到什麼，神都應許我們，我們的事奉絕不徒然。這並不表示你會親眼看到自己所盼望的一切成果，或可避免經常遇上沮喪的感覺。但是，即使你未能看見明確的證據，服事神也絕不徒然。

　　神看到也知道你的服事，祂永遠不會忘記。祂會在

天上給你獎賞，因為祂是信實、公義的神。我喜歡希伯來書六章10節的經文：「神並非不公義，竟忘記你們所做的工和你們為他的名所顯的愛心，就是先前伺候聖徒，如今還是伺候」。

操練自己服事神，需要付上代價，有時候需要刻苦擺上自己所有的，但它所成就的果效將存留到永恆。

深入思考

*敬拜為事奉增添力量；事奉表達敬拜。要操練敬虔，就需要在兩者之間取得平衡。*若有人沒有定時的個人和群體敬拜卻投入服事，那是靠著肉體在事奉。這與他們服事多久，或別人認為他們服事得多好都沒有關係，因為他們不像保羅那樣靠著神的大能盡心竭力，而是依靠自己。

在敬拜中，我們找到事奉的理由和期望。以賽亞在異象中看見神後，才說：「我在這裡，請差遣我！」這才是正確的次序：先是敬拜，然後透過敬拜增添服事的力量。陶恕說：「與神相交，直接產生順服和善工。這就是神所定意的次序，絕不能逆轉。」[8]若沒有透過敬拜領受力量，服事的工作就太艱難了。

與此同時，衡量敬拜（同樣也包括個人和群體的敬拜）真誠與否的一個準則，是看它有無為人帶來事奉的渴

求。以賽亞再次是經典的例子。陶恕說得好：「當神聖服事的責任感強烈到難以抗拒，人才會用心靈、按照真理渴望敬拜神。」[9]

所以我們必須指出，要追求敬虔，就應當在敬拜和事奉這兩方面操練自己。若是忽略其一，實際上就是兩者都經歷不到。

神期望你事奉，也給你恩賜事奉，但你是否願意事奉呢？以色列人確鑿無疑地知道，神期望他們事奉祂，但約書亞曾經望著他們，詢問他們是否願意事奉神：「若是你們以事奉耶和華為不好，今日就可以選擇所要事奉的……至於我和我家，我們必定事奉耶和華」（書二十四15）。

當我想到忠心樂意事奉，就會想起從前任職的教會，有一個為人安靜、個子矮小的男人。每逢星期天他來教會都不為人所注意，而且他來得比任何人還早。他總是把那輛舊車悄悄開到停車場僻靜的一角，把最好的位置讓給別人。他把教堂的門都打開，拿了程序單，在外頭等待人來。你走過來時，他會帶著燦爛的笑容，遞給你程序單，可是其實他無法說話。新來的人問他問題，他就感到尷尬。原來，很久以前他出過一場意外，聲線因而受損。在我遇見他時，他剛滿六十歲，獨自居住。遇上汽車有毛病是常有的事，但他從不讓任何人知道，寧願自己走一英

里多的路到教會。因為他容易受到欺負，曾遭遇搶劫和被人毆打，在我服事那所教會的三年內，就至少發生過兩次。有些年紀較長的會友告訴我，他們猜他是因為多年前遭受毆打，失去了聲線。他身體多處患有關節炎，兩邊肩膀彎曲，無法扭動頸部。對他而言，開門和伸手遞程序單是件難事，但他總是一早就來教會，即使不能說話，卻總是掛著笑臉。他生平的一切，甚至自己的名字——吉姆（Jimmy Small）（他姓氏的意思就是「小」），都使他隱退到不受人注意的位置。然而，縱使他經歷阻礙和打擊，擁有殘缺的身體，似乎有一大堆潛在的理由，他仍然樂意事奉神。他操練自己服事的方式，在神看來，既不渺小也不徒勞。

　　主耶穌一直作僕人，祂是眾人的僕人、僕人的僕 129 人、最偉大的僕人。祂說：「我在你們中間如同服事人的」（路二十二27）。如果我們要像基督，就必須操練自己像耶穌那樣服事神。

徵求啓事：誠徵有恩賜的志工，願意承擔教會中困難的服事，擴展神的國度。需以順服神、感恩、樂意、蒙饒恕、謙卑和愛爲事奉動機。事奉很少會增添個人的光榮，且不時會遇上想放棄的強烈試探，卻必須忠誠忍受漫長的時間。可見的工作果效很少，甚至可能完全沒有，也不會受人所認可。然而，至終卻有神所賜予永恆的獎賞。

第 **8** 章

作管家

如今我們多久才聽人談到基督徒生命的操練？我們多久才談到它？

多久才真正發現它是基督徒生活的核心？

在基督徒的教會，這曾經是最重要的核心，

而我深信，教會之所以處於現在的境況，就是因為我們忽略操練。

倘若我們不恢復往常的操練，我看不見有任何真正復興和覺醒的希望。

──鍾馬田（Martin Lloyd-Jones），
《信心：試煉與得勝》（*Faith: Tried and Triumphant*）

131 停下來思考片刻，有哪些事情為你今天的生活帶來許多壓力？過去一星期的生活中，你是否要承擔家庭、工作、學校和教會的種種責任，感到難以負荷？你的壓力是來自支付帳單、趕不及的約會、保持收支平衡、交通阻塞，和一連串突如其來的修理或醫療費用，以至休息太少，或入不敷出的窘境？

這些壓力來源，都與時間或金錢密切相關。回想我們的日常生活，有多少問題與時間和金錢的運用相關。既然時間和金錢，對我們生活許多方面而言都如此重要，當我們論及敬虔的生活，也必須考量這兩樣因素。

時間的操練

敬虔，是操練屬靈生命所產生的結果。但是屬靈生命操練的核心，是時間運用上的操練。

若要效法耶穌，我們就必須把時間的運用視為一項屬靈操練。耶穌把每個時日都安排得如此完美，在祂將要

結束地上生命時，能夠向父神禱告說：「我在地上已經榮耀你，你所託付我的事，我已成全了。」（約十七4）神 132 賜給我們時間，也賜給我們在其中要完成的工作，像祂賜給耶穌那樣。我們愈像耶穌，就愈明白爲何操練運用神所賜的時間是如此重要。以下提出的十個理由，都是以聖經的教導爲基礎，內容主要採自愛德華茲的講道：〈論時間之寶貴和贖回光陰的重要〉。[1]

以智慧運用時間，「因為現今的世代邪惡」

運用時間要有智慧，「因爲現今的世代邪惡」。這個奇怪的句子，出現在以弗所書五章15～16節，使徒保羅所寫的一段激勵人心的話語：「你們要謹愼行事，不要像愚昧人，當像智慧人。要珍惜光陰，因爲現今的世代邪惡。」保羅勸勉以弗所的基督徒要珍惜時間，因爲他或以弗所的基督徒可能正遭受逼迫或敵對（徒十九23～二十1）。無論如何，我們需要用智慧運用每分每秒，因爲現今的世代邪惡。

即使我們身處在這個世界上，沒有受到保羅時代基督徒所受的逼迫或敵對，卻也不十分明智地運用時間，特別是在屬靈和敬虔方面的時間。事實上，當今世代邪惡猖獗。有許多偷竊時間的盜賊，包括世界、肉體和魔鬼的僕役，披上不同的外貌，例如尖端科技、社會廣泛接受以及

耽溺的無意義閒談或不受約束的思想。若我們任由心思、身體，受所身處的世界和時代潮流自然帶動，只會走向邪惡，不會朝向基督的形象發展。

思想必須要操練，否則就像水往下流，或停滯不前。所以歌羅西書三章2節命令我們：「你們要思念上面的事」。若沒有清醒、積極、有紀律地管束思想，我們在思想上只會一無所成，或有可能偏向邪惡。我們的身體傾向舒適、享樂、貪慾、怠惰，除非加以操練，否則它會偏向服事邪惡多於事奉神。我們必須謹慎操練如何在這世界「行事為人」，不然會更加遵循世界的方式，而非體貼耶穌的心意。最後，現今的世代邪惡，試探和罪惡的力量四處

133 猖獗。因為現今的世代就是由時間所構成的，所以時間的運用變得很重要。假若我們不操練自己，在這邪惡的世代好好運用時間，以達到敬虔的地步，邪惡的世代自然會妨礙我們成為敬虔的人。

以智慧運用時間，為永恆作準備

你必須在時間中（in time）為永恆作準備。這句話有兩個含意，這兩個意思都正確。第一，時間不斷在流逝中（就是在此生中），所以你必須為永恆作準備，因為一旦跨越那道時間的門檻，就再也沒有第二次機會讓你預備了。

我最近做的夢深刻提醒我這個事實，令我難以忘懷

（我並不是要特別渲染這個夢的分量或認為是預言信息，我只是用它來說明自己的要點）。在夢中，我和幾位基督徒一同受逼迫，經審訊後被押送到一間房間，要注射毒液。在等候被處死的過程，我清醒地意識到自己即將進入永恆，而我也已經完全預備好面對這一刻了。我跪下來，發出今生的最後一個禱告，把自己的靈魂交給主耶穌。在這一瞬間我猛然醒過來，腎上腺素加速分泌，如同一個等待被處死的人那樣。當我發現這只是夢，第一個清醒的想法是，有一天這不會只是一場夢。到了日曆上的某一天，我為永恆所作的一切準備都會成為過去。我不知道這一天何時來臨，所以我應當明智地運用時間，因為所有的時間我都用來作準備，迎接那勝過墳墓後的永恆生命。

　　你是享受永不止息的喜樂還是永恆的痛苦，端視你在一生中──如同此刻的決定──正在做什麼？若是如此，有什麼比時間更為寶貴呢？就像小小船舵能決定遠洋巨輪的方向，人在時間中所做的也會影響永恆。

　　這就帶出在時間中為永恆作準備的第二個意思──及時作預備，以免太遲。有一句經典的經文警戒我們：「現在正是悅納的時候；現在正是拯救的日子」（林後六2）。現在正是你為永恆歸宿作準備的時候。如果對你來說，這是尚未確定或未解決的問題，現在就是解決的時刻。你不能保證會有更多時間來為永恆預備，也不該遲延回應那位

134 創造你、賜予時間的神。憑信心來到耶穌基督面前,就是
為永恆作預備。及時歸向祂,祂必帶你一同進入永恆。

時間有限

物以稀為貴,若黃金和鑽石能隨手撿到,像在路邊
撿石子那樣,就不值錢了。我們若是長生不死,時間就不
會如此寶貴。但我們與永恆只有相隔一口氣的距離,所以
運用時間的方式就有永恆的含意。

但是,就算你還有幾十年壽命,事實是「你們原來
是一片雲霧,出現少時就不見了」(雅四14)。即使是最
長壽的生命,與永恆相比也是再短暫不過。歲月流逝,你
大概還記得少時快樂或悲慘的往事,就像在昨日發生那
樣。這不只是因為你的記憶力好,也是因為那實在是沒多
久以前發生的事。當你想到十年只是一百二十個月,人生
好像突然間少了一大截。即便活得夠久,生命也從不算
長。因此,無論你還剩下多少時間能成長得更像耶穌,時
間都不算多,所以好好運用它。

時間在流逝

時間非但有限,而且還在飛逝。你的餘生不像一小
塊冰,可以隨時從冰箱取出來給你使用。時間較像沙漏中
的沙,剩下的只會溜走。使徒約翰說得直截了當:「這世

界和其上的情慾都要過去」（約壹二17）。

我們說節省時間、花錢買時間、擠出時間等，但這些全是假象，因爲時間一直在流逝。即使我們把時間運用得再好，也不能把日曆往前翻。我們應該明智運用時間。

小時候，時間像在拖沓，然而現在，我愈來愈多把從前父母說過的話掛在嘴邊：「眞難相信，又一年過去了！時間都到哪裡去了？」年紀愈大，愈是覺得自己像在尼加拉（Niagara）大瀑布上面划船──愈是接近盡頭，船就動得愈快。假若我現在不操練運用時間，以求達到敬虔的地步，愈晚就愈不容易。

沒人知道剩下多少時間

135

時間短暫，無法停留，而且我們連時間究竟有多短、消逝得有多快，也無從得知。箴言二十七章1節的智慧名言是：「不要爲明天自誇，因爲一日要生何事，你尚且不知道。」今日仍有數以千記的人等待進入永恆，包括比你更年輕的人，昨天的他們也許還不知道活不過今天。倘若他們曉得，就會更加看重時間的運用。

芝加哥熊隊（Chicago Bears）的一名美式足球新秀在這一星期遽然去世，消息震驚星光熠熠的職業球壇。上個月，我們教會的兩名初中學生，因一位好友去世而驟感生命無常。即使年輕力壯、地位顯赫、成就非凡，也無法迫

使神多給一個小時的時間。無論想活多久,或期望活多久,我們的時間都在祂的手中(詩三十一15)。

我們必須為著預備再多活幾年制定計畫。但是切實來說,我們也必須運用時間操練敬虔,彷彿能否活到明天是無從得知的答案,因為這確實是無人曉得的事。

時間無法失而復得

許多東西可以失而復得,例如:很多人宣告破產,後來卻累積更多的財富。但時間並非如此,一旦失去即永遠無法收復。即使你能號召地球上所有的人來行動,用盡世上一切力量、財富、科技,也無法取回一分鐘。

神已給你時間操練自己達到敬虔。耶穌在約翰福音九章4節說:「趁著白日,我們必須做那差我來者的工;黑夜將到,就沒有人能做工了。」要做神的工作,就要操練自己過敬虔的生活,應當趁現在還是「白日」的時候,多做神的工。因為不管是誰,「黑夜將到」,沒有人能像約書亞那樣把太陽停住,把日子延長(書十12～14)。假如你錯誤地使用神給你的時間,祂永遠不會再把那些時間還給你。

許多讀者讀到這幾行字,可能正為浪費光陰感到難過。然而,不管你過去如何亂用時間,你總是可以改善將來運用時間的方式。使徒保羅寫下神現在對你的心意:

「忘記背後，努力面前的，向著標竿直跑，要得神在基督 136
耶穌裡從上面召我來得的獎賞」（腓三13～14）。藉著耶
穌為願意悔改的基督徒所成就的工作，神願意饒恕人過去
胡亂運用的每分每秒。為了達到敬虔，操練自己在運用時
間上保持平衡，在神看來是可喜悅的。

你要為如何運用時間向神交帳

　　聖經中最發人深省的經文，大概就是羅馬書十四章
12節：「這樣看來，我們各人必要將自己的事在神面前說
明。」「我們各人」既指基督徒，也包括非基督徒。雖然
基督徒憑信心而非靠行為得救，但是到了天堂後，我們所
得的獎賞會根據所做的工作來決定。主「要試驗各人的工
程怎樣」，各人或是「得賞賜」，或是「受虧損，自己卻要
得救；雖然得救，乃像從火裡經過的一樣」（林前三13～
15）。因此，我們不單為自己如何運用時間向神交帳，我
們永恆的賞賜也和在地上如何運用時間直接相關。

　　在審判的那日，神要求我們為如何操練運用時間以
達敬虔來向祂交帳。在希伯來書五章12節，神責備那些
猶太基督徒，沒有好好運用時間邁向靈性成熟的地步：
「看你們學習的工夫，本該作師傅，誰知還得有人將神聖
言小學的開端另教導你們，並且成了那必須吃奶，不能吃
乾糧的人。」如果神要求基督徒為著在地上運用時間操練

敬虔負責，在天上審判的時候，祂當然也會要求基督徒爲
此負責。

　　耶穌說：「我又告訴你們，凡人所說的閒話，當審判
的日子，必要句句供出來。」（太十二36）如果我們必須
爲說過的每一句話向神交帳，當然也必須爲粗心大意用掉
（即浪費、疏忽）的每一小時交帳。耶穌也在馬太福音二
十五章14～30節說，我們要爲所領受的才幹交帳，爲著
如何爲主人運用這些才幹交帳。如果神要我們爲著祂賜給
我們的才幹交帳，自然也要我們爲著時間如此珍貴的賞賜
交帳。

　　對於這項眞理明智的回應，就是衡量現在你如何運
137　用時間？你運用時間的方式，是否會讓你在審判日過意得
去。對於如何運用時間在基督裡成長，如果你現在無法回
答良心的質問，將來如何回答神的詢問呢？愛德華茲建議
我們好好過每一天，就好像在每一天結束時，爲自己今天
如何運用時間來向神交帳一般。

　　下定決心操練自己，好好運用時間追求敬虔，這不
是能夠拖延或需要考慮的問題。時間分秒流逝，你必須爲
此交帳。

時間容易失去

　　除愚昧人外，在箴言書中沒有別的人物像「懶惰人」

那樣受到聖經作者的譏諷。原因何在？他懶惰，而且浪費時間，隨意找藉口推卸責任，不改善運用時間的方法。懶惰人常常表現超卓的創意，根據箴言二十六章13～14節形容：「懶惰人說：『道上有猛獅，街上有壯獅。』門在樞紐轉動，懶惰人在床上也是如此。」現代的懶惰人不願上教會的理由是：「每年死於交通意外的人數以千計，我開車出去會喪命的。」或說：「若是操練自己運用時間追求敬虔，我會錯過有趣的電視節目，或是弄得太過忙碌，無法充足休息。」於是他索性再翻回床上去。

　　懶惰人好像從來沒有時間做真正重要的事情，特別是需要守紀律的事。在他渾然未覺的時候，時間和機會就流失了。箴言二十四章33～34節觀察：「再睡片時，打盹片時，抱著手躺臥片時，你的貧窮就必如強盜速來，你的缺乏彷彿拿兵器的人來到。」要留意，只是小睡「片時」，打盹「片時」，抱著手躺臥「片時」，時間和機會就失去了。若你想要失去時間的話，就什麼都不必做。

　　許多人把時間看得像所羅門時代的銀子。列王紀上十章27節寫道：「王在耶路撒冷使銀子多如石頭」。時間看起來很充裕，即使大量失去也好像不足掛齒。如果有人輕率地把錢丟掉，就像他們浪擲時間的話，我們會認為他們瘋了。然而，時間其實比金錢更加寶貴，因為金錢買不了時間。但是操練自己追求敬虔，可以把損失和浪費時間

的程度減到最低。

臨終才懂得珍惜時間

正如手頭拮据的人最重視金錢，我們往往是到臨終時才最重視時間。

對於某些人，特別是那些抗拒耶穌的人來說，這更顯得悲慘。不信神的著名法國文豪伏爾泰（Voltaire）臨終前對醫生說：「如果你再給我六個月的性命，我會把我一半的財產給你。」他的呼叫聲如此絕望悽慘，以致他去世之後，照料他的護士說：「我寧可放棄全歐洲的財富，也不想再看到另一個不信神的人死去。」[2] 同樣地，英國懷疑論者霍布斯（Thomas Hobbes）留下的遺言是：「如果我賺得全世界，我會拿它來換取多活一天。」[3]

如前所述，我們從這類臨終情景中學到最重要的功課是：趁還有時間時，歸向耶穌。我們這些已經把生命奉獻給耶穌的人應該明白，必須改變運用時間的方式，否則就算在臨終前還能增添幾年壽命，也是毫無益處。所以，當趁現在珍惜時間、追求敬虔，不必等到臨終。那些靠恩典得蒙寬恕的人，神也透過勤勉不倦的屬靈操練供應時間給他們。

有些基督徒追求歡愉，多於從合神心意的操練中得著喜樂。聖經已向他們提出警告，言及他們在臨終前必會

後悔。想像這樣死去多麼令人痛心：「終久，你皮肉和身體消毀，你就悲嘆：『我怎麼恨惡訓誨，心中藐視責備，也不聽從我師傅的話，又不側耳聽那教訓我的人？我在聖會裡，幾乎落在諸般惡中。』」（箴五11～14）假若你突然發現自己沒有時間了，你會為過去和現在如何運用時間而感到後悔嗎？你運用時間的方式，可以在生命終結時，為自己帶來極大的安慰。你可能對自己某一些運用時間的方式不太滿意，但是生活中那些被聖靈充滿的時刻、那些遵從耶穌心意的時刻，難道不令你喜悅嗎？在你的生命中，用於讀經、禱告、敬拜、傳福音、服事、禁食等，追求更像那位在審判日要向之交帳的神（約五22～29），這些屬靈操練的時刻，難道不令你歡喜嗎？愛德華茲已定意要好好生活，顯出莫大的生活智慧：「我已定意如此生活，好使我離世時無悔今生。」[4]

為何不趁著還有時間，在時間運用上作些改變呢？

時間在永恆中的價值

假若在天堂有任何遺憾的話，那麼就是我們沒有更多利用地上的時間來榮耀神，在祂的恩典中長進。倘若如此，這可能是天堂與地獄惟一相似之處。人在地獄將充滿痛苦，為著當初愚昧地揮霍時間而哀歎。

在路加福音十六章19～25節，聖經描述了生前浪費

時間而帶來的悔恨。一個財主落到陰間，拉撒路則在亞伯
拉罕的懷抱裡。耶穌說，那財主受盡苦楚，舉目遠遠地看
見拉撒路和亞伯拉罕一起快樂地過活。財主請求亞伯拉罕
打發拉撒路遞一點水給他，「亞伯拉罕說：『兒啊，你該回
想你生前享過福，拉撒路也受過苦；如今他在這裡得安
慰，你倒受痛苦。』」

像財主那樣失去一切及永生盼望的人，會如何衡量
我們現在所擁有時間的價值？英國牧師和神學家巴克斯特
問道：「回想這些人浪擲一生，揮霍僅存能夠為救恩作準
備的時間，他們豈不永遠傷心欲絕？那些在地獄的人，現
在還認為他們生前游手好閒、浪費時間是明智之舉嗎？」[5]
當人身處永恆，即使擁有這世上所有，也會用盡一切（假
若可以）來換取我們一天的時間。他們透過親身體驗，明
白時間的價值。讓我們藉著與真理相遇，好好利用時間來
操練明白時間的價值。

運用金錢的操練

聖經不但把時間的運用與我們的靈性狀況相連，也
把金錢的運用與靈性狀況牽繫起來。用錢需有節制，意謂
我們必須好好管理它，讓我們和家人的需要得到滿足。事
實上，聖經對那些沒能照顧家人需要的基督徒發出譴責，

因為他們在財務上不負責任，疏於管理錢財，或是像假冒為善的人那樣浪費金錢。提摩太前書五章8節寫道：「人若不看顧親屬，就是背了真道，比不信的人還不好。不看顧自己家裡的人，更是如此。」所以，我們如何為自己、別人，特別是神的國度使用錢財，自始至終是靈性的問題。

為何按著聖經的教導運用金錢和其他資源，對我們在敬虔上的成長如此重要？某方面來說，這純粹是順服的問題。論及財富和資產運用的經文，數量多得驚人。假如我們忽略或輕看這個議題，我們的「敬虔」就是假冒的。特別是，如何運用金錢、購物皆是反映靈性成熟和敬虔的指標。因為我們一生為此花上許多精力，投入許多時間工作和賺錢，金錢著實代表我們。如何用錢，也就代表我們的為人、優先次序和心思。按著基督徒的原則來使用金錢和手上的資源，證明我們在靈命上有所成長，也愈來愈像耶穌。

我們已談論過關於時間的操練，這些道理也可應用在金錢和財物的使用上（惟一與時間不同的是，即使財物失去，也可以別的東西取代）。將關於時間運用的真理，逐條重複應用到金錢的一般使用上，未免冗贅。不如思考聖經如何教導我們，在運用金錢這個範疇上操練敬虔，把金錢投放在耶穌和祂國度的用途上。

　　我們愈是能夠明白以下十個論及施予的新約聖經原則，就愈是顯出在敬虔上有所長進。

神擁有我們所有的一切

　　在哥林多前書十章26節，使徒保羅引用詩篇二十四篇1節：「地和其中所充滿的都屬乎主。」一切都屬於神，包括你所擁有的一切，因為祂創造萬有。神在出埃及記十九章5節說：「全地都是我的」。在約伯記四十一章11節又說：「天下萬物都是我的。」

　　用聖經的詞語來表達，我們是神的管家，意謂我們受託管理神所賜給我們的東西。約瑟身為奴僕，卻在波提乏家中作管家。他一無所有，因為他是奴僕。然而，約瑟代表波提乏管理他的一切，這包括授權可以運用資源滿足自己的需要，但約瑟的主要責任是如何運用資源，來符合波提乏的利益。這就是我們要做的。神希望我們善用和享受祂賜給我們的一切，但身為神的管家，我們要謹記自己所擁有的一切仍是屬於神的，最重要的應是能用於擴展祂的國度。

　　你所居住的房屋、公寓，是神的房屋或公寓。你院子裡的樹，是神的樹。你草坪上的草，是神的草。你種植的花園，是神的花園。你駕駛的汽車，是神的汽車。你所穿著的，還有衣櫥裡掛著的衣服，是屬於神的。你冰箱裡

的食物是屬於神的。書架上的書也是神的書。你的傢俱和家裡的所有東西，都屬於神。

事實上，我們一無所有，神才是擁有這一切的主人，我們只是爲祂管理而已。對大多數人來說，現在稱爲「我的房屋」的建築物，恐怕在幾年前有別人也稱它爲「我的房屋」。幾年之後，同樣會再有其他人稱它作「我的房屋」。你擁有任何土地嗎？情況也是如此。我們是神的管家，僅是暫時管理屬於祂的東西而已。可能理論上你早已相信這項道理，但你的施予方式會反映你相信得有多眞確。

神已說明不僅我們所擁有的一切屬於祂，我們銀行戶口的錢、荷包裡的鈔票也是祂的。神在哈該書二章 8 節說：「『銀子是我的，金子也是我的。……』這是萬軍之耶和華說的。」

所以問題不是：「我的錢，該奉獻多少給神？」而是：「神的錢，該給我自己留多少？」

當我們把支票或現金放在奉獻盤上，應當相信，我們所擁有的一切都屬於神，也要承諾我們會按照祂所想望的來運用這一切。

奉獻是一種敬拜的行動

在腓立比書四章 18 節，使徒保羅感謝腓立比這座希

腓立比城市的基督徒，因爲他們透過金錢的餽贈，支持他的
142　宣教事奉。他寫道：「但我樣樣都有，並且有餘。我已經
充足，因我從以弗提受了你們的餽送，當作極美的香
氣，爲神所收納、所喜悅的祭物。」保羅把他們金錢的餽
贈稱爲「極美的香氣，爲神所收納、所喜悅的祭物」，將
之與舊約時代人敬拜神所獻的祭相比。換句話說，保羅說
他們爲神的工作施予，就是在敬拜神。

　　你曾想過施予就是敬拜嗎？你知道唱歌讚美神、禱
告、感恩或聆聽神的話都是敬拜，但你有沒有想過，奉獻
給神，其實也是以合乎真理且顯而易見的方式敬拜祂？

　　沃茲（Wayne Watts）在他的著作《奉獻的恩賜》（*The
Gift of Giving*）中寫道：

　　　　查考聖經中關於施予的原則時，我細想敬
拜這個題目。坦白說，以前我從未詳細研究敬
拜，發掘神的觀點。我已下了結論：施予，與
感恩和讚美一樣，也是敬拜。過去，我按年爲
教會奉獻一筆金錢。每個月，我都在教會寫好
支票，放進奉獻盤，有時會以從辦公室寄支票
的方式進行，目標是在年終前完成全年要捐獻
的數額。雖然我已經歷到施予的喜樂，但奉獻
的行動與敬拜一直沒有關聯。直到在寫此書

時，神感動我從此以後每到教會都奉獻。祂藉
著申命記十六章16節的經文向我說話：「朝見他
〔神〕，卻不可空手朝見」。我開始這樣做，若手
上沒有支票，就奉獻現金。起初我也想過把要
奉獻的錢留下來，但神再次感動我，祂好像對
我說：「你不需要保留那筆錢。憑著愛心獻給
我，看看你多麼享受這服事。」我改變了奉獻
的習慣，這大大增添了我在敬拜中的喜樂。[6]

我們宗派的傳統常在崇拜前的小組查經班奉獻，而
不是在崇拜當中奉獻。假如這也是你的習慣，你會和我一
樣發現，比起在崇拜時才奉獻，你的奉獻更像是敬拜。

大多數人每月支薪多少次就奉獻多少次。換句話
說，如果他們在每月的第一天領取薪資，他們就每月奉獻
一次，也就是在當月的第一個主日奉獻。如果他們每個月
的一號和十五號支薪，就每月奉獻兩次。想到主說不可空
手朝見祂這句話，你可能希望每星期奉獻一部分，而不是
只有在支薪後的主日奉獻那一次。當然，分次完成奉獻有
個危險，就是會把原本打算在下個主日奉獻的金錢用掉一
部分。有些人為了避免這樣的弊端，會一次寫下所有要奉
獻的支票，放進聖經或皮夾裡，留待星期天奉獻。這樣，
每個星期天他們手上都有金額可以奉獻，這是他們選擇敬

拜主的行動。

奉獻不止是職責或義務，也是敬拜主的行動。

奉獻反映你對神保守供應的信心

你把收入的多少金額奉獻給神，是個清晰的指標，顯示你有多信靠神供應你的需要。

馬可福音十二章41～44節的故事，描述一個窮寡婦的非凡信心。

> 耶穌對銀庫坐著，看眾人怎樣投錢入庫。有好些財主往裡投了若干的錢。有一個窮寡婦來，往裡投了兩個小錢，就是一個大錢。
>
> 耶穌叫門徒來，說：「我實在告訴你們，這窮寡婦投入庫裡的，比眾人所投的更多。因為他們都是自己有餘，拿出來投在裡頭；但這寡婦是自己不足，把他一切養生的都投上了。」

這窮寡婦願意把「一切養生的」都奉獻出來，因為她相信神會供應她所需要的。

我們按著相信神會保守供應我們的程度來奉獻。我們愈是相信神會供應我們的需要，就愈樂意冒險奉獻給祂。我們信靠神愈少，奉獻就愈少。

　　我有個當牧師的朋友，他和太太有一個月決定把全部薪資奉獻給主，相信祂必供應他們的需要。在他們幾乎沒有食物時，一位婦人帶著幾袋食品來找他們。「你怎麼知道的？」他們這樣問，因為他們沒告訴過任何人。她全不知情，只是感覺主希望她把那些食品帶給她的牧師。

　　你的奉獻可以成為明顯的指標，顯示你對神會供應你的信心有多大。

奉獻應該有犧牲和慷慨的精神

　　受耶穌讚賞的寡婦是個好榜樣，說明不光是世人所謂「負擔得起」的人，才肯奉獻。使徒保羅在哥林多後書八章1～5節給我們看到另一個例子，馬其頓的貧窮基督徒犧牲自己，慷慨地捐助他：

　　　　弟兄們，我把神賜給馬其頓眾教會的恩惠告訴你們，就是他們在患難中受大試煉的時候，仍有滿足的快樂，在極窮之間還格外顯出他們樂捐的厚恩。我可以證明，他們是按著力量，而且也過了力量，自己甘心樂意的捐助，再三的求我們，准他們在這供給聖徒的恩情上有分；並且他們所做的，不但照我們所想望的，更照神的旨意先把自己獻給主，又歸附了

我們。

這些馬其頓人，保羅形容他們在「極窮」之中，卻
「格外顯出他們樂捐的厚恩」。他們捐獻不止是「按著力
量」，也「過了力量」。如同馬其頓的基督徒，我們的捐獻
也應當有犧牲和慷慨的精神。

但我要提醒你，惟當我們的奉獻成為祭物，它才算
是犧牲。許多基督徒只為神的國度奉獻一點點，願意奉獻
許多金錢的人，為數極少，更不用說真正犧牲奉獻的人，
恐怕是寥寥無幾。

蓋洛普在一九八八年十月所作的一項調查顯示，美
國人賺的錢愈多，願意犧牲奉獻的精神就愈少。每年收入
在一萬元以下的人，把收入的2.8%奉獻給教會、慈善團
體和其他非營利機構。每年收入在一萬～三萬之間的人，
平均奉獻為收入的2.5%；收入在三萬～五萬之間的人，
奉獻他們收入的2.0%；收入在五萬～七萬五千之間的
人，給教會和所有其他非營利機構的奉獻總數，只有他們
收入的1.5%。[7]

難道你不同意，就算我們賺的錢比以前多，奉獻的
比率其實未增反減，這樣就並非所謂的犧牲奉獻。我們的
奉獻也許比以前多，但在財務上為神國度所作的犧牲其實
更少。

　　我從來沒有認識過一個人，會為犧牲奉獻感到後悔的，不管是一次的捐獻還是恆常的奉獻。當然，他們失去本應可以花那筆錢來買一些東西的選擇權，但他們願意放棄無法保留到永久的東西，選擇奉獻，其中所得的喜樂和滿足超乎所值。這些人會說：「我從不認為是犧牲。因我得的回報，比我所奉獻的更多。」

　　想像爸爸媽媽看著孩子高中、大學畢業、和一位敬虔的配偶結婚，或是做了某些叫人喜樂落淚的好事，假如你對他們說：「嘿，想想多少個無眠的夜晚，我們陪伴著你，換掉骯髒的尿片，把原本可用在許多其他地方的花費用在你身上，把原本可用來做其他事情的時間都花在你身上。」他們會告訴你：「這些犧牲都是值得的，因我所付出的，都得著了回報。」你犧牲、慷慨地捐獻，也會是這樣。你絕不會後悔的。

奉獻反映屬靈的忠誠

　　在路加福音十六章10～13節，耶穌向我們顯明一個關於神國度精闢的道理：

　　　　人在最小的事上忠心，在大事上也忠心；在最小的事上不義，在大事上也不義。倘若你們在不義的錢財上不忠心，誰還把那真實的錢

財託付你們呢？倘若你們在別人的東西上不忠
心，誰還把你們自己的東西給你們呢？

146
一個僕人不能事奉兩個主，不是惡這個愛
那個，就是重這個輕那個。你們不能又事奉
神，又事奉瑪門。

再次注意第11節，經文說，你的奉獻反映你屬靈的
忠誠。「倘若你們在不義的錢財上不忠心，誰還把那真實
的錢財託付你們呢？」

在金錢的運用上，當然也包括為基督的國度奉獻。
假若我們不忠，聖經說神也認為不能將屬靈的財富託付給
我們。

讓我打個比方：一家木材公司的老闆，希望有一天
能把生意交給一名僱員來打理。當然，老闆想知道這名僱
員能否恰當地處理業務，所以讓他擔當一部分的管理職
責，負責訂購和檢驗新木材，看他能否賺取利潤。一連幾
個月，他非常仔細地觀察這名僱員如何履行職責，並不是
要求他賺大錢，而是想判斷他是否值得信任、能否勝任。
如果他在這家木材公司的一小部分職責上，無法證明自己
堪以信任，老闆就不會把全部的生意交給他。假如他經得
起忠誠的考驗，老闆就會把公司真正的財富交給他管理。

你如何用錢和奉獻，是衡量你與耶穌的關係和靈性

忠誠度最好的方法。如果你全心愛耶穌，你的奉獻會反映這份愛。如果你愛耶穌和祂國度的工作甚於一切，你的奉獻會反映這份愛。如果你真正降服於耶穌，願意在人生所有範疇上徹底地順服祂，你的奉獻也會反映出來。我們會把許多事情放在奉獻之上，直到最後才把已經擁有的一分一毫交予別人，包括交予耶穌。但假如你做到了，這會藉著你的奉獻反映出來。

所以有人說，你的支票簿最能夠顯示你的為人。假若你去世後，你的傳記作者或你的孩子細看你已兌現的支票單據，渴望了解你是一位怎樣的基督徒，你想他們會得出什麼樣的結論呢？那些支票簿能否印證你屬靈的忠誠？

奉獻：本於愛，而非律法主義

神不會把帳單寄給你，教會也不會把帳單寄給你。奉獻給神和支持祂國度的工作，不是為了履行什麼「第十一誡」。奉獻應該以你對神的愛為動機。你奉獻多少，應該反映在你對神的愛有多少。

在哥林多後書第八章，使徒保羅告訴哥林多人，希臘馬其頓的夥伴如何熱心且樂意奉獻。在第7節，他告訴哥林多人：「你們既然在信心、口才、知識、熱心，和待我們的愛心上，都格外顯出滿足來，就當在這慈惠的事上也格外顯出滿足來。」換句話說，「你們要在施予的恩惠

上顯出富足，就像馬其頓的信徒那樣」。但要注意他在第
8節說：「我說這話，不是吩咐你們，乃是藉著別人的熱
心試驗你們愛心的實在。」他沒有自恃耶穌使徒的權柄命
令哥林多人奉獻。他不是頒佈奉獻的規條，而是說奉獻應
該顯明對神的愛。

在下一章，他把這原則進一步闡明。注意在哥林多
後書九章7節上半節，保羅提到，奉獻的動機不是出於宗
教規條的要求：「各人要隨本心所酌定的……」。

哥林多前書十六章2節也相仿，保羅說，各人要按著
「自己的進項」奉獻。

保羅從未給奉獻定一個可量的外在標準。他說，奉
獻給神應按著本心酌定，衡量的準則是他們對神的愛。

讓我用早前提過的一個例子，來說明奉獻的動機。
假設，我在情人節來到凱菲面前，從背後拿出一束她最喜
歡的黃玫瑰，說：「情人節快樂！」她說：「哦，好漂亮的
花！謝謝！」她如此高興，我的反應卻是不帶任何的感
情：「沒什麼。今天是情人節嘛，身為妳的丈夫，送禮物
給妳是我的職責所在。」你認為她的感覺如何？大概就像
把玫瑰花貼到鼻子上，全是刺！又假設我說：「沒什麼。
我情願為妳花錢，因為我很愛妳。」同樣的錢和相同的禮
148 物，但一份是源於規條、另一份是源於愛，這就使得一切
都不一樣了。

　　神也是如此。祂希望你的奉獻能表達你對祂的愛，而非出於律法主義。

樂意、懷著感恩甘心奉獻

　　讓我再次引用哥林多後書九章7節：「各人要隨本心所酌定的，不要作難，不要勉強，因為捐得樂意的人是神所喜愛的。」

　　神不希望你懷著不滿奉獻，意思是，雖然有奉獻，但並不甘願。懷著這種心態奉獻，無論奉獻多少都不正確。神不是苛刻的主，拍著貪婪的手掌向人勒索。祂不希望你心懷怨懟，只因為頭腦上知道神擁有一切，而不得不奉獻。祂希望你出於樂意奉獻。

　　有人說：「有三種奉獻：懷著怨懟的奉獻、出於職責的奉獻、感恩的奉獻。忿忿不平的人說：『我必須奉獻。』受職責催逼的人說：『我應該奉獻。』感恩的人說：『我想要奉獻。』」[8]

　　神希望我們享受奉獻。

　　有些人奉獻給神，就像要繳稅一樣。也有些人奉獻給神，像繳費給電力公司。但也有少數人奉獻給神，像把訂婚戒指獻給未婚妻，或在聖誕節早晨送禮物給欣喜若狂的四歲孩子。

　　有些人奉獻，因為他們說，不能保留它。有些人奉

獻，因為他們說，這是他們欠下的。但總有一些人，他們奉獻，是因為他們忍不住要奉獻！

我發現我們需要有感恩和歡喜奉獻的理由，否則就像有人在你沮喪的時候，對你說：「高興起來吧！」然而，當你失意時，你需要有高興的理由，才可能真實感到歡欣。但要找到感恩和歡喜奉獻的理由，不必想得太久，或太難。當你想到神已把最好的禮物，就是祂的兒子耶穌基督賜給你；當你想到祂對你的憐憫和恩典，以及祂所供應你的一切需要；當你想到你是在奉獻給神，就應該足以感恩和歡喜地奉獻。

假如，星期天早晨教會的牧師宣佈：「今天有個世界最大販毒集團的首腦來訪，我們要為他的集團舉行奉獻。」你大概不會甘心樂意奉獻。但如果牧師說：「主耶
149 穌基督就在外面走廊，你今天奉獻的一切都會呈獻給祂，給祂和祂的國度使用。」比你心情更輕鬆的，也許只有你的錢包，因為你知道你奉獻的對象是神。

若你發現這是在奉獻給神，就不會抱怨或覺得勉強，而是樂意、懷著感恩、甘心奉獻。

奉獻：恰當回應真正的需要

有時教會公開讓大家知道教會真正的需要，請會友自發奉獻，回應這些需要。

在使徒行傳中，至少有三次，基督徒透過教會捐獻，回應這些特別的需要。

第一次發生在教會誕生後的第一天。使徒行傳二章43～45節記載：「眾人都懼怕；使徒又行了許多奇事神蹟。信的人都在一處，凡物公用；並且賣了田產，家業，照各人所需用的分給各人。」

在五旬節，成千上萬的人從羅馬帝國各地來到耶路撒冷守逾越節，聖靈降臨在基督徒身上，教會就誕生了。三千人當中有許多都是城中的旅客，在五旬節主日成為基督徒。很快地，又有幾千人加入教會。這些旅客憑著信心歸向耶穌，出乎意料地留在耶路撒冷。他們在耶路撒冷沒有家、沒有工作，也沒有生計。為了解決燃眉之急，所有基督徒都變賣財產、共用資源、應付各人的需要。

在使徒行傳四章32～35節，情況也很相似：

　　那許多信的人都是一心一意的，沒有一人說他的東西有一樣是自己的，都是大家公用。使徒大有能力，見證主耶穌復活；眾人也都蒙大恩。內中也沒有一個缺乏的，因為人人將田產房屋都賣了，把所賣的價錢拿來，放在使徒腳前，照各人所需用的，分給各人。

150

基督徒藉由奉獻，恰當回應當前教會迫切的需要。

使徒行傳還有另一個例子，但不是講述本地的需要。這一次奉獻的人，甚至根本未曾親眼看見他們要幫助的對象。使徒行傳十一章27～30節記載：「當那些日子，有幾位先知從耶路撒冷下到安提阿。內中有一位，名叫亞迦布，站起來，藉著聖靈指明天下將有大饑荒。這事到革老丟年間果然有了。於是門徒定意照各人的力量捐錢，送去供給住在猶太的弟兄。他們就這樣行，把捐項託巴拿巴和掃羅送到眾長老那裡。」安提阿的基督徒，雖然遠在耶路撒冷以北四百五十公里的地方，卻願意伸出援手，幫助素未認識耶路撒冷貧困的基督徒。

以上是聖經的根據，激勵我們在教會透過特別奉獻，支持本地和外地的宣教工作，投入全球需要救援的事工項目，自發地捐獻，幫助有需要的人。然而，要注意在上述所有情況之中，沒有人勉強我們奉獻，或規定捐獻某個數字或比率。

關於奉獻支持特別需要幫助的人，還有其他注意事項，例如要掌握事實、監督金錢的恰當運用等，由於篇幅有限，無法於此詳述。但是，這類自發的奉獻都是合情合理的，只是我們的奉獻通常主要不是這樣的類型。

奉獻應該有計畫、有組織

　　請特別留意使徒保羅在哥林多前書十六章1～2節，
對於捐獻的教導：「論到為聖徒捐錢，我從前怎樣吩咐加
拉太的眾教會，你們也當怎樣行。每逢七日的第一日，各
人要照自己的進項抽出來留著，免得我來的時候現湊。」

　　「為聖徒捐錢」，是特別為耶路撒冷遭遇饑荒貧困的
的基督徒募捐。但即使是為某項特別的需要奉獻，保羅仍
勸他們每個星期都需預先作好準備，並且維持募捐一段時
間。他知道奉獻最好是有計畫、有組織，不要臨時湊現。　151
因為各種需要會隨時出現，例如宣教、為饑餓者提供糧
食、維持本地教會的事工，所以最好是定期、有系統地為
特別的事工奉獻，以免每次都要安排特別奉獻。

　　我們很快就注意到這類有計畫、有組織捐獻的三個
特點。第一，保羅告訴他們，要「每逢七日的第一日」奉
獻。這些人若非支取週薪，有可能是每天領取工資。然
而，我們多半是每星期、每兩週，或每個月領取一次薪
資。所以提及要「每逢七日的第一日」奉獻，好讓我們敬
拜神時，不致空手朝見祂，這樣的說法，難道沒有可依實
際狀況得以應用的方法？這表示你可以安排好，將奉獻分
成幾次、每星期日奉獻同等金額，或是在某些主日奉獻少
量零用錢、某些主日奉獻主要的金額。

　　第二，請留意他說「各人」都要捐獻。凡聲稱信主
的人都要這樣表示，他們是神的管家，負責管理神的金
錢。換句話說，我們不能找藉口，說已經運用時間或才幹
事奉神，就可以不必奉獻金錢。好好管理時間和才幹是正
確且合神心意的，但是管理金錢也是我們應盡的責任。這
表示我們不能找藉口說，自己正遇到財務困難、已退休、
只是學生，或只是做兼職的工作等等。即使神沒有給我們
太多東西管理，我們所擁有的一切仍然是屬於祂的，所以
需按祂的吩咐來使用。另外也要記得，我們若能按合神心
意的方式來使用所擁有的一切，才會最快樂。神的心意是
要我們以有計畫、有組織的方式奉獻。

　　第三，他說各人要「照自己的進項」，或「按著他會
昌盛的程度」（NASB）奉獻。你愈成功，奉獻的比率就
應該愈高。奉獻的百分比並沒有固定的目標，奉獻總收入
的十分之一，不一定表示你已經履行神的旨意。這不是奉
獻的最高目標，只是起點而已。

　　我從未真的調查過別人奉獻的金額，但就耳聞所
知，我認識我們教會的一個家庭，他們把總收入的百分之
二十奉獻給主；另一個家庭，則定期奉獻總收入的百分之
二十到百分之二十五。鄰居或教會的朋友，一致都不認為
這兩個家庭很有錢。我猜想，還有少數別的會友也像他們
那樣奉獻。他們可能有孩子，又要支付房屋貸款和各式帳

單。可是多年來，隨著收入增加，他們決心按計畫增加奉 152
獻比率。

　　凱菲有一位嬸嬸，她不太豐裕，也沒有太多帳單要
付，所以用收入的百分之十已足夠應付生活開支，而百分
之九十都用來奉獻。伊利諾州皮奧里亞市（Peoria）的雷
多諾（R. G. LeTourneau）是一位基督徒富商，他的公司
生產剷土設備。主賜福給他，使他的生意愈發興旺，他就
愈不斷地奉獻，直到把經營收入的百分之九十都奉獻在神
國度的用途上。你認為這兩人到了天堂會後悔這樣做嗎？

　　慕勒問道：

> 　　你是按計畫奉獻支持主的工作，還是按感
> 覺行事，視某些環境下的觀感而定，或聽到感
> 人的呼籲才奉獻？我們若沒有從原則上按計畫
> 來奉獻，待一生匆匆過去，到頭來才發現，那
> 位配受稱頌的神用祂的寶血買贖我們，我們所
> 有的生命和財產都屬於祂，可是我們奉獻給祂
> 的竟是如此的少。[9]

　　每次你薪資得著提升，除非情況特殊，否則你應增
加奉獻的百分比。增加的比率可大可小，但你應當定下目
標，每次收入增加時，就按計畫為神奉獻更多。

　　從我小的時候，父母就教導我按比例奉獻。最初，
他們每星期給我十五分錢當作零用金。之後，他們又給我
三個盒子，一個寫著「奉獻」、一個寫著「儲蓄」、最後一
個是「花費」。每星期我都把五分錢投進「儲蓄」的盒子
裡；把五分錢投進「奉獻」的盒子裡，等星期天再拿到教
會；還有五分錢，我從來沒放進盒子過，而是立即騎腳踏
車到一英里外市中心的店子買棒球卡！可是我學到了按計
畫奉獻。

　　再來看慕勒怎麼說：

　　　　因此，我熱切祈望並懇求親愛的基督徒朋
友鄭重思考這件事，想想他們至今剝奪了自己
大量的屬靈福分，因為他們沒有遵守系統化奉
獻的原則，按著神讓他們興旺的程度，並且按
計畫奉獻。不是單憑一時的衝動，也不是受到
關於宣教或講章的激勵，而是照著神所賦予的
能力，系統化、習慣性地按原則奉獻。如果神
託付他們一英鎊，就奉獻一部分；如果他繼承
了一千英鎊的遺產，也按比例奉獻；如果祂託
付他們一萬英鎊，或任何數量，也都按比例奉
獻。弟兄們，我相信，只要我們發現了這福
分，就會按原則來奉獻；如此，我們應該比現

在多奉獻了一百倍。[10]

慷慨奉獻帶來豐足的福分

主耶穌在路加福音六章38節說：「你們要給人，就必有給你們的，並且用十足的升斗，連搖帶按，上尖下流的倒在你們懷裡；因為你們用什麼量器量給人，也必用什麼量器量給你們。」

這個概念在新約聖經中不只出現過一次。回頭來看哥林多後書九章6～8節，神的應許是：「少種的少收，多種的多收，這話是真的。各人要隨本心所酌定的，不要作難，不要勉強，因為捐得樂意的人是神所喜愛的。神能將各樣的恩惠多多的加給你們，使你們凡事常常充足，能多行各樣善事。」

你奉獻給神，神會報答你。當你多多奉獻給神，神會賜予你豐足的恩惠。

我認為當今盛行的「成功神學」是較為極端的學說。我並不相信，只要你奉獻很多給神，祂就會讓你在此生得享財務上的富足。但我確實相信，這一節聖經及其它經文都表明，那些忠心管理神所賜錢財的人，會得到屬世的祝福。第8節最後談到：「使你們凡事常常充足，能多行各樣善事」。這明顯是提及屬世的祝福。神從來沒有說，你若忠心奉獻，祂就必定給你很多的錢，或給你特定

某種屬世的祝福。但祂確實說，若你對祂有足夠的愛心和信靠，願意慷慨奉獻給祂，祂必在此生中賜福給你。

如果神眞的照祂所說的愛我們（祂在十字架上顯明祂的愛有多深），我們就必相信祂會告訴我們如何運用金錢，好使我們至終得著最大的益處，且能得著喜樂，遠非我們憑自己的喜好用錢可比擬的。然而，廣告已爲我們揭露眞相，我們的欲望和其他人並無不同，世人皆想著要將這些本來屬於神的金錢，按著私心使用，但聖經說這是肉體的情慾。魔鬼希望我們浪費金錢，因爲牠是我們的仇敵，也是神國度的仇敵，牠要破壞我們的人生和神的計畫。但神告訴我們如何管理祂的金錢，好使我們獲得益處，得著喜樂，遠非我們憑自己喜好用錢所能比較的。

然而，神因我們奉獻所給予的祝福，大部分都不是在今生可以得到的。當我們憑信心相信，在地上奉獻金錢，也會在天上累積財富。即憑信心相信耶穌所說的：「施比受更爲有福」（徒二十35）。如果這些經文是確實的（當然眞確），我們可以相信，到了確定的時間，在一個眞實的地方，神必定因爲我們慷慨和樂意地奉獻，而賜予我們豐厚的獎賞。

無論你如何詮釋這些經文，或神如何爲你的奉獻，在地上、在天上給你多少賞賜，確據都已經很清楚：你若慷慨奉獻，神必定充足地賜福給你。

深入思考

你是否已爲末後的日子作準備？七十年代早期流行創作歌手吉姆·克羅切（Jim Croce），有一張很出名的專輯叫「瓶中時光」（Time in a Bottle），他在這首同名情歌中說，想把時間存在瓶子裡，希望日後和心愛的人共享。怪異的是，這首歌在電臺播出時，克羅切已去世。若眞能把時間存在瓶子裡，我想他肯定會用來延長自己的生命。但他已無法儲存時間，即使他能，大概也早已用完了。

每個人沙漏裡的沙子總有限量，遲早會流走。就在我撰寫此章時，有人打電話來叫我趕到他家中，因爲他的父親剛過世。如果基督還未再臨，有一天你的時間也會用完，你就非走不可。

你作好準備了嗎？也許你已寫下遺囑，葬禮的程序和費用都安排好了，也買下足夠的保險，但除非你在神面前的罪債已付清，否則你還沒準備好。你沒有準備好，事實上你也不能準備好該如何爲以下的事交帳：你爲自己而非爲神所用掉的時間、違背神而花去的時間、爲追逐世俗享樂（它必與世界一同消沒）所揮霍的時間、本來可以投放在擴展神國度工作上的時間。

除非你已利用時間歸向耶穌，承認你誤用整個人生，否則你就還沒準備好站在神面前。除非你已請求神藉

著基督的死饒恕你，否則你就還沒準備好迎接死亡。除非
你已把餘生交給復活的耶穌，否則你還沒準備好迎接時間
停留的那一刻。

希伯來書四章7節寫道：「你們今日若聽他的話，就
不可硬著心」。地獄裡滿是硬心的人，他們在仍可以悔改
相信耶穌的時候，硬著心拒絕祂，以為還有足夠的時間，
或以為他們還能在別的時候歸向基督。在地獄裡的人，要
是有你現在所擁有的機會，就不會硬著心。在地獄裡的
人，要是像你這樣能再有一個回應福音的機會，他們寧可
放棄世界。在地獄裡的人，會回應希伯來書四章7節，向
未信者的呼喊：「你們今日若聽他的話，就不可硬著心。」

你是否按著神的心意使用自己的時間？在以下生活
範圍，衡量你使用時間的方式，詢問自己是否符合神的心
意（要記得，以下活動各有兩個極端）：工作、在家或在
家附近工作、嗜好、看電視、體育節目、主日、家庭、做
運動、娛樂、睡眠、讀經、禱告、淋浴，以及為當天的活
動穿著打扮。

也許你運用時間的方式需要稍微調整一下；也許神
要求你作重大的調整。但是要記得，沒有在時間運用上操
練自己，就不會有節制的生活。把握住這些問題的正面含
意，藉著操練運用時間，就有可能創造節制的人生。

我要在此補充說明，所謂的調整可能會出現的誤

解。我在前幾頁皆有提到有節制地運用時間，不是鼓勵人
過一種躁動不安、沒有休息、容易耗盡的生活。我在讀過
愛德華茲的傳記後，深信他一向按照本章所提到運用時間
的聖經原則來生活，而他的傳記從沒有形容他分心、透不
過氣，整天匆匆忙忙，不停地追趕日程。他也不是冰冷無
情、工於心計、關心「成果」多於關心人。他常常和莎拉
長途騎馬，以及每天晚上獨自騎馬到樹林裡禱告。他花時
間和孩子一起，與他們一同歡笑。他做的這些事都是正確
的，且是神所喜悅的。

　　按著聖經的教導，操練時間的精髓在於，要在恰當
的時候履行神的旨意。傳道書三章1節寫道：「凡事都有
定期，天下萬務都有定時。」本書提到的各項操練都有適
當的時間，但我們也需要有時間操練自己休息，透過正確
的娛樂補充體力和心力，並且培養人際關係。耶穌常要長
時間服事人，還要應付強大的壓力，但他懂得休息、娛樂
（也許在祂走到各處的時候），並且和人發展關係。祂從沒
有白花一小時，可是我們從沒有讀到祂匆忙做事。在操練
時間運用上，祂是我們的榜樣。

　　透過操練運用時間來締造更像耶穌的人生，確實是
有可能的。神不會拿在恩典中成長的希望在你眼前晃動，
好像屬靈的誘餌那樣，只是為讓你覺得受到吸引，卻永遠
無從享受。祂說過，人可以在敬虔上長進，而屬靈操練就

是通往敬虔的途徑。每一項屬靈操練所要採取實際的步驟，就是時間的操練。

你是否願意接受神為奉獻定下的原則？你讀過，也思想過，但你是否相信和接受神對你的旨意？

你是否真心奉獻？你用人生那麼多的時間和精力賺取金錢，但你運用金錢的方式，是否清楚顯示你跟隨耶穌並追求敬虔？你是否從今天起願意下定決心，藉由奉獻顯明你以耶穌基督為人生的中心？

《華爾街日報》（*The Wall Street Journal*）一百週年紀念號（一九八九年六月二十三日）刊登了〈偉人巡禮〉的文章，所介紹的都是此份報章視為在商業和財政方面成功的人士，包括卡內基（Andrew Carnegie）、亨利‧福特（Henry Ford）、莫根（J. P. Morgan）等人。雖然他們身家豐厚，而且也把許多錢用在慈善事業上，然而，你知道文章中介紹的這些人，仍是未按神的心意來運用金錢的，或許對他們來說已經太遲了，但對你來說還不算遲。不論你擁有多少，身為相信神的人，你可以操練自己，把金錢運用在最偉大的事上：歸榮耀予神，「為達敬虔的地步」。

第 9 章

禁 食

自我放縱與感恩為敵,自我克制則常與感恩為友,並且增進感恩,
所以,暴飲暴食是致命之罪。
早期的沙漠教父相信,人對於各種事物的胃口是相互有關聯的:
飽滿的肚腹和呆滯的胃口會減弱我們對公義的嚮往,
也會損害我們對神的渴慕。

——普蘭丁格(Cornelius Plantinga, Jr.),
引自《改革宗期刊》,一九八九年十一月號(*The Reformed Journal*, November 1989)

159 禁食中的人是什麼樣子？你會想到什麼樣的人？他們看起來是否有點古怪？宛若施洗約翰的類型？像律法主義者、健美先生或小姐？

你想到禁食和「禁食者」時，有沒有想起耶穌？

禁食之所以令人害怕，原因之一是，有許多人認為它會使我們變得不成人形，或帶來不好的結果。我們深怕禁食後會變成雙眼凹陷的瘋子，或是屬靈怪人，且認為禁食會使我們吃盡苦頭，帶來消極的經驗。因為對某些基督徒而言，為屬靈的緣故禁食，彷若剃光頭、赤腳走火坑一般，令人無法想像。

禁食的意義常受到誤解，是因為現代人對它缺乏了解。比起十九世紀後半葉和二十世紀前半葉，雖然今天的人對禁食較為注意，但在你所認識的人當中，多少人有定期禁食的習慣呢？你聽過多少篇關於這主題的講道？在多數基督徒的圈子中，很少聽人提起禁食，更遑論讀過相關

160 內容的人，更是寥寥無幾。但是，實際上在聖經中提到禁食的次數，比起洗禮這類重要的主題還多（若提到洗禮約

有七十五次，提到禁食就約有七十七次）。

在這食物供過於求、不甘捨己的社會，要基督徒接受和實踐禁食，也許會困難重重。很少有屬靈操練像禁食一樣，徹底違背肉體和主流文化，然而我們不可忽視禁食在聖經中的重要意義。當然，有些人由於健康的緣故無法禁食，然而，禁食在效法耶穌的屬靈操練上，為人帶來的益處，可說是不容忽視。

禁食的意義

關於禁食，合乎聖經的定義是：基督徒為著屬靈的緣故而自願禁戒食物。它是一項屬於基督徒的操練，因為非基督徒禁食並沒有永恆的價值，理由是這項屬靈操練的動機和目標應是以神為中心。禁食需出於自願，而非強制性。禁食不是終極的減肥方法，而是為屬靈的目標來禁戒食物。

還有一個更寬廣的看法，常為人所忽略。這是傅士德提出的見解。他把禁食的範圍擴大至泛指：「為了應付高強度的屬靈事務，自願禁絕某些正常的活動。」[1] 在這層意義上，禁食就不單指戒絕食物。有時候，我們可能需要戒絕與其他人來往，或接觸大眾傳媒、接聽電話、交談、睡覺等，以求能夠更專注投入於屬靈層面的事務。

鍾馬田的看法也和這個較廣泛的定義一致：

> 為了把這個問題闡釋得更為完整，我們可
> 以補充一點：若要更確切理解，禁食就不能只
> 限於飲食，也應當包括為了屬靈緣故而戒絕看
> 似合法合理的各種事情。許多身體的機能，都
> 是正常且合理的，但在某些時候，因著特別的
> 理由，這些活動需受節制，這就是所謂廣義的
> 禁食。由此，禁食應當有更寬廣的定義。[2]

161　但嚴格來說，聖經中所提的禁食，仍是就它主要的
意思來表明，也就是禁戒食物。所以，在這一章裡我們只
會談論狹義概念的禁食。

聖經區別幾種禁食類型。雖然它沒有使用我們今天
常用的字彙來加以描述，但我們可以略做以下幾種分類：

一般禁食：禁絕一切食物，但仍然喝水。馬太福音
四章2節記載：「他〔耶穌〕禁食四十晝夜，後來就餓
了。」經文沒有說耶穌口渴。路加福音四章2節也說祂
「那些日子沒有吃什麼」，但沒說祂什麼都沒有喝。人的身
體缺水超過三天就無法正常運作，因此我們可以假定耶穌
在這段日子仍是有喝水的。禁戒食物但不禁水或果汁，是
最常見的一種基督徒禁食方式。

　　局部禁食：限制進食，但不是禁戒所有食物。但以理和另外三個猶太年輕人吃素菜、喝白水十天（但一12）。聖經也記載，外形粗獷的先知、施洗約翰「吃的是蝗蟲、野蜜」（太三4）。在歷史上，基督徒實踐局部禁食，在某段時間內進食分量比平日減少很多，或只吃一些簡單的食物。

　　全面禁食：迴避一切食物和飲料，甚至包括水。聖經告訴我們，以斯拉「不吃飯，也不喝水；因為被擄歸回之人所犯的罪，心裡悲傷」（拉十6）。以斯帖請求猶太人為她禁食禱告，說：「你當去招聚書珊城所有的猶大人，為我禁食三晝三夜，不吃不喝」（斯四16）。使徒行傳九章9節記載，使徒保羅在往大馬色的路上信主後，「三日不能看見，也不吃也不喝。」

　　聖經還曾經描述過超自然禁食，有兩個例子。摩西記述他在西乃山上與神相會的日子：「那時我在山上四十晝夜，沒有吃飯，也沒有喝水」（申九9）。列王紀上十九章8節，記述以利亞到摩西當初神蹟般禁食的地方，可能說的是同一件事：「他就起來吃了喝了，仗著這飲食的力，走了四十晝夜，到了神的山，就是何烈山。」這樣禁食，需要神以超自然方式介入身體的運作。若非神特殊的呼召和奇妙的保守，就不會有同樣的神蹟發生。

　　個人禁食：這是本章最常提到的一種禁食，也是耶

穌在馬太福音六章16～18節所提的，意謂我們禁食不要
給別人看到。

群體禁食：這是約珥書二章15～16節提到的：「你們
要在錫安吹角，分定禁食的日子，宣告嚴肅會。聚集眾
民，使會眾自潔」。在使徒行傳十三章2節，路加寫道：
「他們事奉主，禁食的時候」。可見，安提阿教會至少有一
部分會眾一起禁食。

聖經也記載全民禁食。在歷代志下二十章3節，約沙
法王面對強敵入侵的威脅，號召全體百姓禁食：「約沙法
便懼怕，定意尋求耶和華，在猶大全地宣告禁食。」在尼
希米記九章1節和以斯帖記四章16節，猶太人也得到號
召，全民禁食。尼尼微王聽了約拿所傳講的訊息，也宣告
全國禁食（拿三5～8）。無獨有偶，美國早年在立國初
期，國會也曾宣佈過三次全國性的禁食。總統亞當斯
（John Adams）和麥迪遜（James Madison）皆曾呼籲過所
有的美國人一同禁食；林肯（Abraham Lincoln）在南北
戰爭期間，也曾三次號召國民禁食。[3]

神也在舊約中吩咐，人要定期禁食。每個猶太人都
需在贖罪日禁食（利十六29～31）。在被擄至巴比倫時，
猶太人的領袖規定每年另有四次禁食（亞八19）。在路加
福音十八章12節，法利賽人為著能夠按傳統習慣嚴守禁
食禱告而沾沾自喜：「我一個禮拜禁食兩次。」雖然聖經

沒有提出類似的要求，但廣爲人知的是，衛斯理在決定能否按立一個人作循道會的牧師，端視他有無在每個星期三或星期五實行禁食。

最後，聖經提到臨時禁食。在一些特別的時刻，會針對特別的需要禁食。約沙法和以斯帖都曾呼籲過這種禁食。在馬太福音九章15節，耶穌也暗示這樣的禁食：「新郎和陪伴之人同在的時候，陪伴之人豈能哀慟呢？但日子將到，新郎要離開他們，那時候他們就要禁食。」

今天在基督徒中間最常見的禁食類別，是一般禁食（禁戒進食，但仍然喝水）、個人禁食和臨時禁食。

應當禁食

163

對於不熟悉禁食的人來說，本章最令他們感到意外的，或許就是耶穌也期望跟隨祂的人禁食。

耶穌在馬太福音六章16節、17節的開頭說：「你們禁食的時候……你禁食的時候……」，耶穌向我們吩咐禁食的時候要做什麼、不要做什麼，祂已假定我們會禁食。

比較上面那句話和馬太福音六章2～3節，在同一段經文中，另外論施捨的話，會更清楚看見耶穌對我們的期望：「所以，你施捨的時候……你施捨的時候……」。再比較馬太福音六章5～7節，耶穌論禱告說：「你們禱告的時

候……你禱告的時候……你們禱告……」。沒有人懷疑，
我們應該施捨和禱告。事實上，我們常用這些經文來教
導，耶穌所提出關於施捨和禱告的原則。此處和其他經文
都沒有說我們不必禁食，並且在使徒行傳也有記載基督徒
禁食（徒九9，十三2，十四23），所以我們可以這麼認
爲：直到今天，耶穌仍然期望跟隨祂的人禁食。

耶穌在馬太福音九章14～15節的一段話，說得更爲
清楚。耶穌呼召稅吏馬太跟隨祂之後，立即在馬太家作客
吃飯。法利賽人來質問耶穌，爲何與罪人同席。施洗約翰
的門徒也頗有微詞，因爲他們如同約翰專心一意過著粗食
淡飯的生活，呼召人悔改引向耶穌，並且禁食成爲他們的
服事。所以他們難以明白，當他們禁食的時候，耶穌怎能
享受歡宴呢？於是他們來到耶穌面前，問道：「我們和法
利賽人常常禁食，你的門徒倒不禁食，這是爲什麼呢？」
耶穌回答：「新郎和陪伴之人同在的時候，陪伴之人豈能
哀慟呢？但日子將到，新郎要離開他們，*那時候他們就要
禁食。*」

耶穌說，時候將到，那時祂的門徒「就要禁食」。那
個時候就是指現在。在教會的新郎耶穌再臨之前，祂期望
我們禁食。

除了上述經文，耶穌在馬太福音六章16～18節提出
一個消極的命令、一個積極的吩咐和一個應許。首先是消

極的命令：「你們禁食的時候，不可像那假冒爲善的人，　164
臉上帶著愁容；因爲他們把臉弄得難看，故意叫人看出他
們是禁食。我實在告訴你們，他們已經得了他們的賞
賜。」你禁食的時候，不要叫人看出是在禁食的樣子，意
謂不要面帶愁容或像是在受苦的模樣。

接下來是積極的吩咐：「你禁食的時候，要梳頭洗
臉。不叫人看出你禁食來，只叫你暗中的父看見」。不要
像個饑餓的拾荒者，要注意儀容，別讓別人看出你在禁
食。你只需讓暗中的神看見。若非無法避免或絕對必要的
情形，切莫讓人知道你在禁食。

然後，耶穌給我們一個關於禁食的應許：「你父在暗
中察看，必然報答你」。這個應許就如聖經中所有其他的
應許那樣確實可靠：你若按著神的話語禁食，神必定賜福
和報答你。

有趣的是，耶穌並沒有吩咐我們要多久禁食一次，
或應該禁食多長的時間。就像所有其他的屬靈操練一樣，
律法沒有爲禁食定下條例。因爲禁食是尊貴的特權，是尋
求神恩典的機會，只要我們想到，總能得到這個機會。

應當禁食多久呢？這全在於你和聖靈的帶領。聖經
中記載的例子，有禁食一天或不到一天（士二十26；撒上
七6；撒下一12，三35；尼九1；耶三十六6），也有禁食
一夜（但六18～24）、禁食三天（斯四16；徒九9）、禁

食七天（撒上三十一13；撒下十二16～23）、禁食十四天
（徒二十七33～34）、禁食二十一天（但十3～13）、禁
食四十天（申九9；王上十九8；太四2），還有禁食日子
的長短沒有說明的（太九14；路二37；徒十三2，十四
23）。

禁食要有目標

聖經所教導的禁食，不只是禁戒食物如此簡單。禁
食若不是為著屬靈的緣故，就與為了減肥而禁食無異。例
如，有人告訴一名作家關於禁食的事：

165

> 我禁食過幾次，但沒有效用，我就是覺得
> 餓。……幾年前，聽說幾位牧者在討論禁食，
> 經過他們介紹，我初次嘗試禁食。他們說聖經
> 中有禁食的命令，每位基督徒都應當禁食。身
> 為基督徒，我決定要嘗試禁食。猶豫了幾天
> 後，我鼓起勇氣開始。首先，一早我不能和家
> 人一起坐在餐桌前，因為我沒有足夠的意志力
> 拒絕進食，所以我就出門上班。小憩的茶點時
> 間難以忍受，所以我搪塞了個理由，解釋為何
> 不能和大夥兒一起。但我滿腦想的只有肚子

餓，我對自己說：「捱過這天之後，我以後不再試了。」沒想到下午更加難受，只能盡力集中精神工作，但一直聽到自己的肚皮在打鼓。一回到家，我的妻子為她自己和孩子做好了餐食，食物的香味差點兒叫我按捺不住。但一想到只要捱到午夜，我就禁食一整天了，所以我強忍住了。當時鐘指針一過十二點，我就立即大吃大喝起來。最終，我並不認為那一天的禁食對我有絲毫的幫助。[4]

這個人的經驗可能說對了一件事，若禁食沒有任何目標，禁食就會變得糟糕透頂，以自我為中心。

根據聖經，禁食其實有多重目標，我濃縮為十大類別。無論你什麼時候禁食，應該至少為其中一個目標而做。（但應注意，這些目的沒有一個是為求討取神的歡心。我們不能用禁食來討好或賺取神的接納。我們得蒙神的接納，是因耶穌基督的工作，不是藉由我們的好行為。禁食對我們並沒有永恆的價值，除非我們藉由悔改和信心來到神面前。參以弗所書二章1～10節、提多書三章5～7節。）

增添禱告的力量

加爾文寫道：「每當人爲著大事來向神禱告，用禁食伴隨禱告是合宜的。」[5]

禁食帶有某種力量，幫助我們對禱告更爲敏銳，也使我們的代禱更有熱情。所以，人在緊要關頭把特別需要向神陳明時，常會禁食。

以斯拉帶領流落異鄉的同胞回耶路撒冷時，他宣告禁食，希望民眾熱切祈求神，賜予路途平安。在一千五百公里的路程上，他們面對許多危險，沒有軍隊的保護。他們在禱告中把這一切處境和需要帶到神面前，這並非是等閒之事。以斯拉記八章23節寫道：「所以我們禁食祈求我們的神，他就應允了我們。」

聖經並沒有教導，禁食是以一種屬靈絕食的方式，爲要催逼神滿足我們的請求。假如我們在神的心意以外祈求，禁食也無法改變祂的心意。用禁食來影響神的心意，遠比不上它直接對我們禱告的影響。華理斯（Arthur Wallis）在《神所揀選的禁食》（*God's Chosen Fast*）一書中指出：

> 禁食是把一種緊急和迫切感帶入禱告之中，爲我們傳達至神面前的祈求增加力度。禁

166

食禱告的人向神傳遞這樣的態度：我們是真心
懇切地祈求神。……不但如此，他的熱切表達
也是合神心意的。差別僅在於，他所用的是神
所揀選的方法，為使他的聲音在神面前得以被
聽見。[6]

神必然垂聽屬祂子民的禱告，然而，倘若我們立意
以懇切的方式強化自己禱告的心意，也將蒙祂所喜悅。

尼希米「在天上的神面前禁食祈禱」（尼一4），但以
理「禁食，披麻蒙灰，定意向主神祈禱懇求」（但九3）。
先知約珥向以色列人發出直接的命令：「耶和華說：『雖然
如此，你們應當禁食、哭泣、悲哀，一心歸向我。』」（珥
二12）安提阿教會的人禁食禱告，按手在巴拿巴和大數
的掃羅頭上，然後就打發他們展開第一次的宣教旅程（參
徒十三3）。

你會留意到，聖經論及禁食的其他目標，多少都與
禱告有關。禁食是禱告生活一個很好的夥伴。不過，雖然
禁食有這樣的潛在能力，似乎很少人願意享受它的益處。
來看華理斯怎麼說：

神把禁食和禱告的尊貴特權賜給了我們，
為我們的屬靈兵庫裡添置一件厲害的武器。可

167

惜教會愚昧，對它置之不理，任其荒廢，被丟
到黑暗的角落，讓它生鏽且被遺忘數個世紀。
教會和這世界正面對迫在眉睫的危機，急需找
回它。[7]

尋求神的引導

以辨明神的旨意為禁食目標，聖經中早有先例。

在士師記第二十章，以色列十一個支派準備與便雅
憫支派開戰。士兵在基比亞集結，因為便雅憫城的男人犯
下滔天大罪。以色列人在開戰前尋求耶和華。雖然他們的
人數是便雅憫人的十五倍，卻仍打了敗仗，兩萬兩千人被
殺。第二天，他們流淚禱告，尋求耶和華，但再次戰敗，
超過一萬人陣亡。他們困惑不解，第三天不但流淚禱告，
尋求神的指引，還「當日禁食直到晚上」（26節）。「我們
當再出去與我們弟兄便雅憫人打仗呢？還是罷兵呢？」他
們求問神。耶和華顯明祂的旨意：「你們當上去，因為明
日我必將他們交在你們手中」（28節）。以色列人禁食求
問耶和華，祂才使他們爭戰得勝。

使徒行傳十四章23節記載，保羅和巴拿巴在所建立
的教會中要選立長老，他們先禁食禱告，等候神的引導。

布銳內德（David Brainerd）禁食禱告，為進入牧職
工作尋求神的帶領。他在一七四二年四月十九日星期一的

日記中寫道：「我把這一天分別出來，禁食禱告，祈求神施恩，特別是在我準備承擔這重大工作時，給我幫助和引導，並按著祂所定的時間，差遣我進入祂的禾場。」[8]他談到當天的經歷：

> 我感覺到禱告的能力在我裡面湧流，為寶貴的不朽靈魂代求，為神的國度得以在世界擴展、祂的國度得以宣揚，也為那些忍受痛苦、患難和鄰近死亡的靈魂禱告。……我的靈魂深受無數世人的靈魂所牽動。我的心傾向尚未得救的人更多於牽掛神的兒女，但我情願用一生同為兩者呼求。我享受在與主談話的過程中。這是我此生中從未有過的感受，能像這樣完全與世界分別，在一切事上順服神。[9]

168

禁食並非保證我們一定就會獲得神清楚的引導，但若操練得合宜，我們會更敏銳察覺那位愛我們、引導我們的天父。

表達哀傷

聖經於舊約開頭四次提到禁食，其中三次都與表達哀傷有關。士師記二十章26節記述，以色列人在耶和華

面前哭泣禁食，不但為著尋求祂的引導，也為著四萬名兄
弟在爭戰中喪生而表達哀傷。撒母耳記上三十一章13節
記載，掃羅王被非利士人殺害後，基列雅比人走了一夜的
路程，取回王和他眾子的屍體。他們把掃羅和眾子埋葬之
後，就「禁食七日」，以示哀痛。接下來的一章，記述大
衛及部下聽到這消息後的反應：「大衛就撕裂衣服，跟隨
他的人也是如此，而且悲哀哭號，禁食到晚上，是因掃羅
和他兒子約拿單，並耶和華的民以色列家的人，倒在刀
下」（撒下一11～12）。

　　因死亡以外的事件哀傷，也可以透過禁食來表達，
例如：基督徒會為罪痛悔而禁食。神沒有要求我們為自己
的罪付上代價，因為我們做不到，而耶穌基督已經一次為
我們做成了（彼前三18）。神已應許，「我們若認自己的
罪，神是信實的，是公義的，必要赦免我們的罪，洗淨我
們一切的不義。」（約壹一9）但是，這並不表示認罪是
件輕鬆容易的事，只需動動嘴唇、完成口頭的儀式即可。
單是承認還不是真的認罪悔改，若沒有理解耶穌為我們的
罪付上多大代價，只是膚淺地認罪，其實是侮辱了耶穌。
聖經中所說的認罪，雖然不是靈性的自我鞭撻，但至少表
示在若干程度上，應為所犯的罪感到哀傷。由於禁食是表
達哀傷的方式，所以絕對適合用來表達發自內心的認罪。
有幾次，我為自己的罪深切哀痛，言語也不足以表明我要

向神傾訴的心意。雖然禁食沒有使我更值得饒恕，卻傳達了我單憑言語所無法表達的哀傷與悔改。

禁食所表達的哀傷，也能用在為別人的緣故，例如：為自己教會或國家的人所犯的罪哀傷。妒火中燒的掃羅王意圖用不正的手段殺害大衛，他兒子約拿單的反應則完全相反。根據撒母耳記上二十章34節記載：「在這初二日沒有吃飯，他因見父親羞辱大衛，就為大衛愁煩」。

我和凱菲有位信主多年的朋友。當我們看到她偏離信仰後，一同為她禁食幾天，表達哀傷，希望她能回轉向神。我們因為她的情況和她談過幾次，她被挽回後告訴我們，知道我們為她禁食，是她與神恢復關係重要的轉捩點。我們教會也曾一同禁食過幾次，一部分是為向神表達我們因國家所犯的罪而哀傷。

禁食常是向神表達內心感受的途徑，所以用禁食伴隨悲痛的禱告，就如同和著淚水的禱告一樣。

尋求拯救或保護

禁食禱告求神拯救，並且擺脫敵人的攻擊或窘迫環境，是聖經時代很常見的一種禁食目標。

約沙法王得知敵方大軍壓境，就「定意尋求耶和華，在猶大全地宣告禁食。於是猶大人聚會，求耶和華幫助，猶大各城都有人出來尋求耶和華」（代下二十3～4）。

我們曾經讀過，以斯拉呼籲被擄後歸回耶路撒冷的
民眾禁食，而他們禁食是爲了增添禱告的力量。然而，從
以斯拉記八章21～23節的上下文可見，他們禁食禱告也
是爲了尋求神的保護：

> 那時，我在亞哈瓦河邊宣告禁食，為要在
> 我們神面前克苦己心，求他使我們和婦人孩
> 子，並一切所有的，都得平坦的道路。我求王
> 撥步兵馬兵幫助我們抵擋路上的仇敵，本以為
> 羞恥；因我曾對王說：「我們神施恩的手必幫助
> 一切尋求他的；但他的能力和忿怒必攻擊一切
> 離棄他的。」所以我們禁食祈求我們的神，他
> 就應允了我們。

聖經中最著名的群體禁食，可能就是以斯帖記四章
16節所記載的那一次。以斯帖王后向神祈求保護他們脫
離王的忿怒，同時也招聚百姓禁食。她打算擅自進入亞哈
隨魯王的王宮，請求王保護猶大人，以免他們遭受屠殺。
她告訴舅父末底改：「你當去招聚書珊城所有的猶大人，
爲我禁食三晝三夜，不吃不喝，我和我的宮女也要這樣禁
食。然後我違例進去見王，我若死就死吧！」

我們教會同樣也安排了禁食日，爲國家所犯的罪表

示哀傷，禱告求主保護我們脫離可能因犯罪而招來的攻擊。我們發現，神常因以色列的罪管教他們，使他們在軍事或經濟上受敵國的壓制。雖然我們可能自認沒有在參與國家的罪惡上，但也許是我們對國家的罪惡，或面對基督徒如何經歷國家所受的審判，還思想得不夠深。

同樣地，尋求神拯救或保護的禁食並非全都是群體的型式。大衛在詩篇第一○九篇，呼求神拯救他脫離眾多的仇敵和他們的領袖。從第24節可見，除了禱告，他自己也禁食：「我因禁食，膝骨軟弱；我身上的肉也漸漸瘦了。」看來這是一次非常長時間的禁食。

當我們因信仰的緣故，忍受家人、朋友、鄰居或同事的「逼迫」，第一道的防線應該是禁食，而不是憑血氣的力量。我們一般都傾向用怒氣、粗言穢語、控訴，甚至訴請法律的方式還擊。但我們應當用禁食來呼求神的保護和拯救，而不是使用政治手段來削弱敵人的詭計。

表達悔改和歸向神

171

為這種目標禁食，與為罪哀傷禁食相似，但悔改是心意上的改變，從而產生行動上的改變，所以禁食不僅是表示為罪哀傷，也顯明定意順服神，並且得著新的方向。

在撒母耳記上七章6節，以色列人透過禁食表達悔改，他們「打水澆在耶和華面前，當日禁食，說：『我們

得罪了耶和華。』」

　　在約珥書二章12節，耶和華特別吩咐祂的百姓禁
食，顯示他們悔改和歸向祂：「耶和華說：『雖然如此，你
們應當禁食、哭泣、悲哀，一心歸向我。』」

　　聖經中最徹底的禁食，是約拿書三章5～8節所記載
的那一次表達悔改的禁食。神使用約拿所傳講的信息，為
百姓帶來靈性的大復興：

　　　　尼尼微人信服神，便宣告禁食，從最大的
　　到至小的都穿麻衣。這信息傳到尼尼微王的耳
　　中，他就下了寶座，脫下朝服，披上麻布，坐
　　在灰中。他又使人遍告尼尼微通城，說：「王和
　　大臣有令：『人不可嘗什麼，牲畜、牛羊不可吃
　　草，也不可喝水。人與牲畜都當披上麻布；人
　　要切切求告神。各人回頭離開所行的惡道，丟
　　棄手中的強暴。』」

　　禁食能表達悔改，但若沒有真實的悔改，禁食也是
枉然。就像所有屬靈操練一樣，我們若一直對神硬心，無
視祂要求我們對付生活中的某些罪惡，禁食不過只是「死
的行為」。我們不能利用屬靈操練，來試圖掩蓋神要我們
摒棄某些罪惡的呼聲。在生活某個範疇不斷地重複犯罪，

無異於自我懲罰，若是意圖利用禁食來抵銷所受的懲罰，那是扭曲的禁食。忠誠不移的清教徒牧師和作家波士頓（Thomas Boston）說：

> 必須把對罪的戀慕變為恨惡，把對罪的喜愛變為憎厭，把對罪的依附變為摒棄它的意願，全力抗衡內心的罪惡傾向，制止它在我們的生命中爆發，並且要轉向神——公義的主宰和救主，重拾事奉的職責：若非如此，即使我們禁食，佯裝為自己的罪謙卑、承認過犯，也是枉然。[10]

172

在神面前謙卑

倘若動機正確，禁食在神面前即為謙卑的行動，就像禱告時跪下或俯伏，是反映在祂面前謙卑的姿態一般。有時，你覺得禱告需要跪下來，或是臉伏於地，藉此表達你的謙卑；同樣有時當你禁食，你也希望在每個行動上都向神表達謙卑。

習於跪著禱告來意表謙卑的人，會詢問為何需要透過禁食來表達謙卑。加爾文卻問得更好：「為什麼不如此行？因為『禁食』是承認自己卑微和謙卑回應神的神聖操練，為什麼在面對同樣的需要時，我們卻比這些屬靈先輩

禁食得少呢？……有什麼理由使我們毋須效法他們？」[11]

　　猶太歷史上最敗壞的一位人物——亞哈王，最終卻在神面前謙卑下來，以禁食回應：「亞哈聽見這話，就撕裂衣服，禁食，身穿麻布，睡臥也穿著麻布，並且緩緩而行。耶和華的話臨到提斯比人以利亞說：『亞哈在我面前這樣自卑，你看見了嗎？因他在我面前自卑，他還在世的時候，我不降這禍；到他兒子的時候，我必降這禍與他的家』」（王上二十一27～29）。

　　另一方面，以色列最敬虔的人物之一——大衛王，也一模一樣在耶和華面前謙卑。他寫道：「我便穿麻衣，禁食，自己謙卑」（詩三十五13，NIV）。

　　但請留意，禁食本身並非意謂在神面前謙卑，而僅是**表達**謙卑的一種方式。路加福音十八章12節的法利賽人，雖在禱告中向神吹噓說自己每星期禁食兩次，卻毫無謙卑可言。史密斯（David Smith）著有《禁食：受輕視的操練》（*Fasting: A Neglected Discipline*）一書，他提醒我們：

　　　　我們不能憑此斷言，單靠禁食此一行動即帶有德性的力量，可使**自己**變得更謙卑。墮落的人沒有任何美德可令自己更敬虔，但是，美德卻是在神所賜予的恩典之中做成的。若我們

倚靠聖靈的大能（藉由禁食）治死身體的惡
行，就能在恩典中成長，但得以成就這改變的
榮耀，惟獨歸於神。[12]

表達對神工作的關心

父母會為著期盼神在孩子生命中，帶來改變和成長
而禁食禱告。同樣地，基督徒也會在某些重要範疇的事
上，對神的工作有負擔而禁食禱告。

基督徒會因為企盼神能在遭逢患難、面臨失望或遇
到失敗的地方工作，而感到迫切需要為此禁食和禱告。尼
希米正是為此禁食，當他聽聞許多被擄的猶太人從異地歸
回耶路撒冷，但城牆還沒建好，且缺乏保障：「他們對我
說：『那些被擄歸回剩下的人在猶大省遭大難，受凌辱；
並且耶路撒冷的城牆拆毀，城門被火焚燒。』我聽見這
話，就坐下哭泣，悲哀幾日，在天上的神面前禁食祈禱」
（尼一3～4）。尼希米禁食完畢，就前去百姓中間做實際
的工作，鞏固神所吩咐的事工。

但以理也對被擄的猶太人能歸回和重建耶路撒冷，
有同樣的負擔，他藉著禁食表達：「我便禁食，披麻蒙
灰，定意向主神祈禱懇求」（但九3）。

布銳內德敬虔地操練禁食，經常禁食禱告，表達對
神工作的關心。從他一七四二年六月十四日的日記，可看

見他何等關注神呼召他所做的工作。

> 我把這一天分別出來，暗自禁食禱告，懇
> 求神在我將要承擔傳福音的重要工作上，引導
> 我、賜福給我。⋯⋯神使我奮力地為不在身旁
> 的朋友代求。⋯⋯在禱告中，神讓我與祂奇妙
> 地相遇，我的心從未像這般痛苦，卻感到毫無
> 拘束，因為屬天的恩惠正向我敞開。我為不在
> 身旁的朋友、數以萬計靈魂的得救，以及許多
> 獨自在偏遠地區屬神的兒女極力禱告。[13]

174

縱然我們明顯無法持續禁食，但願主時常激勵我們
關注祂的工作，好使我們對食物的掛慮退居其次。

服事別人

若有人認為屬靈操練只會使人傾向自我關注和離群
索居，應該看看以賽亞書五十八章6～7節。在這段十分
詳盡論到禁食的聖經經文，神特別強調為照顧別人的需要
而禁食。這段經文中所提及的對象埋怨耶和華，說他們已
經禁食，並且在祂面前謙卑，但祂沒有垂聽他們的聲音。
然而，神卻對他們說，雖然他們禁食和禱告，實際上卻過
著假冒為善的生活。在以賽亞書五十八章第3～4節，耶

和華說：「你們禁食的日子仍求利益，勒逼人爲你們做苦工。你們禁食，卻互相爭競，以兇惡的拳頭打人。你們今日禁食，不得使你們的聲音聽聞於上」。禁食不可與生活的其餘部分切割，屬靈操練並非獨立存在的行爲。我們若違背神對於我們與別人關係的心意，神不會因我們任何的操練而賜福予我們，包括禁食在內。

那麼，我們應該怎麼做呢？神希望我們如何禁食？在以賽亞書第6～7節，耶和華問：「我所揀選的禁食不是要鬆開兇惡的繩，解下軛上的索，使被欺壓的得自由，折斷一切的軛嗎？不是要把你的餅分給饑餓的人，將飄流的窮人接到你家中，見赤身的給他衣服遮體，顧恤自己的骨肉而不掩藏嗎？」換言之，討神喜悅的禁食，能使人關注別人的需要，而不是專注於自我。

但是，有人會這樣反對：「我忙於應付自己和家人的需要，沒有時間照料其他的人。」這正好是你爲了照料別人需要而禁食的起點。禁食一餐或一天，用省下來的時間服事別人，你並沒有損失任何時間完成自己所說必須承擔的事。從幾個月前開始，我定下計畫每星期禁食一餐，把當天原本進餐的時間用作輔導或門徒訓練。令我詫異的是，有許多人都覺得傍晚時分是很好的選擇，方便又舒適。所以這段禁食的時間就成爲我一週中最有果效，也最能滿足他人需要一對一服事的時刻。

還有其他禁食的方式，也可以滿足別人的需要。許
多人禁食，是為了把原本花在飲食上的錢，用來救濟窮
人，或用作其他用途。你可以如何運用禁食後省下來的時
間或金錢，去服事其他人呢？

勝過試探，獻己於神

若要基督徒舉出一次聖經人物的禁食經歷，大多數
的人很可能首先會想到馬太福音四章1～11節，耶穌受試
探前的超自然禁食。這段為人熟悉的經文第2節告訴我
們，耶穌禁食「四十晝夜」。祂仰賴這漫長禁食所預備的
屬靈力量，祂戰勝撒但猛烈的攻擊和試探，一直到客西馬
尼園，才再遇上另一次猛烈的試探。同樣在這一次的禁食
中，祂暗暗地把自己交給父神，準備承擔重要且關乎全人
類的事奉。

聖經從來沒有要求我們如法炮製禁食四十晝夜，或
指定任何時數。但是，這並不表示我們不能從耶穌獨特的
經歷中習得一個原則：禁食是戰勝試探，重新將自己奉獻
給父神的一個途徑。

有時候我們在試探中苦苦掙扎，或預期會展開激烈
的搏鬥。特別在這樣的時刻，我們需要更多的屬靈力量戰
勝試探。也許我們在外出的旅途中（或我們的配偶在外出
的旅途中），特別容易受到誘惑，在思想和感覺上對伴侶

不忠。學校剛開學、有新工作或事奉時，可能會有新的試探，也許這是適當的時機讓我們重新把自己奉獻給主。有一些要作決定的關頭，常會使我們面對不尋常的試探，例如：新工作會不會帶來更高收入，但迫使我們減少和家人共處的時間？接受職位的晉升，會不會必須搬遷，使我們停止本地教會的重要事奉，或影響到家人的屬靈成長？受到特別厲害的試探時，需要特別的方法，為了克服試探，透過禁食重新將自己奉獻給神，是效法耶穌的一種回應。

向神表達愛和敬拜

176

直到現在為止，你可能只是把禁食、艱難處境和巨大的憂患連在一起。但是聖經也說，禁食可以是純粹尊崇神的行動。

路加福音第二章提到一個叫人難以忘懷的婦人。經文用短短三節，很快地交代她八十四年的生涯。路加福音二章 37 節總結她的生平：「並不離開聖殿，禁食祈求，晝夜事奉神」。雖然亞拿的故事的中心思想，要從馬利亞和約瑟到聖殿獻嬰孩耶穌的脈絡來看，但此處我們留意的是她日常的生活方式。亞拿結婚才七年就守寡，可以假設她結婚時還年輕，這位敬虔的婦人奉獻自己至少半個世紀，晝夜事奉神，聖經對她的描述是「禁食祈求」。

你可以透過禁食，表達在神那裡找到最大的喜悅和

享受。換言之，你是藉著禁食的操練來表達你愛神多於愛食物，尋求神比進食更重要。這個舉動能夠尊崇神，也是敬拜神的一種方式。這樣做意謂你不像某些人，以肚腹為自己的神（參腓三19）。肚腹本是為服事神而有的，禁食就是為了表明你願意把肚腹的欲望，降服在聖靈的心意之下。

歷代以來的基督徒在預備領受聖餐時，都曾為著這個目標而禁食。除了在神面前悔改和謙卑，表達愛神和敬拜神的這種禁食，目標也是為幫助人，專注敬奉在聖餐中我們所要紀念的那一位。

另一個藉由禁食表達愛神、敬拜神的方法，是可以利用這段用餐的時間讚美稱頌神，你可以把用餐時間延後，先完成每天的讀經和禱告。但是，我們需要記得禁食是尊貴的特權，而非責任。禁食是接受神的邀約，以一種特別的方式經歷祂的恩典。假如你禁食但缺乏信心，無法相信能獲得比禁食更滿足的喜樂，那麼就先帶著信心用餐（羅十四22～23）。但願我們渴望藉著敬拜神，蒙受神所賜予屬靈的筵席，多於喜歡豐盛的餐宴。

若我們禁食要蒙神的祝福，這麼做就必須有屬靈目標——以神為中心，而非以自我為中心。對食物的嚮往，必須引發對神的渴慕。食物不應該使我們分心，而是能提醒我們禁食的意義。我們要避免把心思集中於食物，而是

用食慾來提醒自己禱告，深思禁食的目標為何。

　　毫無疑問地，神常賜給禁食的人非凡的祝福。在聖經中、歷史上或當代見證中所提的例子，都證實神樂意賜予禁食的人祝福。但是，我們也當謹慎，不要有鍾馬田所稱機械式的禁食觀。不可用禁食來操縱神，企圖滿足我們的渴望，就如我們不能用其他方法來操縱神一樣。如同禱告，我們禁食是希望神藉著祂的**恩典**，將會如我們所渴望的賜福予我們。若我們禁食有正確的動機，就可以確信神會賜福給我們，但不一定是全然按著我們的想法。如同史密斯所說：

　　　　無論父神賜給祂不配的兒女任何福氣，都必須視為恩典。我們若以為能做些什麼來迫使（甚至脅迫）神賜給我們所求的福分，就無法領略主的憐憫。……禁食必須以此為根據，當作聖經所教導的途徑，好讓我們更豐富地實現主對我們個人、教會、社群和國家的心意。[14]

　　最近我為著自己所牧養的教會禁食，同時為幾件重大的事情禱告。突然間，我發覺雖然我認為自己是按照神心意為這些事禱告，但或許我對這些事的理解是需要調整的。於是我請求主向我顯明，該如何按祂的心意為這些事

禱告，滿足祂的計畫。我認為這就是史密斯提到禁食時所說的：「聖經所教導的途徑，好讓我們更豐富地實現主對我們個人、教會、社群和國家的心意」。禁食需要有目標，我們必須學習高舉神的心意，而非高舉我們自己的。

撒迦利亞書七章5節教導我們，何謂以神為中心的禁食。有一群特使奉差遣從伯特利到耶路撒冷，來求問耶和華。猶太人一直在兩個日子禁食守節，紀念聖殿被毀。七十年來，他們在五月、七月守這兩個節期，但現在他們已回歸故土，又正在建造新的聖殿，不知道神是否還要他們繼續禁食守節。耶和華回答他們：「你要宣告國內的眾民和祭司，說：『你們這七十年，在五月、七月禁食悲哀，豈是絲毫向我禁食嗎？』」原來他們的禁食已經成為空洞的儀式，而非以神為中心。馬太‧亨利的經文注釋，也對我們如何理解自己的禁食，頗有助益。

> 請他們注意，他們以為禁食過後，神就欠他們什麼，實在是大錯特錯，因為人若非因更好的目標、以更佳的方式禁食，就不能蒙神的悅納……我們不能控訴他們輕視或忽略這項操練……但他們做得不對……他們禁食，卻沒有定睛仰望神……缺少這一樣，禁食也只是開玩笑。禁食若非為神，就是嘲諷祂、激怒祂，不

能討祂的喜悦……即使我們頻繁、冗長、殷勤
地禁食，若沒能加強敬虔的渴望，激發禱告，
增加神聖的憂愁，改善心態和人生的方向，這
些嚴肅的舉動也完全達不到目標，更得不著神
的喜悦。[15]

在我們禁食前，必須回到——以神為中心。但是，即
使處於最好的狀況下，我們也不配勉強神，只為得著我們
所嚮往的。耶穌在馬太福音六章17～18節堅定不移的應
許，正與此相反：「你禁食的時候，要梳頭洗臉，不叫人
看出你禁食來，只叫你暗中的父看見；你父在暗中察看，
必然報答你。」神的兒女按著聖經的教導禁食，神必定賜
福。無論最終你是否得著所嚮往的祝福，有一件事是明確
的：假若你能明白神所思想的，那麼你也會像神一樣，願
意把如此行的祝福賞賜給你自己。神的賞賜不會是沒有價
值的。

深入思考

179

你是否願意承認害怕禁食，並且為此悔改？「我今天
不吃東西」這句話，多少會讓許多基督徒感到焦慮。大多
數的基督徒似乎情願奉獻金錢，也不願意一天不吃東西。

你是否也有輕微的禁食恐懼症？仔細想想看，也會覺得可笑。我們一想到能為著更像耶穌而少吃一、兩餐，就感到焦慮。可是有時候我們寧可少吃一餐，把時間用在買東西、工作、娛樂或其他事上。只要我們相信有些活動在當下更重要，就算不吃東西也會去做，無所懼怕，也不會抱怨。但我們是否曉得，有時以神為糧，比起吃東西所得的報酬更重要許多（太四4）。我們不必害怕禁食所能帶來的祝福。

你是否願意隨著聖靈的引導禁食？當神催促你禁食，你是否願意遵行祂的吩咐？因為耶穌期望跟隨祂的人禁食，所以我相信祂有時會藉由聖靈引導你禁食。你是否定意順服祂的聲音？

聖靈催促我們禁食，其中一個方法是叫我們察覺到生活中的某種需要。假如你需要為某件事更認真禱告，那就是主向你發出禁食的邀請了。假如你在生活的某個問題上需要神的引領，那就是神在鼓勵你禁食。假如你需要拯救或保護，那就是禁食的適當時機。你會這樣做嗎？還是，你會失去透過禁食而蒙受神恩典的特殊機會？

如有需要，記得徵求醫生的同意。如果你在計畫長期的禁食，卻正在懷孕、哺乳、患糖尿病的情況，或身體有特殊狀況，需要定時進食者，在開始禁食前請和你的醫生商量。假若你以前從未禁食過，開始的時候，先禁食

一、兩餐，最多三餐。但總要找時間開始，不要以此推託。尋求方法，透過禁食經歷神的恩典。神認為每個以色列人每年在贖罪日禁食一整天是恰當的，這也包括現在身處於任何景況和環境之中的人。

　　如同所有的屬靈操練，人透過禁食，揚起靈魂的帆，盼望能經歷神的恩典。禁食也為你的屬靈生活帶來獨特的一面，幫助你愈像耶穌，那是你憑任何方法都無法做到的。若非如此，耶穌即不必以身作則教導人禁食了。 180

　　你是否願意現在計畫展開禁食，表示你願意往後都實踐禁食？在你開始行動前，何不定下禁食的時間，意謂奉獻自己給神，並且願意在未來的日子操練禁食？

安靜和獨處

操練這個詞已從我們的心思、嘴巴、講壇和文化中消失了。

我們已經幾乎不懂得操練對於美國現代社會的意義。

可是，要達到敬虔，別無其他辦法；

因為操練就是通往敬虔的途徑。

——傑伊・亞當斯（Jay Adams），

《敬虔的操練》（*Godliness Through Discipline*）

181 十九世紀下半葉俄國作家 —— 契訶夫（Anton Chekhov）所寫的〈打賭〉（The Bet），是我很喜愛的短篇故事。故事講述兩個學識豐富的人針對單獨囚禁這個議題打賭。富有的中年銀行家認為，死刑比起單獨囚禁更人道，因為「施行死刑一了百了，單獨囚禁則好比漫長的死亡」。但是，舞會上一位二十五歲的律師則不同意：「不管活在什麼環境下，活著總比死了好。」

銀行家在盛怒之下，衝動押了二百萬盧布作為賭注，打賭這位年輕律師熬不住五年單獨囚禁的日子。年輕律師卻信心滿滿，認為自己不只可以待五年，甚至還可以待上十五年。

雙方達成協議，年輕律師搬進銀行家莊園中一座分隔的樓房，不准接見訪客，也不准看報紙。他可以寫信，只是不得收信。護衛日夜看守他，以確保他沒有違反協議內容。護衛被安排在特別的位置，好讓年輕律師從窗口看不見其他人。食物從一個小洞孔靜靜地送進來，年輕律師卻看不見送食物的人。他所要的一切，包括書本、紙筆、

樂器等，透過紙條特別請示，都獲得允准。 182

　　故事繼續描述這位律師，在接下來幾年內所要求的東西，還有護衛不時從窗口偷偷觀察到的情形。第一年，幾乎每個小時都能聽到鋼琴聲，年輕律師請求人送來書本，大多數是小說和其他輕鬆的讀本。第二年，音樂聲止息了，他開始請求讀不同經典作家的作品。到了他獨處的第六年，他開始學習不同的語言，也很快就掌握了六種語言。過了十年被監禁的生活之後，年輕律師全神貫注地坐在桌前讀新約聖經，他浸泡在聖經裡一年多後，開始研究宗教歷史和神學著作。最後兩年，他不但擴展了閱讀的範圍，除了神學之外，更涉獵許多其他類型的領域。

　　故事下半部集中記述截限日將臨之際，就是這位律師將要贏得賭注那天前一晚所發生的事。銀行家已步入職業生涯的尾聲，高風險的投資計畫和其易怒的性格，開始逐漸打擊他的事業。這位曾經志得意滿的百萬富翁，如今已淪為二流的銀行家，若再賠上那筆賭注，他的人生即將要毀於一旦。老銀行家因自己的愚昧而惱羞成怒，妒忌那位現在才要邁入四十，就快要成為有錢人的年輕律師，於是決定狠下毒手，然後把殺人之罪嫁禍給護衛。他偷偷潛入那房間，卻發現律師已伏在桌上睡著了，眼前有一封署名要給他的信，信上寫道：

明午十二點整，我就可以重獲自由了……但在離開這個房間之前……我覺得有幾句話必須對你說。在鑑察我的神面前，我憑著良心向你表明，我已視自由、生命、健康，以及那些在你的書本裡，堪稱為擁有一切今世歡樂的事物為卑賤。十五年來，我專心研究今世的生活。雖然我看不見窗外的大地，看不見人，但我活在你的書本裡。……我唱歌，在森林裡狩獵。……在你的書本裡，我攀上厄爾布爾士山和勃朗峰之巔，早上看旭日初昇，晚上看紫霞遍滿天際，漫過海洋和山頂。我看見在我腳下，閃電劃破雲際。我看見綠野、森林、江河、城鎮。我聽見汽笛傳來的歌聲，還有牧羊人用牧笛吹奏的曲子。我感受到美麗〔天使〕的翅膀輕觸我、飛向我，和我談論神……你的書給了我智慧。人類憑著不倦的頭腦，經過漫長世紀累積起來的內容，儲存在我小而有限的頭腦裡。我知道我比你們有智慧，因我逐漸明白，你這些書本中所談論關於地上的祝福和聰明，如同幻影一般，毫無價值且是虛空。也許你自傲、聰明、俊美，但死亡會將你帶走，就像帶走活在你地板下的老鼠一樣；你的後嗣、

生命歷程和你所謂不朽的天資，都會隨大地一
同毀滅，被焚燒凍結。因你已瘋狂，沒有走在
正路之上。你寧取虛假卻不要真理，寧取醜陋
卻不要美善。為了證明我何等鄙視你所看重的
一切，我願意放棄那二百萬盧布。雖然我曾經
看它為通往天堂的門戶，但是現在我已不屑擁
有它。所以，為了放棄贏取這筆錢的權利，我
會在指定時間截止前五個小時內離開這裡，違
反你我的協定。

　　銀行家讀完這段文字後，把信放回桌上，眼中含
淚，親吻這位正在熟睡中的怪人，悄悄地離開房間。契訶
夫寫道：「他從來沒有，甚至在遭逢巨變、承受重大損失
後，也沒有像此刻一般鄙視自己。」他因為流淚，徹夜難
眠。第二天早晨，看守的人告訴他，他們看見那人從窗口
爬出去，走到大門口，消失了蹤影。[1]

　　我並非贊成我們要這樣隔離自己，也並不完全贊同
那位律師的論點，我卻在契訶夫描繪房內的情景時，彷若
打開一扇窗，看見基督徒有時對生活所懷抱的夢想。

　　安靜和獨處，有時具有吸引人的魅力和轉化生命的
元素。除了耶穌基督之外，可被稱為舊約和新約中最偉大
的人物──摩西與使徒保羅，也都在渺無人跡的曠野，在

多年幾乎完全孤獨的環境之中，生命得著更新和改變。作為基督徒的我們都曾像如此生活在壓力鍋裡，而出於心靈的渴望，也想逃至隱密處過幾年生活。

184 然而，我們經過平衡思考，就會發現，完全撇下神所託付的人際關係與責任，過離群索居的生活，既不正確也不可取。聖經裡所描述的現實，是要求我們為基督和祂國度的緣故，與家人交往、和其他人團契相交、傳福音和服事。但是，透過聖靈的感動，「深淵就與深淵響應」（詩四十二7），我們的靈裡面，很自然會有一股尋求安靜和獨處的欲望。基督徒生活的某些操練，需要透過和其他人的交往來達成；相反地，有時我們同樣必須暫離人群，進入安靜和獨處的操練中。在本章，我們會探索安靜和獨處這兩個密不可分的操練有何內涵，從聖經中尋找操練的理由，然後提出實踐的建議。

安靜和獨處的意義

安靜的操練，是出於自願，暫時迴避不說話，好讓自己追求某些屬靈目標。有時安靜是為了閱讀、寫作和禱告等其他目標。雖然沒有外在形式的說話，但心裡會與自己和神對話，這稱為「外在的安靜」。另外有些時候，安靜不只外在形式，也是內裡的狀態，好讓我們更清楚聽

到神的聲音。

　　獨處的操練，同樣是爲了屬靈的目標，自發性地暫時隱退。獨處的時間，短可至幾分鐘，長可延續好幾天。與安靜一樣，追求獨處可能是爲了在不受干擾的情況下，參與其他屬靈操練，或只是單獨與神共處。

　　在進一步討論以前，先簡單說明三件事。

　　第一，安靜和獨處需要與團契相交成爲互補的操練。若沒有安靜和獨處，我們會變得膚淺；若沒有團契，我們會變得呆滯。爲達平衡，兩方面皆不可或缺。

　　第二，安靜和獨處通常連在一起。雖然兩者可以區分，但在這一章，我們會視之爲一對。

　　第三，在西方文化薰陶下，我們已慣於在噪音和人群中生活，不習慣安靜和獨處。費琳明（Jean Fleming）在她的著作《在旋風般的世界中尋找焦點》（*Finding Focus in a Whirlwind World*）評道：「我們活在吵鬧、忙碌的世界。安靜和獨處不是二十世紀的用詞。它們適合蕾絲花邊、高跟鞋、煤油燈的維多利亞時代，多於今日充塞電視、影視店、戴著耳機慢跑的時代。我們這一代人嫌惡寧靜，對獨處感到不自在。」[2] 所以要小心，在這些事上別讓世界攪擾你汲取聖經中的真理。「有耳可聽的，就應當聽」（太十一15）。

安靜和獨處的可貴之處

聖經中列舉許多理由，說明爲何需優先看待安靜和獨處的操練。

學習耶穌的榜樣

聖經裡有多處記載耶穌操練安靜和獨處。留意以下四處經文：

1. 馬太福音四章1節。「當時，耶穌被聖靈引到曠野，受魔鬼的試探。」聖靈帶領耶穌，進入這段長時間的禁食和獨處之中，路加也有同樣記載這段經歷。值得注意的是，他說耶穌進入這項操練時，「被聖靈充滿」，但後來回到加利利時，是「滿有聖靈的能力」（路四1）。

2. 馬太福音十四章23節。「散了眾人以後，他就獨自上山去禱告。到了晚上，只有他一人在那裡。」耶穌叫追隨祂的民眾和門徒離開，好讓祂和父神單獨相處。

3. 馬太福音一章35節。「次日早晨，天未亮的時候，耶穌起來，到曠野地方去，在那裡禱告。」前幾節經文，告訴我們，天黑後「合城的人」聚集在耶穌暫居處所的門前。祂治好許多的人，也趕出

許多鬼。但翌日早晨，天未亮祂就去獨處。耶穌知道，到了早上，祂就再也不會有安靜和獨處的時間了。

4. 路加福音四章42節。「天亮的時候，耶穌出來，走到曠野地方。眾人去找他，到了他那裡，要留住他，不要他離開他們。」試想倘若我們身在耶穌的處境，眾人擾攘著要你幫助他們，他們有許多真切的需要，而你也能夠滿足這些需要，你覺得你可以理直氣壯地離開眾人去獨處嗎？耶穌覺得可以。或許我們都喜歡被人需要的感覺，我們喜歡能人所不能，感覺自己重要、有力量或是不可或缺。但耶穌並沒有向這些試探低頭，祂知道操練獨處的重要。

現在我們應該已經說明要點了。要效法耶穌，就必 186 須操練自己，撥出時間安靜和獨處。這樣，我們就可以透過這些操練得著屬靈的能力，如同耶穌所做的一樣。

魏樂德也提及這一點：

我們必須再次強調，「沙漠」或「密室」是初次涉足靈性生命的基督徒，得著力量的首要場合。耶穌與保羅也是從退隱獨處中得著能力，他們身體力行，給我們必要的示範。透過

全然獨處，我們得著安靜，能靜止不動，並認
識耶和華是神（參詩四十六10）。當我們重返工
作場所、商店或家中，獨處能讓我們擁有充分
的熱切和恆心，把神放在我們心裡，專注在神
身上並且信靠祂（參詩一一二7～8）。[3]

更清楚聆聽神的聲音

我們避開世界和人的聲音，一個較明顯的理由是為
了更清楚聆聽神的聲音。聖經中出現的例子有：以利亞到
何烈山去，聆聽神溫柔的低語（王上十九11～13）。哈巴
谷站在守望所上，警醒等候神向他說話（哈二1）。使徒
保羅信主後到阿拉伯去，獨自與神共處（加一17）。

當然，要聆聽神說話，並非一定要遠離噪音和人群
不可，否則我們就永遠無法在日常生活裡，甚至在人數眾
多的敬拜中領受神的激勵。但是，有些時候，我們需要消
除世界的聲音，好能集中精神聽見神的聲音。

根據愛德華茲所說，這就是他妻子莎拉敬虔生活的
祕訣。他初次記錄她的生平時，這位未來的妻子還是個少
女。他寫道：「除了默想神，她幾乎沒什麼關心別的
事……她喜歡獨自一人在田野和樹林漫步，卻好像總有個
隱形人在和她交談。」[4]我們雖然不像莎拉有「田野和樹
林」可去，但也許可以找公園、街區或其他能夠享受獨處

的地方。不管在何處，我們需要找個地方獨自一人，傾聽
神的聲音。神雖是人所不能見的，祂的臨在卻比其他人來
得更真實。

　　許多人都察覺到，我們已對噪音上癮。一邊聽電視
機、錄音帶或收音機，一邊做其他家務是一種；一進房間
就習慣性扭開上述電器的開關，但求能聽到一些聲音，又
是另一種。倘若連讀聖經或禱告時，都覺得必須要有背景
聲音，那就更糟糕。其實要製造聲音十分方便，但我認為
這就是造成當今基督徒靈性膚淺的原因之一。例如：價錢
相宜的便攜式音響系統面世，是福是禍無從得知。以消極
面而言，現在沒有一處地方沒有人聲。結果，我們因此缺
乏獨處來思考或傾聽神的聲音。也因為我們比以前發展得
更都市化、更易受噪音所影響，學習操練安靜和獨處，是
前所未有殷切的需要。

向神表達敬拜

　　敬拜神，不一定需要言語、聲音或行動。有時在靜
謐之中聚焦於神，就是敬拜。聖經中的例子，在哈巴谷書
二章20節：「惟耶和華在他的聖殿中；全地的人都當在他
面前肅敬靜默。」還有西番雅書一章7節：「你要在主耶
和華面前靜默無聲」。那不只是領受吩咐的靜默，而是
「在他面前」、「在主耶和華面前靜默」，是敬拜中的靜默。

我們有向神說話的時間，但有些時候，只需要在寧靜中定睛仰望和崇拜祂。

懷特腓在日記中寫下，有一次他在家中獨處，安靜地敬拜神：「神樂意把懇切禱告的靈傾注在我的靈魂裡，祂也白白賜予我憐憫，用愛、謙卑、喜樂充滿我。最後，我只能在可畏的寂靜中，全心傾倒在祂面前。我的靈裡感到極其豐足，甚至說不出話來。」[5]

當你的心像懷特腓所形容的那樣豐足，甚至言語也無法形容你對神的愛，你就可以享受寂靜中的敬拜了。當然也有些時候，你的感覺正與此相反，是因為全然提不起勁，覺得任何話語都顯得虛偽。但是，不論你的情緒處於何種景況，總有合適的時機帶領你以無聲來敬拜神。

表達對神的信心

相較於焦躁地向神嘮叨，在神面前安靜這個簡單的舉動，可以讓我們顯出對祂的信心。

在詩篇第六十二篇，大衛兩次展現這種信心。在第188 1～2節，他堅定地說：「我的心默默無聲，專等候神；我的救恩是從他而來。惟獨他是我的磐石，我的拯救；他是我的高臺，我必不很動搖。」在第5～6節，他再一次說：「我的心哪，你當默默無聲，專等候神，因為我的盼望是從他而來。惟獨他是我的磐石，我的拯救；他是我的高

臺,我必不動搖。」

許多人喜愛以賽亞書三十章15節(新譯本),這節經文將在神面前的安靜,與信靠神連在一起:「因為主耶和華以色列的聖者如此說:『你們得救在於悔改和安息;你們得力在乎平靜和信靠。』」信心常藉由禱告表達出來。但是,有時候人是藉著在神面前靜默無言而顯出信心,因為安靜且無焦慮,就表達了對祂全然掌管一切的信任。

我從早期向印第安人傳福音的美國宣教士——布銳內德的生平,找到真人例證。他在一七四二年四月二十八日星期三的日記中寫道:

> 我到慣常退修的地方,心裡滿有平安和寧靜。我用了大約兩小時,暗暗地敬拜神,如同昨日早晨,只是今日覺得有些軟弱和難以承受。我全然倚靠神,放棄所有其他的倚靠。我不知道要向神說什麼,只是單單靠近祂的胸懷,在一切事上完全順從祂,然後像呼吸般傾吐自己的渴求。完全的聖潔充滿我之後,如飢似渴的切慕佔據我的靈魂。神對我的靈魂如此寶貴,這世界以及其它一切享樂都顯得無足輕重。人所喜愛的,在我眼中的價值不過如碎石。主是我的一切,因祂統管萬有,我得著極

大的喜樂，我的信心和信靠漲溢。我以祂為良
善的泉源，我無法不信靠祂，或對前面的際遇
有半點焦慮。[6]

我們也許不像布銳內德在日記中記述得如此完整詳
盡，但藉由安靜的這段時間，我們仍可以透過神所看為美
好的方式，表達我們對神的信心。

尋求主的救恩

用一段安靜和獨處的時間尋求主的救恩，可指未信
的人尋求耶穌的拯救，離開罪咎過犯，或指信徒尋求神的
189 拯救，脫離困境。耶利米哀歌三章25～28節所說的，放
在兩種情形都合適：「凡等候耶和華，心裡尋求他的，耶
和華必施恩給他。人仰望耶和華，靜默等候他的救恩，這
原是好的。人在幼年負軛，這原是好的。他當獨坐無言，
因為這是耶和華加在他身上的。」

在一篇以上述經文為題材的講章中，司布真談到這
種尋求神的方法：

我向凡尋求主救恩的人推薦獨處的操練。
首先，你會從神的眼光好好檢視自己。很少人
真正認識自己的真面目。大多數人只是從一面

鏡子來看自己，可是還有另一面鏡子，它能讓
人看見真正反射的影像，只是這面鏡子很少人
看。在神話語的亮光下檢視自己，仔細察看自
己裡面的光景，審視裡外的罪，用聖經所提供
我們一切試驗的方法，這些都是健康的操練，
只是很少人願意實踐！[7]

　　從司布眞的時代開始，有些人似乎相信，惟一能夠
認眞尋求主救恩的時間，就是在講道前，在管風琴或鋼琴
的伴奏下，基督徒唱詩歌的時候。在神面前安靜，有助於
我們避免在思量靈裡的狀況時分心，所以我們不應該輕視
在神面前安靜的作用。獨處和安靜，有助我們掌握自己的
罪、死亡、審判等眞實的情形。我們對這些實際的景況，
常常被日常生活中的聲音所掩蓋住。我們要更多鼓勵尋道
者「與神獨處」，或用司布眞的話說，「在神話語的亮光下
檢視自己」。

渴望身體和靈性上的復原

　　每個人都需要按時恢復內在和外在的力量，即使那
些與耶穌最接近的人也不例外。門徒連續幾天在身體和靈
性上付出心力之後，耶穌爲他們開出休養生息的方法：
「你們來，同我暗暗地到曠野地方去歇一歇」（可六31）。

190 　　我們都需要時間放鬆自已，緩解日常的壓力，透過安靜和獨處，使身體和靈裡得著恢復。

　　一九八二年十月的一個晚上，我從新聞報導上看到鋼琴家顧爾德（Glenn Gould），他去世的消息和生平回顧。在五〇年代，他以少年人的姿態晉身音樂界，一鳴驚人，從此享有神奇音樂家的美譽。他環遊世界各地，出色的琴技令聽眾著迷。然而，在一九六四年，他停止在公開場合演出。從此以後，雖然他是世界最偉大的鋼琴家之一，但他只在私下場合以錄音方式彈奏。甚至連他的錄音，也是在完全無人打擾的情況下完成的。他深信，孤立獨處是創作的惟一途徑。顧爾德的行事方法有點像苦行僧，我們大概不希望完全效仿。但不要忽略了安靜和獨處帶有醫治的特質，它能使我們的身體和靈性回復生機。

重獲屬靈眼光

　　若想從更平衡一點的角度，不以世界的標準和眼光來看事物，最好的方法莫過於操練安靜和獨處。

　　當天使加百列告訴撒迦利亞，他年邁的妻子將要奇蹟生子時，他表示懷疑。加百列說：「到了時候，這話必然應驗；只因你不信，你必啞巴，不能說話，直到這事成就的日子。」（路一20）在這段安靜的時間，撒迦利亞看這件事的觀點起了什麼樣的變化呢？路加福音一章63～

64節，孩子誕生後，「他要了一塊寫字的板，就寫上，說：『他的名字是約翰。』他們便都希奇。撒迦利亞的口立時開了，舌頭也舒展了，就說出話來，稱頌神。」這可能是較負面的例子，但說明了閉上嘴色有助敞開心思。

葛理翰（Billy Graham）生平中最著名，又帶來生命改變的事件之一，發生在一九四九年八月，就在洛杉磯佈道大會前夕。這次佈道會使葛理翰躍身成為全國知名的人物。許多沒有生活在那時代的人也許不知道，有一段很短的時期，「北美最有名的佈道家」這個非正式的頭銜，是落在一位叫鄧普頓（Chuck Templeton）的人身上。但就在那時，鄧普頓受到一些懷疑聖經默示的人影響，最終徹底否認信仰。他想把塑造自己思想的書籍和觀念，灌輸給葛理翰，就在葛理翰開車前往加州的幾天前，鄧普頓告訴這位年輕佈道家，相信聖經無異於理性自殺。

就在聖貝納蒂諾山（San Bernardino Mountains）一個青年會議擔任講員的期間，葛理翰知道他必須在這件事上得到神的觀點，結果他在獨處之中找著。他形容當晚的情形：「我獨自回到宿舍，讀一會兒聖經，然後要去樹林裡散步。」他散步時想起「耶和華的話臨到我」、「這是耶和華說的」這類句子，在聖經中用過兩千次以上。他默想耶穌的態度——祂成全律法和先知，經常引用他們的話語，且從未表示他們有出什麼錯。他邊走邊說：「主啊，我該

做什麼？我人生的方向是什麼？」他看到單憑理性不能解決聖經默示和權威的問題，因為這至終是信心的問題。他想到有許多日常的東西，例如飛機和汽車，他都一竅不通，那麼，為什麼一說到聖靈，信心就被視為錯誤呢？「於是我回去，拿出聖經來，然後再出去，在月光下走到一棵樹墩前，把聖經放在樹墩上，跪下來說：『神啊，我無法證明某些東西，也無法回答鄧普頓和其他人所提的一些問題，但我憑信心接受，這本聖經所記載的是神的話語。』」[8] 透過那段獨處的時光，和那天晚上重獲屬靈的眼光，葛理翰被塑造成從此以後廣為世界所知的佈道家。

葛理翰的經驗，印證著作豐富的清教徒神學家——歐文對於獨處的觀點：「我們在獨處時是什麼模樣，就實在是那個樣子，別無其他。獨處的時刻若非顯出我們裡面最好的一面，就是裡面最壞的一面。在這樣的時刻，這些深藏於我們裡面的基本信念自會表現出來，引發行動。」[9]

尋求神的旨意

基督徒為何至少要撥出一些時間，在神面前安靜和獨處？一個很普遍的原因，就是要在某件事上辨識神的心意。在路加福音六章12～13節，耶穌決定要揀選誰作祂的門徒與祂一起同工：「那時，耶穌出去，上山禱告，整夜禱告神；到了天亮，叫他的門徒來，就從他們中間挑選

十二人，稱他們爲使徒。」

　　基督教歷史上有許多值得紀念的故事，講述基督徒因爲認爲神是生命中最重要的，所以離開人群，爲要尋求神的旨意。我很喜歡戴德生（Hudson Taylor）的故事，他是一位到中國鞠躬盡瘁傳福音的年輕宣教士。一八六五年，他在英國休養和繼續學醫期間，要下一個艱難的決定。他感到神可能要帶領他展開一項前所未有的事工——把福音帶給中國內地，爲數眾多未聞福音的人。數十年來，幾乎所有宣教士都只是在沿岸城市工作，很少進入內地。戴德生對於這項艱鉅的任務感到畏懼，知道徵召宣教士和尋求財政支援的重擔，將會全落在自己肩上。

　　六月二十五日，寧靜夏日的星期天，戴德生再也忍受不了不明朗的局面。他在病中疲累不堪，就和朋友一起到布萊頓（Brighton）休息。但他沒有享受和朋友相聚的時光，因爲他知道自己必須安靜和獨處，於是獨自在潮退後的沙灘上漫步。周圍景色優美平靜，但他內心很痛苦，因爲他必須作出決定，他渴望明白神的心意。當他正散步，有個念頭浮現：

　　　　「如果我們順從主，責任就在祂，不在我們。主啊，祢必負起所有的重擔，只要祢呼召，祢的僕人我必跟隨，我把一切結果都交給

祢。」「當我離開沙灘，我的心何等安穩。」他
回想那個時刻所得的釋放。「心中的交戰停止，
只有喜樂與平安，我感覺彷彿可以飛越山嶺回
到皮雅斯先生（Mr. Pearse）的住所一般。那一
夜我睡得香甜，我親愛的妻子以為我在布萊頓
遇上什麼奇妙的事。但確實是如此。」[10]

就在戴德生安靜、獨處，尋求神旨意的關鍵時刻，
神為中國內地會打開了一扇門。神繼續使用這項事工，使
它發展成為海外宣教使團，成為如今世界最大型宣教事工
之一。

193　　神常常在公開場合向我們顯明祂的心意，但有時祂
也在暗中啟示祂的心意。要發現神的心意，就需要操練安
靜和獨處。

學習管控舌頭

學習長時間保持安靜，有助於我們經常管控舌頭。

要效法耶穌，學習控制舌頭是重要環節。聖經說，
自以為敬虔，卻控制不住舌頭，是沒有用的（雅一26）。
箴言十七章27～28節認為，要像耶穌那樣具備敬虔的知
識、悟性、智慧和辨識能力等特質，就必須約束言語：
「寡言少語的，有知識；性情溫良的，有聰明。愚昧人若

靜默不言也可算為智慧；閉口不說，也可算為聰明。」

　　操練獨處和安靜的舊約先例，可在傳道書三章7節找到。經文說：「靜默有時，言語有時」。學習靜默的操練，有助於培養控制言語的習慣，因為人若不懂得何時且如何保持靜默，就不懂得何時且如何開始說話。

　　在新約中，雅各書一章19節也指出學習靜默與管控舌頭的關係。「我親愛的弟兄們，這是你們所知道的，但你們各人要快快的聽，慢慢的說，慢慢的動怒。」

　　安靜和獨處的操練，如何幫助管控舌頭？你會發現在長時間禁食中，平常所吃的食物其實有一大部分是不需要的。同樣的道理，當你練習安靜和獨處，你會發現，其實自己並不如想像那般需要說許多的話。在安靜之中，我們學習更多倚靠神對環境的掌權，不必像平常那樣非要說許多話不可。我們發現，曾經以為必須插手干預的環境，神有能力管理。此外，觀察和聆聽的技巧，也由操練安靜和獨處而磨練得更好。而且當我們說話時，也就會有新的洞見，說話也更有深度。

　　我們從雅各書三章2節發現這個教誨：「原來我們在許多事上都有過失；若有人在說話上沒有過失，他就是完全人，也能勒住自己的全身。」實踐安靜的操練，會使人更像耶穌，因為這樣做有助培養管控舌頭的習慣。我們看到，管控舌頭也有利於管理「全身」，這也符合耶穌的形 194

象。安靜和獨處的操練，有可能會影響到人的整個生命，難怪魏樂德說這是「屬靈生命最激進的一種操練」。[11]

安靜和獨處可帶來整個生命的轉變，因為這兩項操練有助於我們實踐其他的屬靈操練。舉例而言，這兩項操練通常會和個人讀經、禱告一起運用。兩者也是個人敬拜中的必要元素。在安靜和獨處中，我們可以爭取更多時間操練學習和寫日記。在安靜和獨處時操練禁食，也是常有的事。但更重要的是，安靜和獨處的操練本身即已為人帶來巨大的改變，因為人在安靜和獨處時，有更多的時間思考人生和聆聽神的聲音。大多數的人在這件事上其實做得不夠，也是明顯的事實。幾世代以前，我們的祖先在田裡或家中工作，所聽到的只有大自然或人的聲音。沒有電子媒體，人就較少受到干擾，可以多些傾聽良心的聲音和神微小的聲音。我們不是要刻意美化所謂「美好的往昔」（這是個惡習；參傳七10），或暗示要回到過去。我只是重申本章起頭所說的：科技進步要使人付出的代價，就是面對一個更大的誘惑——逃避安靜。雖然我們擴大吸收新聞和各類資訊的範圍，但若不操練安靜和獨處，這些優勢也可能使我們犧牲了屬靈的深度。

記得，實踐這些操練的一個重大目標是為追求敬虔，好使我們更像耶穌，也成為聖潔。菲普斯（Austin Phelps）在《寧靜時刻》（*The Still Hour*）一書中寫道：

有人說過，偉大的文學或科學作品，無一不是出自喜歡獨處的人。我們也可以定下一個操練敬虔的基本原則，在聖潔上能有大幅度的進步，無一不是來自於長時間獨自與神共處。[12]

操練安靜和獨處的建議

有些人享受操練安靜和獨處，就如享受閱讀或觀賞精彩的歷險一樣。他們並沒有親身培養這些習慣，只是間接與這些操練擦身而過，或站在遠處表示欣羨。他們夢想能實踐這些操練，卻沒有去做。以下實際建議，有助於將安靜和獨處付諸實踐，並且養成習慣。

「一分鐘退修」

我所居住的地區有一家基督教電台，其中有個三十秒鐘的節目，強調安靜的益處。另外還加上十秒鐘如何安靜的示範時間。聽起來簡單，但那意想不到的安靜時刻，卻發揮了特別大的影響力。

在你的日程中，也可以依照情況安排同樣的心靈時刻。在等紅綠燈、搭電梯，或等候公車時，你都可以享受「一分鐘退修」，把這段時間分別出來安靜和獨處。把餐前禱告的時刻，當作靈性時間。回想看看在聽電話的時候，

那段「待機」的時間，你的思想是多麼安靜。

我無法爲每個人的情況提供建議，但我鼓勵你找出方法，把慣常的事務賦予神聖的意義，找到「一分鐘退修」的時間，即使在最繁忙的日子仍能夠帶來歇息，爲你增添力量。

當然，關鍵不僅是吸一口氣和安靜下來。雖然這也很重要，但我所強調的是要仰望耶穌，傾聽聖靈的聲音。正如我們在詩歌中唱道：「虔誠奉獻我光陰，讚美歌聲永不停」。把握神所賜給你這些意想不到的時刻，單單聚焦於神和聖靈裡的生命。即使神只賜給你幾秒鐘，甚至找不著能完全安靜或獨處的地方，也仍然可以察覺耶穌基督的同在，因而重新得力。

每天定下安靜獨處的目標

我所認識在屬靈的成長上進步迅速、明顯，且能貫徹始終的人，他們不分男女，都是能培養每天與神獨處習慣的人。這些安靜的時間，也就是每天讀經和禱告的時刻。這段獨處的時間，是個人敬拜的時機。

每天靈修的習慣並不容易培養，因爲我們生活繁忙，而且仇敵魔鬼也知道箇中利害。殉道者艾略特（Jim Elliot）明白這場爭戰：「魔鬼特別擅長利用三種元素：噪音、匆忙、人群……安靜能爲人帶來力量，撒但對此相當

清楚。」[13]我們的生活常被太多噪音充斥，時常處於匆忙
狀態，身邊又常有人環繞。所以除非我們定下計畫，每天
在神面前獨處和安靜，那些雜務總會像海水湧進「鐵達尼
號」一樣，塞滿我們的時間。

這些日常時刻，就是操練安靜和獨處的關鍵。能好
好每天操練安靜和獨處的人，也更能夠操練自己，例如在
「一分鐘退修」、主日，或是一段長時間之中，享受這些練
習。少做運動的人，上幾級樓梯或跑一里路都有困難，而
每天慢跑的人，就容易做到。同樣地，每天做屬靈操練的
人，最能夠享受「一分鐘退修」和長時間的安靜和獨處。

為了安靜和獨處而暫離

為了長時間安靜和獨處而「暫離」，也許只需要在你
的教會找個空房間，花一個下午、晚上，或星期天，也可
以在退修中心、旅舍、小屋，花上一個晚上或週末的時光。

在某些退修的日子，你可以只帶上聖經和筆記簿。
有些時候，你可以讀一本會為自己的生命帶來影響力的
書。這樣的退修，是定計畫和評估目標的好時機。

假如你從來沒有花一整個晚上、半天或更長的時間
安靜和獨處，也許你不知道該用那段時間來做什麼。我建
議你準備一張日程表，將想做的事預先寫下來，或是退修
當天再擬定，因為你會驚訝於時間的飛逝。你不必非得按

部就班照計畫進行不可，即使你不過夜，如果有需要的
話，只管睡覺也無妨。不過，事先計畫有助於善用時間達
成目標，而不是把時間白白花掉。

雖然在較遠的地方過夜退修很好，但是別執意要等
到能像以利亞到何烈山過四十天，才開始操練安靜和獨
處。一般來說，所有的屬靈操練，包括安靜和獨處，都是
為了能在日常生活中實踐。

197 特別的地方

找出可以安靜和獨處的特別地點。你可以在家中、
在步行可及的距離內、在幾分鐘車程之內，或是可過夜，
甚至更長時間退修的地點進行。

懷特腓的朋友，具先知風範的威爾斯傳道人哈里斯
（Howell Harris），有個特別用以安靜和獨處的地方，就在
一座教會建築物裡。為懷特腓寫傳記的達里茂（Arnold
Dallimore），描寫了這位佈道家的事奉：

> 在這段日子，哈里斯對屬靈事物的認識還
> 很少。他只知道自己愛主，渴望更多愛祂。在
> 追求神的過程中，他想方法找出安靜的地方，
> 退到主面前，向祂禱告。他很喜歡一個退修的
> 地點是在朗加斯提（Llangasty）的教堂，當時

他在這個村莊授課。他信主後不久，有一次爬到教堂的塔樓，單獨與主共處。在這裡，他連續幾個小時向主懇求，經歷到神的同在和大能如排山倒海而至。孤高的教堂塔樓成了他的至聖所。之後他寫道：「我突然感覺到，因著我對救主的愛，我的心像蠟燭遇火燒那樣融化；我不但感覺到愛與平安，也渴望融入基督的裡面。我的靈魂從深處發出呼聲，是我以前從未知道的：『阿爸，父啊！』……我知道我是祂的兒子，祂愛我，傾聽我的心聲。我的靈裡滿溢且歡呼：『我心已滿足，請賜我力量。我將跟隨祢經過水火。』」[14]

愛德華茲則選在空曠的田野獨處。當他遊經康乃狄克河（Connecticut River），他記下這些文字：「在塞布魯克（Saybrook），星期日我們沿著河岸走到旅舍，在那裡守安息日。這是我感到甜美且神清氣爽的一段時間，我獨自走在田間。」[15]他也常常退到樹林裡，安靜地與神獨處。「我騎馬進入林間，這對我健康有益……我來到一處退修的地方，按照往常的習慣，下了馬散步，默想神，向祂禱告。」[16]你的住所附近也許沒有田野或樹林，但在不遠處可能有公園，不會讓你受到干擾，適合散步、思想和

198　禱告。我們教會有一位藥劑師，育有四名年幼子女。他常
常在回家前，先到相隔他家兩個街區的公園，花幾分鐘時
間安靜和獨處。我最喜歡的安靜地點，是我家附近的摩頓
植物園（Morton Arboretum）。

　　卓道森經常到他住家街道盡頭的小丘去。「在這裡，
他獨自享受珍貴的時刻，花幾小時大聲禱告，唱歌讚美
主，心中默念聖經中的應許和激勵人的話語有時他在迫切
的禱告中與神摔角；有時則安靜地在山坡上踱步。」[17]我
的一位好朋友則會拿著禱告卡，上面寫著他要代禱的事
項，一邊在鄰近的街區散步，一邊靜靜地在神面前傾心吐
意。

　　衛斯理兄弟的母親蘇珊娜要養育一個大家庭，許多
年以來她很難找到獨處的時間。眾人皆知，當她需要安靜
和獨處，就拉起圍裙包著頭，讀經、禱告。這當然不能隔
去所有噪音，但是這個姿態等於向孩子們發出訊號，在這
段時間不要打擾她，兄姐要負責照顧弟妹。

　　如同蘇珊娜那樣，你的環境不一定合乎理想，也許
還需要不時改變，但你仍可以找到一個地方，藉由安靜和
獨處追求敬虔。你那個特別的地方在哪裡呢？

日常職責的輪替

　　如有需要，與你的配偶或朋友安排輪替負責日常事

務，好讓你有較長一段自由的時間，能夠安靜和獨處。

　　對於長時間操練安靜和獨處的建議，你的第一個反應可能是：「你不明白我的處境。我要養家活口，不能自顧自地離開幾小時留下他們不管。」大多數的人，包括操練安靜和獨處的人，都有不容忽略的責任。克服這些難題最實際且合宜的做法，就是請你的配偶或朋友暫時分擔你的職責，讓你有時間獨處；然後，你可以用同樣的方式來回報對方。曾有照顧年幼子女的女士告訴我，這是讓她們實踐操練安靜和獨處，最好且可行的方法。

　　再提醒一下：有可能你回到家時，所看見的實際情況會很殘酷。一位養育五歲孩子的母親告訴我，她舒緩這種震盪的方法是，事先準備好飯菜，放進微波爐或慢燉鍋　199
再加熱就行了。萬一她回家後發現狀態很糟糕，仍可以稍作調整，不必擔心要立即動手做飯。即使有時候我們回家見到的情況十分嚇人，但這樣嚴苛的事實正好證明，我們多麼需要藉著安靜和獨處來重新得力。

深入思考

　　你會天天找時間安靜和獨處嗎？所羅門建造聖殿，「建殿的時候，鎚子、斧子和別樣鐵器的響聲都沒有聽見」（王上六7）。我們的身體是聖靈的殿（林前六19），也需

要用安靜和獨處來建造。你要每天學習安排這樣的退修，
因為當你愈忙碌、處境愈慌亂，就愈需要擁有一個能安靜
和獨處的地方。陶恕（A. W. Tozer）如此補充：

> 學習每天離開世界，退到屬於你自己的地
> 方，哪怕只是臥房也好（曾有一段時間，我找
> 不到更好的地方，就退到鍋爐房去）。停在那祕
> 密的地方，直到周圍的噪音從你心中消退，神
> 的臨在包圍你……聆聽神在你內心說話，直到
> 你聽得出祂的聲音。別再和別人競爭，把自己
> 交給神，活出你的本相和身分，不理會別人怎
> 樣想……學習每時每刻在內心禱告，經過一段
> 時間後，你甚至可在工作時這樣做……少搪塞
> 些東西，但要多讀些對你內在生命重要的內
> 容。別讓你的心思長時間游蕩，而要集中你浮
> 動的思緒。用你靈裡的眼睛注視耶穌基督，練
> 習屬靈的專注力。以上的一切，都有賴於透過
> 耶穌與神建立正確的關係，以及每天默想聖
> 經。若缺少了這幾樣，別的都幫助不了我們。
> 若有了這幾樣，以上建議的操練將會抵銷信仰
> 形式化的不良影響，使我們更了解神和我們自
> 己的靈魂。[18]

　　就如身體每天都需要睡眠和休息，靈魂每天也需要安靜和獨處。這些操練有助於舒緩心思的張力，撫平靈魂的皺紋。你要每天安排一段時間安靜下來，藉著讀經和禱告，與神會面。

　　你會尋找較長的一段時間，讓自己安靜和獨處嗎？要訂定計畫，而且要把它在日曆上記下來。除非你果斷行事，否則每日生活中慣常的事務和各種責任，會填滿你的時間，使你無法長時間與神共處。

　　也許你需要一段較長的時間，思考自己的疑惑，並且重建穩固的屬靈價值觀。就像已故的基督教思想家薛華（Francis Schaeffer）那樣；他在一九五一年的嚴峻時期，尋求安靜和獨處的時間。他發現自己對於現實的看法出現兩方面的危機。他這樣描述自己所面對的掙扎：

> 　　首先，依我看來，在許多持正統信仰立場的人當中，對於聖經清楚言明基督信仰所應帶來的結果，少有人看見其真實性。其次，我逐漸發現如今自己信仰的真實性，已比不上最初成為基督徒的時候。我實在需要回過頭去，重新思考自己的整個信仰立場。[19]

　　這麼重大的危機，實在需要用長時間的安靜和獨處

來處理。論到這段漫長的時期，他說：「天氣晴朗的時候，我在山間漫步。下雨天，我在自己住的老屋的草棚內來回散步，一邊走，一邊禱告，思想聖經的教導，重溫為什麼要作基督徒。」[20] 他慢慢明瞭，他的問題在於對於聖經的教導——關於耶穌為我們現今生命所做成的工作——缺乏理解。後來薛華這樣寫道，陽光逐漸重新透現，歌聲再次響起。那些安靜和獨處的日子，是他生命中一個重要的轉捩點，也為他日後的事奉打下基礎。他在瑞士建立的「庇蔭所」是個與眾不同的群體，現已廣為人知。

也許你需要獨自與神共處，處理一些疑惑和問題。或許你遇上信心的危機，需要找時間禱告、深思、探索心靈。但若是忽略問題，或敷衍地處理，都是很危險的事。假如你的身體有毛病，需要緊急解決，你大概會抽時間對付它。那麼，當你的靈魂遇上問題，也請不要稍加拖延。

但是，別把長時間的安靜和獨處，只用作處理疑惑或屬靈的事務。美洲第一位傳教士耶德遜（Adoniram Judson），在回憶錄中講述他的故事：

> 有一次，翻譯工作令他疲累不堪，實在需要休息。他翻過山坡，走進人跡罕至的茂密森林……他帶著聖經走入林中，在大樹下坐下來，讀經、默想、禱告，夜晚再回到「隱修院」

〔一間他在靠近森林之處搭建的竹寮〕。[21]

在緬甸的危險森林裡，耶德遜就這樣過了不可思議的四十天。可是關於這種生活方式，據我們所知，「他只有一次採用這個方式」。爲什麼他會打破常規，安排這次長時間的安靜和獨處？他的傳記作者寫道，那是「培養德行的方法，使他將未來的人生完全降服在主面前，效法他所敬拜的這位榮美救主。」[22]耶德遜投身於漫長的安靜和獨處，目標是爲了休息，使他將來得益，並且爲了「操練敬虔」。你豈不也該如此行嗎（雖然，四十個小時比四十天，更符合你的實際情況）？

你會現在就開始操練嗎？要在平常的日程中刻意安排安靜和獨處的時間，是很不容易的事。世界、肉體與靈魂的仇敵都明白這一點。但是，如果你操練自己，惟一會令你抱憾的就是沒有儘早開始。

別指望每次安靜和獨處的時間，都能爲你的生命帶來相同的影響。如同基督教歷史上的某些名言，你不一定會感到劇烈的改變或強烈的情緒反應，往往只會感到平和與安詳。不過，就像所有其他的屬靈操練一樣，即使有時候你最後的結論是覺得「正常」，安靜和獨處仍能使你獲益。何不現在就開始，操練這項能爲你帶來靈命更新的行動呢？

愛德華茲的一段話，十分適合作為本章的結論和提醒：

> 有些人在友伴的陪同下，會受到很大的激勵，但論到影響程度，始終比不上獨自一人、在與世分隔的情況下，在暗中、封閉的默想、禱告或與神對話的時候，所能體會到的。真正的基督徒必會喜歡敬虔的團契和基督徒彼此的對話，他的心靈也在其中深受感動，但他也喜歡偶然離開所有人，在獨處中與神對話。這對於他重整心靈、再次懷有熱情特別有益。真敬虔會促使人尋找獨處的地方，存聖潔的心默想和禱告……這就是真實恩典的本質，它喜歡基督徒群體在自身所在之處，也喜歡以特別的方式退修並與神親密交談。[23]

你會立志操練安靜和獨處嗎？如果你經歷過神拯救的恩典，那麼用愛德華茲的話說，安靜和獨處會成為一份「喜悅」、一股清新的信心之泉，帶來喜樂，轉化生命。

假如我有本錢的話，我甚至可以有把握在這件事上押注二百萬盧布，作為賭注與你打賭。

第**11**章

寫日記

無可否認，我們迫切需要重尋敬虔的生活，
如果說現代基督教有什麼特色的話，那就是缺乏屬靈紀律或屬靈操練，
而這些操練，恰好構成敬虔生活的核心，
若說這是現代基督教已告失落的一部分，一點也不誇張。

——畢樓奇（Donald G. Bloesch），
《敬虔的危機》（*The Crisis of Piety*）

205 　　**所**有屬靈操練中，寫日記對於聽過這項操練的人來
說，幾乎是最具吸引力的。因爲寫日記把聖經教義
和日常生活結合在一起，就像兩條大河匯流爲一。每個信
徒在奔赴天國的旅途、生命河的歷程中，都有未曾經歷過
的曲折和危險，所以把這段旅程記錄下來，對於富有冒險
精神的基督徒成長經歷來說，總有些吸引力。

　　雖然寫日記不是聖經的命令，但我們可以找到寫日
記的榜樣。從聖經時代開始，神就賜福給使用日記的人。

寫日記的意義

　　日記是用來記事的簿子。身爲基督徒，你可以用日
記寫下神在你生命中的工作和行事方式。你也可以在日記
中記下每天發生的事、人際交往、讀經心得和代禱事項。
靈修默想、長篇的神學省思，都可以存留在日記上。若要
206 記錄你在其他屬靈操練上的進度，督促自己努力達成目
標，寫日記是個很好的方法。

　　除了這些事情與其他雜項之外，還可以加上你對這些事情的反思和感想，為日記增添色彩。你對這些事情的反應和你的屬靈觀點，都可以成為日記的核心內容。

　　聖經裡面也有許多實例，是受神的靈感動而寫下的日記。許多詩篇是大衛與主同行的記載。耶利米對耶路撒冷淪陷所記下的感受，我們稱之為哀歌。

　　閱讀此章時，請懷著禱告的心，想像和其他屬神的人一同加入寫日記的屬靈操練，希望「達到敬虔的地步」。當我們開始任何一項屬靈操練，包括寫日記這一項，主要都是為了要更像耶穌。帶著這個清晰的念頭，想想英國人羅柏斯，提到日記時所說的話：

　　　　只要我們想到迫切需要塑造心靈和生命，成為基督的樣式，就會發現這項操練不可或缺。若不相信這項操練對於靈命成長的價值，沒有人會記下自己內心的嘆息、恐懼、罪、經歷、神的保守和靈感。正是這個信念，使得寫日記成為眾多屬靈先輩的共同操練。我們認為這項操練需要恢復，也需要捍衛。[1]

寫日記的價值

寫日記不但有助屬靈成長，對於屬靈生命的其他方面也能帶來助益。

幫助自我了解和評估

羅馬書十二章 3 節鼓勵我們，對自己要有持平的看法：「不要看自己過於所當看的，要照著神所分給各人信心的大小，看得合乎中道。」寫日記當然不能保證讓人免於自欺或自貶，只是記下當天的事項，而沒有記錄我對於這些事件的反應，因此可以藉此更透徹地檢視自己。

207　　在我們的生活中，這不是次要或微小的事情。加爾文是生活上最能夠以神為中心的神學家，但他也在《基督教要義》（*Institutes*），這部巨著的第一頁上寫著：「要認識神，必須先認識自己。」[2] 他解釋惟有認識自己和自身的境況，我們才能起來尋求神。藉著日記，聖靈可以指出我們犯罪或軟弱的地方、所選擇的空虛路途、動機，或是能將一頁一頁的內容轉化為祭壇，幫助我們尋求神。

在一八○三年「折衷派社團」（Eclectic Society，倫敦福音派牧者定期會面的聚會，思想切磋並深化相交情誼）的一次聚會上，普拉特（Josiah Pratt）提出寫日記對於自省的價值：

　　寫日記有利於保持警戒。許多人都活在某
種危險當中。他們陷入某些宗教習性中，甚至
在沒有受到強烈試探的情況下，也已是如此。
他們恆常現身於教會參與聖禮，也經常出現在
家裡他們天天暗自讀經和禱告，但僅此而已。
內裡的人是進步還是退步，我們可以說他們自
己其實也不太清楚。他們雖是基督徒，卻甚少
得著。他們本應注意到罪的工作，卻沒有注意
到，所以沒有尋求恩典對付罪；他們也沒有注
意到在恩典中的歡悅，所以無法培養和促進這
份情感。然而，寫日記卻可以激勵這些人，並
且使他們保持警醒。[3]

　　我們能從日記中看到「內裡的人有何長進或墮落」
的其中一個方法，就是可以觀察到以前從未留意的生活模
式。當我重溫一個月、六個月或一天的日記，就更能客觀
地評斷自己和所發生過的事件，可以擺脫當時的感受，來
分析自己的思想和行為。從這個角度出發，我就更容易觀
察到在某方面自己的靈性是進步還是倒退。

　　然而，寫日記不是把時間用作自我耽溺，也不是讓
你找藉口，以自我為中心，不顧其他人的需要。摩根
（Edmund S. Morgan）在關於清教徒與社會關係的著述

208 中，引用一位敬虔年輕人的日記。這篇日記寫於一六〇〇
年代後期，他離世前的患病期間。年輕人評價自己是否對
其他人表現充足的愛心。摩根說：

> 許多清教徒都寫這類日記，我們由此了解
> 他們所追求的社會品格。日記是他們用以檢視
> 靈魂資產負債和信心狀況的帳簿。他們打開日
> 記，以懺悔的心記下德行上的缺失，又用信心
> 的證據來與之抗衡。米沙（Cotton Mather）提
> 到，他在一週中的每一天，都在日記裡寫下至
> 少一件善行。[4]

只要使用得當，日記不但不會造成人僅專注於自
我，反而更能夠促使我們願意為別人的益處行動。

日記可成為一面鏡子，聖靈能藉此顯明他對我們態
度、思想、言語以及行為的看法。在審判之日，我們都要
就上述各方面為自己交帳，所以用一切方法來評估且適時
調整自己，是明智之舉。

幫助默想

有興趣默想聖經（參書一8；詩一1～3）的基督徒，
似乎比以前更多。但是，如今我們活在節奏急促，又容易

受媒體影響分心的社會，要有豐富意涵的默想，必須培養專注力。

　　我讀過一個故事，裡面提到一位新英格蘭（New England）人，他相信世界上沒有一個地方的霧氣，比他位於海岸的家鄉更濃密。有一次他鋪屋頂時，自稱彷若墜入雲中，不知不覺鋪過屋頂的邊緣，「跌進了霧裡」。這樣的場景，就像沒有筆在手時，我也很容易在默想時分心，溜進一個個毫不相關的意念中，直到最後走進白日夢的雲霧裡，而不是在聖經的亮光中深思。但是，若能在日記中寫下默想的內容，會有助於我集中精神。

　　拿著紙筆坐下來，也會使我更加期待，可否在思想神和默想聖經時，能聽見神的聲音。我還在唸書的時候，寫筆記總是能幫助我更專心地聽課。聽道的時候也是如此，若我把對於信息的重要想法寫下來，就會聽得更專注。同樣的概念也可用在寫日記上。若在日記中寫下我對某段聖經的默想，就可以更仔細聆聽神安靜而微小的聲音。祂透過經文向我說話。

有助於向主表達思想和感受

　　無論友誼多麼深厚，婚姻關係多麼親密，我們也不一定能告訴對方自己心中所有的想法。但是很多時候，我們的感受強烈且迅速，想法也非常堅決，以致必須尋找一

個抒發的管道。這時我們的天父願意隨時聆聽，詩篇六十二篇8節說：「在他面前傾心吐意。」

日記是我們心靈泉源的出口，讓我們可以毫無保留地在主面前傾吐內心的聲音。

我們從日記的紙頁間可以清楚看見，人的思想與感情，在活躍興奮和消沉呆滯兩個極端中間移動。教會歷史上所有著名的日記皆是如此。請注意布銳內德在這段日記中所表達的深度與轉折：

> 一七四四年十二月十六日，主日。沮喪的情緒令我難以承受，甚至不知道怎樣活下去。我極渴望死亡，靈魂陷入深淵，洪濤就要把我淹沒。我受了太多的壓迫，靈魂處於驚恐之中。我無法安定思緒來禱告一分鐘，只有不斷地游移和分心。我明白自己沒有向神而活，也為此感到萬分羞愧。我對自己的身分並沒有令人苦惱的懷疑，而是熱切且欣然地願意冒險（就我所知道的）進入永恆。但是，就在我準備向印地安人講道時，心靈卻受盡痛苦，灰心失意的情緒令我難以負荷，我完全沒有行善的能力，甚至到了黔驢技窮的地步。我無話可說，也不知該何去何從。[5]

然而，不久之後，他在日記中表達深沉的喜樂：

> 一七四五年二月十七日，主日。我想我一生中從未感到這樣的自由，把神白白的恩典帶給將要滅亡的罪人。然後，我真誠邀請神的兒女帶著新生命，來喝生命的活水，從中得著難以言喻的滿足。這是使我感到極其暢快的時刻。許多人流下了眼淚，我毫不懷疑神的靈運行在會眾當中，感動有需要的罪人，使他們深信自己需要耶穌。夜晚雖然疲累不堪，但我覺得鎮靜和舒坦。我感到神的尊貴和榮耀所帶來的甜美，我的靈歡喜起來，因為祂是「萬有的神，永遠當受稱頌」。我被太多人包圍，需要和太多人談話，渴望能更多單單與神共處。我願永遠稱頌神，因為今日祂施行憐憫，「在我喜樂的心靈中應允我」。[6]

210

也許你讀布銳內德這兩段話的時候，和我一樣，覺得自身的經驗與他相較甚有距離。他是否活在屬靈的高地，是像我這樣的基督徒所不能及的？他和我屬靈經歷的差別，可以用年代不同來解釋嗎？如果我無法像他那樣書寫表達對神的感情，那麼是我比較奇怪嗎？

其實每一個神的兒女，都有可能經歷布銳內德所表
達的感受，寫日記即有助帶來這樣的改變。羅柏斯解釋：

> 一本靈性日記有助於加深屬神兒女對神的
> 感情，更深培養我們在重大信仰課題上的敏銳
> 與感受，對我們有重要的價值。隨著年紀增
> 長，我們可以繼續深化自己的情感。篤信聖經
> 的人，有時會飽含淚水、嘆息和呻吟，有時又
> 是歡欣且帶著狂喜。他們一想起神，心裡就陶
> 醉。他們對耶穌基督有熱情，熱愛祂的人格、
> 位分、名字、稱號、言語和工作。在基督裡，
> 神為我們成就許多工作，我們卻是冷淡、麻木
> 且無動於衷，我們該為此感到羞愧……寫日記
> 也有助於在這方面調整我們。[7]

藉著寫日記，我們可以慢下腳步，更深思想神，從
而更深（按著聖經的教導）感受神。藉此將頭腦和心裡捉
211 摸不定、模糊的意念過濾，清晰無誤地表達出來，就更能
夠用頭腦和心靈來認識神。

有助於記得主的工作

許多人認為神沒有給他們太多福分，可以多到他們

需搬入新的地址才能裝得下！同樣地，我們何等容易忘記神曾經多少次應允我們的禱告，及時供應所需要的，也在我們生命中做成何等奇妙的工作。所以，我們需要找個地方收集這些記憶，以防再次忘記。

　　寫日記有助使我們像亞薩那樣，他在詩篇七十七篇11～12節寫道：「我要提說耶和華所行的；我要記念你古時的奇事。我也要思想你的經營，默念你的作為。」連以色列王也領受耶和華的吩咐，要抄錄一份摩西的律法書，幫助他們記得神的話語，以及祂在先祖生命中施展的作為（申十七18）。

　　已故基督教出版人蕭赫羅（Harold Shaw）的遺孀露西（Luci Shaw），用實例說明寫日記不只有助益，對於牢記主的工作，也有重要的作用。

　　　　很久以前，我就一直想著應該要有一本日記。直到幾年前，外子罹患癌症，我們突然面臨艱難的一課，在這前所未有的困境之中，我才真的開始寫日記。面對痛苦的抉擇，我們向主呼求：「在我們面對這一切困難時，祢在哪裡？」我突然明白，若我不把發生的事情記下來，將來就會後悔。因為在那段痛苦的日子裡所發生的事件、細節和人物，都十分容易變得

模糊，於是我開始把它們全寫下來。[8]

培根（Fancis Bacon）坦直地說：「人若甚少動手寫字，即需強大的記憶力。」[9]

把主的工作記下來，對於增進信心和禱告大有益處。十九世紀後半葉，勇敢無畏的英國浸信會傳道人司布真認為：「有時候，當我落入疑惑的迷團，就會想起：『我不敢懷疑是否有神，因為每回我翻看日記，上面寫著，某天在沉重的困擾之中，我跪在神面前，而當我再次站起來，就有了答案。』」[10]

《神的存在與屬性》（*The Existence and Attributes of God*）的作者查諾克（Stephen Charnock）寫道：「當我們祈求新的福分，應當記住神在從前所賜的祝福。」[11] 而寫日記，則是讓我們清楚記住「神在從前所賜的祝福」的好方法。

有助於創造和保存屬靈遺產

寫日記，是教導孩子學習關於神的事情，與傳遞信仰的有效方法（參申六4～7；提後一5）。

也許我們永遠不會知道，今天寫下來的東西，在將來會帶來什麼屬靈的影響力。家父於一九八五年八月二十日去世，他生前是小城鎮裡一個廣播電台的經理，每天早

上主持一節三十分鐘的節目，播放音樂和報告本地新聞。他朗讀過威廉‧古柏（William Cowper）的聖詩〈上主作爲何等奇妙〉（God Moves in a Mysterious Way）的歌詞。當我看到他的簽名和「8/19/85」的字樣，寫在這段詩歌的旁邊，就從中得到安穩的屬靈力量，勝過任何人對我說的話。父親去世後，他的舊吉他成爲我最珍愛的物品之一。早年他擔任播報員時，幾乎電台所有的節目都是直播。父親主持的節目深受聽眾歡迎，他會在節目中自彈自唱。父親離世後的第一個感恩節，我翻開他的吉他箱，找到幾封舊書信，戳印日期是在我出生後的幾天。每封信都是他的聽眾寄來的，表示要和父親分享歡欣喜悅，因爲我母親正經歷過一場困難的生產過程。信中他們提到我的父親如何以我爲榮，又說他在電台中，爲著我的安然誕生向主獻上感恩。我坐在吉他箱旁的地板上，讀著這些記錄我家屬靈遺產的紙張，不禁流下感恩的眼淚，因爲父親爲我存留了這一切。要是他在日記中爲我寫下更多與神同行的經歷，那該有多麼寶貴。

　　用文字記錄信仰，可當作屬靈的時間囊，它的威力千萬不要低估。詩篇一〇二篇18節的作者認識到這一點，他提及與神同行的經歷：「這必爲後代的人記下，將來受造的民要讚美耶和華。」

213 有助於闡明心得和感想

有一句古老的格言說，思想經過嘴唇、流過指間，就得以被釐清。閱讀使人充實，對話使人聰敏，但根據培根所說，寫作使人精確。我發現，假若我把與主相交的靈修默想心得寫下來，保留印象的時間會更長。若沒有日記，在一天結束時，我能記住的靈修心得通常只剩很少。

傑出的信心與禱告勇士慕勒，藉著日記表達他的讀經心得和靈修感想。

一八三八年七日二十二日的晚上，我在家中的小花園散步，默想希伯來書十三章8節：「耶穌基督，昨日、今日、一直到永遠、是一樣的。」我默想祂永不改變的愛、能力與智慧，全心全意投入在禱告裡，祈求讓祂永不改變的愛、能力、智慧，進入我目前屬靈的處境之中。剎那間，孤兒院當下的需要，全在我腦海中浮現。我立刻對自己說：「耶穌憑著祂的愛和能力，一直供應這些孤兒的需要，祂也會藉著永不改變的愛和能力，供應我將來的需要。」當我察覺到那位可稱頌的主永不改變，喜樂就在心中湧流。才過了一分鐘左右，一封信送到

我的手上，裡面夾附一張二十英鎊的支票。信
上寫著：「不論你把隨函夾附的支票，用於你的
聖經知識協會、孤兒院，還是主所喜悅的事奉
和用途上，只要你向祂祈求，祂必指示你。這
筆錢不是大數目，但足夠應付今天的緊急需
要。主本也只供應我們今日的需要。明天若有
什麼需要，明天自有明天的供應。」[12]

當我用日記把心中的靈修心得記錄下來，我也發現
可以在日後的對話、輔導、勸勉和作見證時派上用場（參
彼前三 15）。

有助於達成目標和優先次序

214

寫日記是個好方法，提醒自己想做和希望強調的
事。有些人在日記中列出目標和優先次序，每日重溫；我
在每篇日記的開頭畫一個小長方框，加上一條水平線、兩
條垂直線，把方格分成六個小正方框。每個正方框代表我
當天要完成的屬靈事項，例如：至少勉勵一個人等等。我
記錄當天的事項之前，會翻到前一天的紙頁，在適當的方
格中填上我完成的目標。有些人認為這是律法主義式的做
法，但在我看來，這是提醒自己應做完當做的事，也符合
追求活出基督生命的目標（腓三 12～16）。

　　愛德華茲年輕時立下的心志，今天在基督徒中間仍廣爲人知，包括：時間的運用、飲食的節制、在恩典中成長、履行責任、捨己，以及其他的七十個志向。這些遠不只是人在新年時，所立下馬馬虎虎的志向。愛德華茲以此爲一生追求的屬靈目標和優先次序。但鮮少人知的是，他每天用這些心志來衡量言行，把結果記在日誌上。一七二二年聖誕節前夕，他寫道：「爲著耶穌基督的崇高和國度，我要定下更高的期望。在每個月的最後一天，記下未達成目標的次數，看看有無增加或減少。並從這一天開始，每星期推算一次本月的增加數目，再從新年那一週開始計算，整體推算一年的增加數目。」[13] 以一月五日的日記爲例，上面記著：「前些日子，我在讀經方面陷入漫長可怕的低沉光景，但今天稍有起色。本星期的記錄非常低落，我自己認爲的原因是過於散漫和怠惰。假若現況再維持下去，恐怕其他的罪也會悄悄潛入。」[14]

　　因著大覺醒運動（Great Awakening）遠渡重洋的佈道家懷特腓，以無與倫比的講道熱情聞名。如同與他同時代的愛德華茲，在懷特腓的《日記》上明顯可見，若他的影響力有多廣，他的靈性也至少有多深。下列是他每天晚上用以評核自己表現的準則。

215　　我有沒有

　　1.　熱心禱告？

2. 使用「定時禱告手冊」？

3. 每小時即興禱告？

4. 每次對話或行動前後，細想是否能歸榮耀予神？

5. 在任何歡愉時光後，立即感謝神？

6. 為當天的事制定計畫？

7. 做任何事都以簡單和鎮定為要？

8. 熱切並積極地行善？

9. 言行舉止溫文、喜悅且親切友善？

10. 傲慢、自負、低俗，或對人存有嫉妒之心？

11. 飲食適度、存感恩的心，並睡得安穩？

12. 按照羅威廉的準則，規畫時間向神獻上感恩？

13. 殷勤學習？

14. 在思想或言語上對人不友善？

15. 承認所有的罪？[15]

懷特腓的日記每天都分為兩部分，每部分各佔一頁。在第一頁，他列出當天的具體活動，然後按照十五個問題衡量每個事項。在第二頁，根據他的傳記作者達利摩爾（Amold Dallimore）所說：「他記下當天所有特別的活動，最重要的是內心的景況，包含心靈的渴望、審視動機、為著細微的過犯悔改、向神踴躍的讚美，他都把它們記錄下來，沒有任何躊躇與為難。」[16]

像愛德華茲和懷特腓這樣的人，行事為人為何能夠
如此貼近耶穌的形象？他們的部分祕訣是，藉著寫日記操
練實踐屬靈的目標和優先次序。我們與其找藉口說不能夠
成為他們這樣的門徒，不如先學習去做他們做過的事。

有助於維持進行其他的屬靈操練

寫日記的一個作用是，記下我在屬靈操練上的進
步。舉例來說，我也用小方格督促自己持續背經。我很容
216 易變得懶惰、疏於操練，聖經卻說背誦經文對於追求聖潔
是如此重要（詩一一九11）。一旦我落入不背誦聖經的習
慣，就會因惰性作怪而停滯不前。但是，倘若有日記每天
督促我，就會提醒我「要操練自己達到敬虔」，就更容易
抗衡惰性。

我們的肉體本性傾向犯罪，對於屬靈成長毫無助
益。除非我們**努力**治死身體的惡行（羅八13），否則在敬
虔上的進步就會很慢。我們必須找到實際的方法，與聖靈
協力，對抗靈性的怠惰，否則就無法在信仰上建立自己
（猶一20），只會在靈性上不斷退後。

羅柏斯在〈聖徒何在？〉（Where Have the Saints
Gone?）此文中，也確認這個事實：

> 我們若不努力克服自己的本性，暗暗操練

靈性，在基督徒生命的聖潔上，就不會有明顯的進步。屬靈先輩在日記中，坦誠地記下靈魂的爭戰。第一批移民美洲的清教徒和哈佛大學創辦人謝柏德（Thomas Shepherd），在私人日記中寫道：「有時我發現自己到了一個地步，寧死也不願禱告。」我們也都是如此，只是像這樣的誠實並不常見。這些人付出汗水和淚水，努力耕耘心靈，才能夠向高處攀登。我們也一樣，必須「在敬虔上操練自己」（提前四7）。[17]

宣教士吉姆‧艾略特留下一部廣為人知的日記。他在遇上靈性低潮的時候，藉著寫日記為屬靈操練增添養分。一九五五年十一月二十日，就是他在厄瓜多爾遭奧卡印地安人殺害前不到兩個月的時間，他在日記中寫道：

> 我讀過《群山之後》（Behind the Ranges）的某些段落，決心在個人靈修和禱告生活中付諸實踐。學西班牙語時，我放下讀英文聖經的習慣，我的靈修閱讀模式就被破壞了，一直無法恢復。作翻譯和預備每日的查經課，不足以為我的心靈帶來力量。我記得自己感到獨自禱告很困難，因為我總是不停地想起貝蒂。早上

> 很難起床，我在這事上早已下了決心，但始終
> 無法做到。明天我一定要做到，早上六點鐘穿
> 好衣服，研讀新約書信，然後才吃早餐。神
> 啊，求祢幫助我。[18]

他的靈修生活終於重現生機，但看得出來，他的心
思和情緒出現過多次起伏。當他把意願化爲字句，在紙上
表達出來，似乎起了疏導的作用；就像把水引向渦輪，原
先只是流動，進而開始產生推動力。

在日記中寫下於屬靈操練中所經歷的喜樂和自由，
是爲靈性操練帶來助益的另一種方法。我曾在日記裡寫
下，自己曾在肯亞的叢林裡，向從未聽聞過耶穌的長者傳
福音，也曾向巴西的少年人講道，親眼目睹他們悔改，離
棄交鬼的行爲。當我重溫日記，閱讀筆下難以表述的喜
悅，我就定意要堅持在海外宣教的屬靈操練，不管要付出
什麼代價。我在某個禁食日重溫先前所體會過的那種勝利
滋味，進而再次渴求這般的屬靈盛宴。

基督徒的生活，顧名思義應該是活的。假如聖經可
比擬爲靈性的糧食，禱告可喻爲靈性的呼吸，那麼許多基
督徒會把日記視爲靈性的心臟。因爲對他們而言，日記把
維持生命的血液泵入與之相連的每一項屬靈操練中。

寫日記的方法

那麼，該如何寫日記呢？「其實只要是你寫日記的方式，就是正確的方式……如何寫日記，並沒有規定的作法。」[19]

我今天在本地的一間基督教書房留意到至少有十幾本書是日記，有精裝本，也有平裝本。有些書，每一頁都有靈修默想或鼓舞人心的精美佳句；也有些書，在空白的頁緣上，有「代禱事項」和「讀經心得」等類似的標題。更有許多書房出售包裝精美、塗上金邊的簿子，內裡全是空白頁，用來寫日記非常合適。

許多基督徒發現，最實際的做法是用記事簿的紙張寫日記。有些人喜歡用線圈裝訂的筆記簿，我卻覺得活頁紙更好用。除了便宜之外，因為使用白紙不會強迫你寫在印刷日記簿裡指定的位置。有些人會覺得在漂亮的書上寫字，可以為他們的日記增添色彩，激勵他們忠誠持守這項操練。但對某些人而言，這只會構成負面影響：他們覺得日常的俗務與優雅的版面不匹配，就會減少記事，於是很快就停筆不寫。

我喜歡用活頁紙的另一個原因是方便。雖然手邊帶著一本裝訂的書簿比較便利，方便隨時寫點東西，但是帶幾張紙更輕便。我的日記紙大小約二十厘米乘十四厘米

（8.5英寸乘5.5英寸），剛好可以放在聖經、公事包、書本，或手上的任何東西裡。說實在的，我的公事包、家中的書房，甚至教會的辦公室裡，都放著一疊寫日記的紙張，不管我遇到什麼事，都可以隨時把所思所感、任何印象和別人的對談等記錄下來。通常我會把紙張積存一個月左右，開始新的月分時，再把寫過的紙張放進環形文件夾裡，存放在家中。這個做法比起用書本或線圈裝訂的筆記簿，還有另外兩個好處：第一，萬一我丟失手上的日記，頂多只會失去一個月的分量。第二，我可輕易插入新的紙張或複印頁等等，只要它與已經寫下的日記相關。但是，即便如此，我仍要重提那句格言：「只要是你寫日記的方式，就是正確的方式。」只要用最適合自己的方法就行了。

　　你習慣用哪種方法把文字寫在紙張上，也會影響你所選擇的方式。我喜歡用電腦寫日記，因為我打字比手寫快，而且印出來更整齊。但是因為我寫日記的時間通常是在教會辦公室的時候，而不是在家中，所以我會用打字機，其他時候才用手寫日記。有些人的看法比較強烈，認為日記只能用手寫，因為這樣表達更自然、流暢。我卻不這麼認為，比起動筆書寫，用電腦或打字機能讓我更加自由表達。

　　科技日新月異，能用於日記上的機會愈來愈多。《芝

加哥論壇報》的一篇文章，報導了一家日本公司運用科技
幫助工作事務繁忙的人寫日記。有些人生活太忙碌，一天
結束後沒空把事情寫下來，他們只需撥個電話，把要記下　219
來的話說出來，以錄音方式記錄。每到月底，這家公司會
把日記印好，裝訂得美觀又得體，寄到顧客手上。倘若只
想記錄每天發生的事件，這個不失為一個好方法，但如果
用作記錄與主相交和重要的屬靈成長印記，這方法就太不
適合個人使用。我至今難以想像，如何在電話中向主表達
我深刻的思想與感受，更不用說電話費按分鐘在累積，而
且必須找人把你的私人日記從錄音謄打到排版印刷。雖然
科技不斷進步，但紙筆這類簡單的工具，用在寫日記上仍
能發揮功用。

　　若是用紙筆以外的媒介，要留心不要把寫日記的時
間，限制於使用電腦或打字機的時候。許多精彩的日記，
是遠離一般生活處境，在獨處時寫下來的。我有許多極難
忘的日記，是在旅途之中，只能用手寫的情況下記下來。
這些日記比不上打字那般整齊，但我儘可以不去理會外觀
上的美貌，只要內容有價值即可。所以不要限制自己只使
用一種寫日記的方式。

　　開始寫日記前，你也可以寫下讀經時印象最深刻的
經文或感想。花幾分鐘時間默想，記下你的心得。以此作
為起點，考慮帶入生活中的新鮮事、你對這些事的感受、

簡短的禱告、成功或失敗的經歷與別人所說過的話等。

請別理想化要有一本「正式的日記」（沒有這回事），
規定自己要每天寫多少行，或是每天都要寫。我試著每天
都在日記中寫一點，但若沒有寫，我也拒絕讓自己有罪咎
感。每當我開始漸漸地懶散，長期不寫日記，我會約束自
己至少每天寫短短一句。當然毫無例外，寫出來的那句話
常自然而然帶出整段話，或滿滿一頁的文字。

深入思考

如同所有其他的屬靈操練，無論你投入的程度多
深，寫日記總會帶來成果。不論你覺得自己寫作或文字能
力有多強，寫日記都能令你得著益處。不論是否每天寫，
寫得或多或少，也不論你是否像詩人般靈魂躍升，或是思
路閉塞，寫日記都能幫助你在恩典中成長。

如同所有其他的屬靈操練，寫日記需要堅忍，包括
在枯乾的日子。寫日記的新鮮感很快就會遭到磨蝕。總有
些時日，你的靈性會遇到枯竭的情形。也有些時候，你讀
經絲毫沒有任何領受，與神相交也沒有特別的經歷。在某
一天，或某個較長的時期，若你不寫任何東西，或只用寥
寥數筆帶過，也沒有什麼問題，但需記得最終你必須克服
障礙，寫日記才能有長遠的幫助。換句話說，不要單單因

為第一天的興奮刺激遭到磨蝕，就徹底放棄這項操練。這種情況總會發生，所以要制定計畫、拿定主意堅持下去。

如同所有其他的屬靈操練，你必須開始寫日記，即使你還沒有體會到它的價值。十九世紀的愛爾蘭人休斯敦（Thomas Houston），在唐郡（County Down，貝爾法斯特附近）的諾克布雷肯（Knockbraken），擔任長老會牧師長達五十四年之久。他在事奉之初就開始寫日記，並且形容這些日記記錄了「神如何善待和看顧一個卑劣罪人的一生」。在一八二八年四月八日的日記上，他揭露內心所經歷的掙扎，最後卻萌生寫日記這項屬靈操練：

> 我曾經下定決心要持守一個習慣，把天父如何善待我、看顧我的經驗都記錄下來，只不過我總覺得缺乏適當的機會。然而，其實更大的問題，恐怕是靈性上的怠惰，致使我輕看了這項操練。初次思想這個主題時，不同的反對聲音在我耳邊響起，誘使我把寫日記這件事放下。好比會以為這樣做會有靈性驕傲之虞，會習以自我標準衡量自己，而不容易分辨究竟是聖靈的感動、是人的良心未經更新改變後所產生的結果，或是撒但的詭計，深怕會有判斷錯誤的危險。基於上述理由，外加其他原因，長

久以來一直攔阻我作此決定。直到最近，我完
全戰勝了這些反對的聲音。現在我認為，寫日
記對於個人的禱告和自省，以及記念神的信
實，有很大的助益。[20]

221

對於休斯敦的掙扎，你可能也感同身受。許多人常
想要散步、慢跑、騎腳踏車，或是做其他運動，但從來沒
有實行。同樣地，許多人想要培養寫日記的屬靈操練，卻
從未開始執行。寫日記聽起來很有趣，你也相信它是有價
值的，但你從來沒有真正把文字寫在紙上。這就好像你從
未找到合宜的時間，或像休斯敦所說的，遇上「適合的機
會」。可是，在內心深處，我們知道「更大的問題」很可
能像是這位愛爾蘭傳道人所提到的，使他意志睏倦的是
「靈性的怠惰」。不要以為寫日記單單是「為了達到敬虔的
地步」，而是要把它當作在你生命中「記念神信實」的方
法。

第**12**章

學習

我們必須面對一個事實，今天許多人在生活上都漫不經心，
這種態度也進入了教會。我們既有自由，又有錢，過著相對奢華的生活，
結果，實際上我們已失去了紀律。
小提琴的弦線若是沒有拉緊——沒有「約束」，而是全部鬆鬆垮垮的，
音樂家還能在獨奏會上奏出什麼樣的樂音呢？

——陶恕（A. W. Tozer），
引自《今日基督教》，一九八七年十一月二十日
（*Christianity Today, November 20, 1987*）

223 十多年前，我在小城鎮附近的一所教會擔任牧師。鎮
上有兩間大學，規模都不大。其中一間是國內福音
派規模最大的著名學府，以培養學生熱心擴展耶穌的國度
而聞名，參與宣教的舊生人數一直領先同宗派的其餘十多
間學校。不過我常聽聞宗教系的學生抱怨，有兩三位教授
似乎缺乏屬靈熱情。許多學生認為，這些人神學頭腦過度
發育，心靈卻像侏儒，缺乏熱情。我們都聽說過一些教師
或傳道人有資格主持神學界的智囊團，他們的信仰看來卻
像籃球充氣過飽後，又乾又硬，死氣沉沉。這完全不像主
耶穌，甚至也不像使徒保羅的模樣。

就在這所牧職學院裡，有個於教會擔當執事的人曾
經告訴我：「我向來不喜歡學校，來到教會後也就更不想
學任何東西。」這種態度和說法，無論如何看來都不會像
耶穌。

為什麼我們會覺得必須二擇其一呢？為何仍然還是
有許多基督徒陷入這樣的難題：「當你要選擇服事的對象
時，你會選擇學術，還是對信仰的熱誠與委身？」我始終

主張，在生活上合乎聖經教導而又平衡的基督徒，必須同　224
時擁有整全的頭腦與心靈，散發屬靈的光和熱。

　　假若非得擇一不可，我們必須選擇一顆燃燒的心
靈。倘若我們頭腦上知曉真理，心靈卻與神關係不好，到
神審判的那日，對真理的認識只會將我們的罪咎放大。但
是，我們若從心裡對福音作出恰當的回應，即使對教義的
理解膚淺或模糊，也不能構成障礙，最終必能得救。我不
但自己會作此選擇，也希望我所牧養的群體能作出同樣的
選擇。因為矯正偏離航道的船，比把船駛出港口困難許
多。

　　不過最好的是，我們把船駛出港口，而且也保持航
道。基督徒必須知道，火沒有燃料是燒不起來的；相同
地，心靈單靠愚笨的頭腦也無法擁有熱情。我們不能滿足
於只有熱心卻沒有知識。

　　這是否表示，我們必須很聰明才能作基督徒？絕對
不是。但實際上，我們若要像耶穌，就必須願意學習。即
使是耶穌，祂在十二歲的時候也曾「坐在教師中間，一面
聽，一面問。凡聽見他的，都希奇他的聰明和他的應對」
（路二46～47）。當然，這也不表示我們必須拿到幾張文
憑，才能夠作優秀的基督徒。然而，我們應該操練自己勤
勉學習，就像耶穌一樣。猶太人對耶穌感到希奇：「這個
人沒有學過，怎麼明白書呢？」（約七15）

查考操練這個詞就會發現，它的意思不單指「跟隨」
耶穌，也指「學習」。若要跟隨耶穌，渴望變得更像祂，
我們就必須把學習當作一種屬靈操練來實踐。

願意學習是智慧人的特點

根據聖經中專為教導人追求智慧而寫的一卷書，智
慧人的其中一個特點就是願意學習。箴言九章9節告訴我
們：「教導智慧人，他就愈發有智慧；指示義人，他就增
長學問。」智慧人和義人，從來不會滿足於已擁有的智慧
及知識。那些不願受教，或對學識自滿的人，只會暴露自
己是多麼淺薄。真正有智慧的人就會謙卑，因為他們知道
225 仍有許多東西需要學習。這節經文提到，智慧人和義人是
願意受教的。他們可以向任何人學習，不論什麼樣的人給
他任何教誨，他就「愈發有智慧……增長學問」。智慧人
總是渴望學習。

箴言十章14節告訴我們：「智慧人積存知識」。希伯
來文的意思是，把知識當作珍寶般收藏。智慧人喜愛學
習，因為他們發現知識就像貴重的珍寶。

你能否想像，事實上仍有大量的知識是你所無法觸
及的。我曾在本書的第二章中提過，我在往肯亞宣教的旅
程中，認識一位三十歲出頭，名叫伯爾納的老師。他所在

的克雷馬（Kilema）區只有四棟建築物，其中一棟是店舖，他就住在這家店舖後面。每天他要走幾英里的路，甚至經過叢林帶，才能抵達泥磚搭成的小學教書。他的家是棟「小四方屋」，長寬高皆約爲三米左右。他和妻子、孩子同住。一張雙人床貼牆擺放，一張被單懸掛在天花板上，分隔「睡房」和小屋的其餘地方，光是一張小桌和一張椅子，即佔了屋子的前半部分。我最感興趣的是他掛在水泥牆上的東西。每一面牆上有幾張老舊雜誌的書頁，或從舊日曆撕下來的圖片。經過詢問後，他說明原因是，這些是他所有能夠讀到的文章和書籍。雖然他已信主好多年，但因爲太窮，以致連一本聖經也買不起。僅有幾本送到他手中的書，但全都是學校老師用過的二手書。

即便他已讀過無數次，他仍然一邊抱著兒子哄他睡覺，一邊讀著雜誌上的字。無論他正在桌旁吃飯，或躺在床上，都看著圖畫遠方的人和地方，想像眞實的景象。我站在這棟堅固的小四方屋內，望著那幾十張褪色的圖畫和泛黃的紙頁，發現在我面前站著的是個智慧人。伯爾納明白，知識像稀有的珍寶，比黃金更罕有，所以他將它們珍重地收藏起來。凡是智慧人，都會抱持這樣的態度，因爲「智慧人積存知識」。（順帶一提，我們教會的一些人後來寄給伯爾納幾箱書，並且爲他訂了幾份雜誌。）

請注意箴言十八章15節：「聰明人的心得知識；智慧

226 人的耳求知識。」智慧人不但「得」知識，他們也「求」
知識。他們渴望學習，又操練自己爭取學習的機會。

還有一節箴言的經文，也值得我們留意。箴言二十
三章12節命令我們：「你要留心領受訓誨，側耳聽從知識
的言語。」無論你知道多少，特別是關於神、耶穌、聖經
和基督徒生命的知識，仍需要用心學習，因為你還沒有全
部學會。也不管你認為自己有多聰明或遲鈍，根據上面那
節經文所說的，你要殷勤地用心和用耳學習。

學習是持續一生的操練，特別是智慧人所謹守的屬
靈操練。早期為愛德華滋寫傳記的作者霍普金斯（Samuel
Hopkins）提到，在他和愛德華茲見面時，最令他印象深
刻的是，儘管愛德華茲已事奉二十多年，但他仍「非常有
求知的渴望……凡是拿到手的書籍，特別是神學的書籍，
他都會讀。」[1] 愛德華茲無可否認有超卓的頭腦，但他從
來不曾停止動腦學習。憑著這股動力，加上強烈的屬靈熱
情，使他成為神國度裡的智慧人和偉人。

持續渴求學習，是所有真正智慧人的特點。

履行最大的誡命

耶穌說，神最大的誡命就是「要將你……完全的理
性，愛主你的上帝」（參可十二 29～30，呂振中譯本旁

註）。神最希望得到的是你的愛，而表達愛與順服的一個途徑，就是虔誠的學習。當我們運用祂所賜的理性，來學習認識祂、祂的道路和祂所造的世界，就是把榮耀歸予神。

可惜的是，許多基督徒並沒有把學習與愛神串聯起來。實際上，我們活在非常反智的時代。但怪異的是，在現今的世代，知識總量每幾年就增加一倍，所頒發的學術資格更是比以往先進，每一樣事物都朝著「高科技」發展。也許正因為如此，人卻變得更為反智，就連基督徒也不例外。太聰明的孩子，也許正因為聰明，所以不受別人歡迎，認為他們是「討厭鬼」；反而「水平低下」的孩子，受到社會的青睞。我們的文化推崇身體與物質，無人販售頂尖軟體工程師、建築家的海報，更不用說神學家的海報，反倒是球類運動員的海報暢銷。但是，這些運動員當中，有的人打起球來神乎其技，卻連球的牌子也不會唸。在政壇上，有些參選人被形容為過於理性，無法吸引具有投票權的人的支持。這似乎意謂我們並不想讓思想家管理國家。在教會裡，我們希望一切都「切合」於人的需求，所以常認為神學和教義很不切合人的本性。

某種理性主義也許是錯誤的，但反智也可能是錯誤的。我們要盡心、盡意、盡力愛神，也同樣要盡用理性來愛神。但是，這些如何相互配合在一起呢？當代基督教思

想家史普羅寫道:「神使我們的心靈與頭腦、思想與行動互相協調……我們愈認識祂,就愈能夠愛祂。我們愈愛祂,就愈能夠尋求認識祂。要讓祂在我們心裡居中心位置,就必須讓祂在我們的頭腦中佔有重要地位。虔誠的思想是委身的情感與順服的行動之先決條件。」[2]

我們愛神,但在知性上也要不斷成長,不然就會像那個撒瑪利亞婦人,耶穌對她說:「你們所拜的,你們不知道」(約四22)。

學習是追求敬虔的要素

我們如何愈來愈像耶穌,滿有祂的形象?聖經指出,這個過程中有一個重要元素即是學習:「不要效法世人的行為和習俗,卻要讓神更新你們的思想,使你們變成新人」(羅十二2,新普及譯本)。若要在敬虔上長進,就要更新思想,這需要藉由學習來達成;反之,與透過學習來改變生命截然相反的,就是效法這個世界。

請想一下,你要如何實踐信仰?那是神的賞賜,但是人必須先聽見、明白福音信息,才能夠將它表達出來。因此羅馬書十章14節寫道:「未曾聽見他,怎能信他呢?」未曾聽見他,就不能信他、愛他;同樣地,未曾更多認識祂,我們對祂的信心和愛心就不能增長。若我們對

於敬虔的真諦沒有太多的認識，就不能在敬虔上成長。若我們沒有更多認識耶穌，就不能更像祂。

已故的倫敦傳道人鍾馬田提醒我們：「永遠不要忘記，聖經的信息主要是向人的心思和悟性傳講。」[3] 若不讀聖經，沒有人能被聖經改變生命。若不認識敬虔的意義，沒有人能在敬虔上成長。神的話語必須進入我們的心，才能改變我們的生命。

許多基督徒在敬虔上成長太少，是因為在學習上沒有操練。傅士德用「研究的操練」來形容學習，說的也是同一個道理：

> 許多基督徒仍受恐懼和焦慮的束縛，因為他們沒有借助於研究的操練。他們可能忠實地參加教會的聚會，誠摯地履行宗教責任，卻仍舊沒有改變。我不僅是說那些恪守宗教形式的人，也指那些真心誠意尋求、敬拜、順服耶穌基督，且以祂為主的人。他們可能歡喜歌唱，在靈裡禱告，按他們所知的過順服的生活……但是生命仍舊沒有改變。為什麼呢？因為他們從來沒有採取神用以改變我們的核心方法——研究。[4]

　　除了效法世界和在敬虔上沒有長進，沒有操練學習的人也缺乏屬靈的辨識力，容易成為異端教派、新紀元運動及其他假先知侵襲的目標。

　　聖經告訴我們要效法耶穌，但也警告我們不要作愚昧、不受教、幼稚和無知的人。把這兩條真理放在一起，意謂我們必須學習效法耶穌。

學習是靠操練，不是靠運氣

　　宛如塵埃在床底愈滾愈大，每個人的心思都隨所見的世面愈多，吸收的知識也愈多。但是，我們切勿以為，只要不斷隨著年齡增長，就能學習到真正的智慧。約伯記三十二章9節觀察到：「年紀大的不都有智慧」（新譯本）。單憑年齡和經驗不會增加靈性的成熟度。要有耶穌的形

229　象，不是單憑運氣或隨著年日過去，就會自動發生。提摩太前書四章7節提到，操練敬虔需要嚴格的紀律。

　　不努力學習的人，只會在偶然或便利的情況下獲得屬靈和聖經的知識。有時候他們會從別人口中聽到聖經的道理或原則，從中得益。偶爾他們會對某個主題突然產生興趣，但這不是通往敬虔的途徑。花功夫操練有助於我們主動學習，而不是隨意的學習。

　　隨意的學習，或方便的時候才學習，比起主動的學

習容易得多。我們生來如此，電視節目大量向我們灌輸，看電視比起下列任一事項都容易得多，例如：選擇看一本好書、讀一段文字、運用想像力創造自己的畫面、描繪自己的人生。電視為你決定了要陳述些什麼樣的內容、說哪些話，和播放哪些影像，並且隨著它的安排，對你的人生產生莫大的影響。對於現代人的頭腦來說，看書的要求太高，若渴望主動學習，十分需要操練。

路易斯（Jo H. Lewis）和巴爾默（Gordon A. Palmer）在兩人合著的《信徒須知》（*What Every Christian Should Know: Combating the Erosion of Christina Knowledge in Our Generation*）中，說明我們要把只求方便、隨意的學習，變成有操練、主動的學習。

今天的年輕人都知道 Genesis 是某支搖滾樂團的名字，或電影《星際爭霸戰》（*Star Trek*）的一項星球計畫，卻不知道它是聖經第一卷書的名稱。他們知道百事和新世代，卻不知道天堂和永存的世代。他們知道電視劇「洛城法網」（L. A. Law），卻不知道什麼是神的律法（God's Law）。他們知道誰是 280Z 跑車的製造者，卻不認識那位創造他們的阿拉法、俄梅戛。他們知道 Nike 和常勝球隊，卻不知道在耶穌裡能成為

得勝者。他們懂得看連續劇《我們的日子》
（Days of Our Lives），卻不懂得他們人生的日
子。[5]

最近我耳聞一個活生生的可悲案例。公共利益科學
中心（Center for Science in the Public Interest）對一百八十
名住在首都華盛頓，年齡為八歲到十二歲的青少年，作了
一項研究調查，要求他們寫出啤酒的品牌和美國總統的名
字。結果發現，雖然當地以紀念總統的建築聞名國際，但
這些在首都或周邊長大的孩子，所認識含酒精飲料的牌子
比總統的名字還多。一位十歲女孩只能寫出 George Wash
（譯註：當為 George Washington「華盛頓」），卻能寫出
Michelob、Jack Daniel's、Heineken 等啤酒品牌。一位九
歲男孩接連拼錯字，勉強寫出 gorge Bush 和 ragen 兩個名
字（譯註：當為 George Bush「布希」和 Reagan「雷
根」），卻完全正確地拼出 Molson Golden。另一位九歲男
孩只能寫出四位著名的總統名字，但在問卷所提供的空格
上寫滿了十五個啤酒的品牌名稱，[6]結果令人震驚。但若
是你的孩子也在這測驗中，又會拿到什麼樣的成績呢？而
你又會測出什麼樣的成績呢？隨意的學習，不能使人敬
虔。如同我們渴望像耶穌，就必須操練學習和主動學習。

路易斯和巴爾默繼續指出，年輕人不主動學習的原

因，是他們的父母也不主動學習。

　　年輕人不看書，並不令人意外，因為他們的父母也很少看重閱讀。在某間基督教學院，五分之一的學生說父母從沒有讀過書給他們聽。另一個導致人缺乏閱讀的原因，是美國以職業為重的強烈傾向。父母不肯閱讀，就是因為讀書似乎不實用，他們更加關心的是：「我的孩子是否懂得操作電腦，能否找到工作？」這也符合美國人著重凡事不能低於底線的習慣，這些父母從不會為學習而學習，他們的孩子自然也不會。於是，教育的價值被市場削弱，且變得相對化。可想而知，很少讀書或根本不讀書的年輕人，也不會愛讀聖經。研究者發現，「在最活躍的福音派教會，人強烈感受到應當每天讀聖經，但只有百分之十五的人付諸實行。」我們也應該指出，成年人同樣承受許多和年輕人一樣的壓力，他們若看電視、聽流行音樂、看流行電影，也會被灌輸以少年人為對象的價值觀。結果，許多二十多歲和三十多歲的成年人，跟那些年紀比他們輕的人一樣，在某程度上，閱讀和理解聖經的能力變得遲鈍。[7]

聖經說：「弟兄們，你們在思想上不要作小孩子，卻要在惡事上作嬰孩，在思想上作成年人」（林前十四20，新譯本）。

不同的學習方法

既然有些人在閱讀方面有困難，在此我列出一些其他的學習方法。通常渴望經由閱讀吸收更多知識的人，也會想透過各種機會來學習。我建議可以考慮聽錄音書（有聲書）。在基督教書房和一般書房，這是個快速增長的市場。現在，大多數的公共圖書館都有錄音帶形式的書可供挑選，一些郵購公司也提供租借有聲書。你也可以聽錄音帶，除了基督教書房，和幾間散布全國的大型免費基督教有聲書庫外，你的教會或牧師也可能有錄音帶可供外借，讓你在早上著裝、駕車途中，或做家務時聆聽。如果你想看錄影帶也可以。幾乎所有的基督教書房現在都有錄影帶可供租借。當然，基督教電台也有教授聖經的節目。但是，我們需要辨識其品質，若是收聽聲譽良好的電台節目，會是很好的學習方式。然而，不要忘記善用研習指引，這些材料可以在基督教書房找到，指導你如何研讀聖經的任何書卷，以及許多有關教義或實用的問題。

有一種學習方法我也很喜歡，就是制定計畫，找靈

命成熟的基督徒，事先準備好問題，和他們深入交談。最近我很榮幸有兩次機會，與我欣賞的敬虔基督徒駕車同遊一整天。每回我對旅程都懷抱期待的心情，準備好要討論的問題。在兩趟外出的旅程中，我都學到有益的功課，深信自己在「愛惜光陰」（弗五16）。我也經常透過寫信，和幾個人以同樣的方式來往。這樣的書信往來，比一般的郵件更為有趣和有益許多。很明顯地，打電話也能達成這樣的目標。我有位朋友每逢星期一早上八點鐘，都透過電話會議帶兩位男士查經和討論，這個方法很貴，但他們一致認為以益處來衡量，付出這些代價是值得的。

　　提出以上方法之後，我仍希望重新強調藉由閱讀來學習的方法。我發現生命有所成長的基督徒，大部分是擁有閱讀習慣的基督徒。但有些人會覺得，這是個難以養成的習慣，也有些人喜愛閱讀，卻因為工作的壓力，或因為孩子年紀還小，活動力旺盛，而好像無法找到閱讀的時間。但我鼓勵你，無論如何找出時間來閱讀，即使是每天 232 一頁、每年一本也好。《在旋風般的世界中尋找焦點》的作者費琳明，身為三名已成年兒女的母親，她告訴我她發現女性若沒有培養敬虔的操練，包括閱讀的習慣，當她們要照顧年幼兒女，即使有時間也很少能培養這些習慣。我記得我曾牧養過的四位女士，她們各擁有至少四名年幼的孩子，但都很喜歡閱讀。其中一位下定決心每天抽時間至

少讀一頁書，花了幾星期後讀完魏樂德的《靈性操練眞諦》，爲她的屬靈生命帶來莫大益處。另外一位讀完達利摩爾所寫的懷特腓傳記，上、下兩冊共有九百多頁。還有一位每年都讀一定數量的好書，爲我們暑期聖經班的同工寫工作手冊，內容包含如何以神爲中心，和孩子們分享福音信息。當你想到，她們每個人都定意要花時間在家教育兒女，就會發現幾乎任何人都可以透過閱讀這項必需的操練，達到屬靈成長的目標。

　　研究顯示，百分之四十五的美國人說他們從不讀書。尤有甚者，根據「全美促進卓越教育委員會」（National Commission on Excellence in Education）於一九八三年發表的報告，一般學院畢業生一年之中也沒有讀過一本認眞的著作。[8]不看書，損失甚多；操練閱讀，得益更多。

　　要操練自己透過閱讀來學習，也要好好選擇要讀哪些書。你一生中只能讀少量的書籍，所以要讀最好的書。假設每年只能讀十本書，從現在起到你去世這段相當長的時間，你可以讀多少本書？即使你讀得較多或較少，加起來仍然很多，特別是你可曉得，美國平均每天出版的書籍高達五百本，所以不要浪費時間，讀那些若從永恆角度回望你會深感後悔的書本。我相信閱讀娛樂性的讀本仍是好的，我並不認爲你所讀的每一本書都要是具教誨性質，或

是神學類的書。有些書可以單單為了放鬆和滋養心靈而閱讀。但是，即使是這類型的書籍，也應該選擇能為你帶來益處，在某些方面能幫助你，運用心思愛神的書藉來閱讀。

深入思考

233

你會操練自己主動積極的學習嗎？我在《門徒期刊》（*Discipleship Journal*）讀到一篇短文，講述著名希臘數學家歐幾里得（Euclid）的故事。歐幾里得著有十三冊的幾何學的研究巨著。埃及王多利買一世（Ptolemy I）希望學習這門科目，卻不願辛苦讀那麼多本書。身為王者，他習慣叫臣僕替他解決問題，於是問他是否有快捷的途徑可學會幾何學。歐幾里得給君王的回答很簡單：「學習是沒有王道的（royal road，譯註：也解作「捷徑」或「坦途」）。」

追求敬虔也是如此。我們需要操練自己積極主動的學習。你願意祈求神的恩典，努力打破隨意閱讀、方便才閱讀的陋習嗎？

從何處開始？你打算如何開始「留心領受訓誨」、「積存知識」？你願意戒除與培養哪些習慣？在你的生活中，有沒有哪些學習方法是你以往忽略的？你閱讀的情況

如何？有沒有哪些書是你應該停止閱讀，因為它沒有建立你的生命，或不值得在你人生的書單上佔有一席之地？你是否需要立志「每天讀一頁」，以免在操練學習上鬆懈？

何時開始？你打算何時開始？在這裡讓我們運用箴言十三章4節的原則：「懶惰人渴求，卻一無所得；殷勤人必得豐裕。」（新譯本）這句話意指，人人都渴求有所得著，但只有殷勤的人必得豐裕，因為他們操練自己。懶惰人卻不願行動。從某種意義來說，每個人都「渴求」學成且有所收穫，每個基督徒也都渴望能更像耶穌，但只有殷勤操練學習的人，才會得到所嚮往的。

最要緊的是，謹記學習要有目標，就是要像耶穌。耶穌在馬太福音十一章28～29節說到：「凡勞苦擔重擔的人可以到我這裡來，我就使你們得安息。我心裡柔和謙卑，你們當負我的軛，**學我的樣式**」。使人「自高自大」的知識（林前八1），虛假且膚淺，敬虔的學習則導向敬虔的生活。著有經典長詩〈失樂園〉（Paradise lost）的英國作家，米爾頓（John Milton）寫道：「學習的終極目標是認識神，並憑著這種知識愛祂、效法祂。」[10] 願神使我們求知若渴，引領我們更愛祂，也更像耶穌基督。

第13章

堅忍操練

我們必須操練生命，整年都操練，而不僅是在一定的時刻。
我必須全時間操練自己。

——鍾馬田（Martyn Llord-Jones），
《登山寶訓研讀》（*Studies in the Sermon of Mount*）

235　　如往常，一週的工作從星期一黎明時分開始。淋浴、著裝、吃早餐、照料孩子和準備出門，都已安排在固定的日程當中。從此刻開始，一天的時間大多在忙碌中度過，孩子要送上學、日常事務要處理、家務要做完，不停地忙碌直到去學校把孩子接走的那一刻。不然就是應付繁忙的交通，及時趕到辦公室，然後埋頭苦幹，在忙個不停當中度過，直到再次擠入下班的車水馬龍中。

　　一個禮拜總有那麼一天，下班後要匆忙趕路，一回到家中，往往因為晚上還有事情要辦，所以一邊用微波爐隨意料理餐點，一邊匆忙換上衣服。此外，有一兩天晚上要和孩子參與學校的活動；還有一晚，全家要去參加教會的週間崇拜。另有一個晚上，需代理某人負責委員會的事務。偶爾有時候會加班到很晚，或把工作帶回家做，甚至是出差。除此之外，還要抽空繳付帳單、核對支出、陪伴孩子做作業、參與社區活動、上課及其他社交活動等等。

　　當然，可能有些人還需要面對單親生活的壓力、家庭衝突、患病、工作壓力、兼差、經濟困難。

聽起來很熟悉嗎？你的生活是否也像這樣，雖然有 236
各種節省勞力的設備和先進的科技，但如同這世代的
人──閒暇時刻卻急遽銳減？

　　然後，不巧你正好讀到這本鼓勵你實踐屬靈操練的
書。你覺得自己像極了疲倦的雜技演員，不僅在高空繩索
上蹣跚而行，手上要拋接一打雞蛋，竟還有人想再向你扔
來半打雞蛋，你完全無法招架。

　　我想除了極少數的人之外，敬虔的人都是忙碌的
人。敬虔的人，對神、對人都很忠誠，使得他的人生豐富
多采。耶穌雖然從不忙亂，但祂是個忙碌的人。閱讀馬可
福音時，可留意到經文中頻頻使用「立即」這個詞，描述
耶穌的生平中一件事緊接另一件事發生。有時候我們看到
祂服事人一整天直到天黑，但隔天天還未亮就起來，出去
禱告完後，才再往下一個服事的地方去。福音書提到有幾
個晚上，祂甚至徹夜不眠，但祂也曾累到在暴風吹襲的船
上睡著了。幾乎每天都有一大群人簇擁著祂，每個人都想
與祂一起，渴望得著祂的注意。我們當中無人像祂一樣，
持續承受如此巨大與「工作有關的壓力」。以耶穌或保羅
的一生，來和今日許多基督徒所嚮往的「均衡生活」相
比，耶穌和保羅會被視為工作狂，犯了忽略身體的罪。但
聖經確實證明我們經由觀察所領悟到的道理：懶惰的人從
不會活得敬虔。

　　我之所以一再地說明屬靈操練的作用，是為了把忙碌的人培養成為敬虔的人。屬靈操練，不是專為有大量空餘時間的基督徒而安排的（事實上，哪裡會有這樣的人呢？）。屬靈操練是神所賜予，使忙碌的基督徒更像耶穌的方法。藉著屬靈操練，神把改變生命的恩典賜給計程車司機、照料家務的母親、勤奮和專心致志工作的父親、要應付繁重功課和課外活動的學生，又賜給把日程表排得密密麻麻的單身人士。簡單來說，就是每一位基督徒。

　　但是，我們如何保持步伐？首先，要聆聽神指引我們如何安排優先次序的聲音，最好的方法，還是實踐屬靈操練。當你年紀愈長，責任就像藤壺那樣愈積愈多。伴隨孩子愈多且他們日漸長大，你就需要花更多的精神體力，照料他們在學校的生活、參加體育活動和接送他們。職業的升遷，除了帶來機遇以外，也被要求付出更多。各式資 237 產逐年累積，通常也讓你付上更多維修的時間。這都表示你需要定期重新評估人生的優先次序。也許透過讀經、禱告、敬拜、安靜獨處或寫日記的操練，神會對你說話，告訴你哪些活動是「藤壺」，必須除掉。不要把屬靈操練視為額外的負擔，而要視為神為了要讓你的旅途更順暢，用來幫助你減輕負荷的方法。

　　即使敬虔的人恆常地評估優先次序，但他們始終是忙碌的。不過，忙碌的人也最容易在通往敬虔之路的操練

上冷淡退後。然而，倘若不實踐屬靈操練，我們就不能作敬虔人；若不在屬靈操練上保持堅忍，我們也不能作敬虔的人。如果能堅忍持守，即便在屬靈操練上行走得步履蹣跚且沉重，也強於偶有可觀的進展，實際上整體卻不穩定的情形。

在操練敬虔上，我們可以如何堅忍持守？起初的熱情冷卻後，該如何保持忠誠？有三件事是我們還未提及的，若有正確的理解，將有助於你在實踐屬靈操練時更加堅忍：聖靈的角色、團契的角色、基督徒生活中的掙扎。

聖靈的角色

無論聖靈住在哪裡，他的同在都使人渴慕聖潔。聖靈的職分是為了榮耀耶穌，使每一位基督徒渴望更像耶穌。按本性行事的人沒有這樣的熱情。然而，在基督徒的生命中，聖靈履行神的旨意，使屬神的人更像他的兒子（羅八29）。他在信徒的生命裡動了善工，「必成全這工，直到耶穌基督的日子」（腓一6）。

因此，使我們心裡產生渴望和動力，能夠實踐敬虔操練的，即是聖靈的角色。從提摩太後書一章7節可以看出來，他在每位基督徒的生命中都做成這事：「因為神所賜給我們，不是膽怯的靈，而是有能力、仁愛、自律的

238 靈。」（新譯本）不管你天生的氣質或性情，是否傾向有
條理且有紀律的習性，聖靈的內住與同在都使你裝備齊全
且有「自律的靈」，讓你遵行「操練自己達到敬虔」的命
令。

　　因此，縱使有些日子使你受到試探，想徹底放棄信
仰、離開屬神的人，甚或不願再操練靈性，認為它是在浪
費時間，至終你仍會堅持下去。當你懶洋洋、萎靡不振，
對任何屬靈操練都提不起勁，只是因循常規而實踐某項操
練，聖靈仍使你保持堅忍、重新得力。若你讓自己任意而
行，大概早已放棄這些得恩典的途徑，聖靈卻仍然保守
你，賜予你恩典，好能堅忍於操練的過程。

　　根據加拉太書五章23節，節制是聖靈掌管基督徒生
命直接的成果，或稱為「果子」。基督徒藉由實踐屬靈操
練，來彰顯聖靈所結出節制的果子，就能在敬虔上長進。

　　為了說明聖靈如何發揮祂的角色，幫助神的兒女堅
忍於操練敬虔，以下的內容，是一位當代作家講述他在禱
告操練上的掙扎與成功：

　　　　最近我重讀一位婦人的故事，故事裡提到
　　　這位婦人，終於有一天立下了禱告的心志。我
　　　的心不自覺被這則故事觸動。但是，我太了解
　　　自己，知道單單下決心是不夠的。我開始為自

己的禱告生活向神祈求。我不禁向神表達，我
已經為所求時常落空而心生失望，對於屢試屢
敗感到厭倦，對於過分努力追求節制和規律也
深覺挫敗。藉由這樣簡單的禱告，我卻驚訝的
發現，自己被引向那位獨一真神的同在，遠超
乎我的想像，祂的能力使我靠近。我發現我的
焦點不知不覺從個人的努力轉向神的力量，從
嚴苛轉向恩典，從僵化轉向關係。我很快地察
覺到，自己禱告比以前更為頻繁，也較少為禱
告的法則和方式擔憂，禱告的動力也就更大。
神如此關心我們，讓我以嶄新的眼光看到，祂
親自幫助、引導我們如何禱告。我們「不曉得
當怎樣禱告……聖靈親自用說不出來的嘆息替
我們禱告」（羅八26）。[1]

239

　　聖靈服事我們的方式是個奧祕，聖經沒有解釋這奧
祕的運作方式，我們也無法參透。禱告（或任何其他的屬
靈操練）是由祂所推動和產生的，卻也是我們的責任。不
過，有兩件事很清楚：（1）祂會信實地幫助神所揀選的每
個人，在效法耶穌的事上堅忍到底；（2）若我們要作敬虔
的人，就不可硬心，而要順從聖靈的感動。

團契的角色

我們切莫以為能不與其他基督徒來往，單憑自己實踐屬靈操練，就能改變為擁有耶穌形象的人，甚至能比教會裡那些火熱的基督徒更像耶穌。若把屬靈操練看為是基督徒生活中，與基督徒群體不相關的一件事，實屬毫無道理可言。

若單以個人在與神相交上是否有所成長，來衡量我們在效法耶穌的事上是否有所長進，並不全面。靈性的成熟，也需要包括在與神的兒女相交上是否有所成長。在約翰一書一章3節，使徒約翰把這兩件事並列：「我們將所看見、所聽見的傳給你們，使你們與我們相交。我們乃是與父並他兒子耶穌基督相交的。」新約所提的相交，是與三位一體的神相交，並與屬神的人相交。耶穌生命的成熟，表現在神和人喜愛祂的心都一齊增長（參路二52）；同樣地，藉由屬靈操練，學習效法耶穌樣式的人，也會在屬靈生命上漸趨成熟。

我們不應獨自實踐屬靈操練，過離群索居的生活，因為有些操練並不能在脫離其他基督徒的情況下做到，包括：群體的敬拜、聯合禱告、服事其他基督徒等等。另外，神吩咐人相交的一個目標是輔助屬靈操練，藉此激勵人在敬虔上成長。舉例而言，有如獨自研讀神的話語是神

賜給我們，讓我們在恩典中成長的一項操練，與其他基督 240
徒一起研讀神的話語，也是一樣。當然，屬靈操練也有非
公開的方式，但從來不是在脫離新約群體的情況下來實
踐。

　　受西方文化薰陶的基督徒，在屬靈操練的神學和實
踐上，很容易會忘記基督徒團契的作用。造成這種疏忽的
一個原因是，今日社會中強烈鼓吹我行我素、惟我獨尊、
凡事強求第一和個人主義的價值觀。

　　還有一個更隱晦的原因是，一般基督徒無法分清社
交和屬靈相交的區別。雖然社交常和基督徒間的團契分不
開，而且社交也是團契的部分條件，但有社交不一定表示
有團契。社交的內容包括：分享人性和世俗生活。基督徒
的團契，則是指新約所說的 *koinonia*，包含屬靈生命的分
享。但別誤會，社交仍是教會一項有價值的資產，有利於
平衡生活所需。但是，若我們把社交生活過分抬舉，會變
得過猶不及。我們樂意接受以社交來替代團契，幾乎到了
欺騙自己的程度，遺忘基督徒彼此能夠真正相交的特權，
而使屬靈操練的實踐受到損害，阻礙我們在恩典中成長。

　　實際情況就會變成：兩位以上的基督徒可以同坐幾
小時，只談論新聞報導、天氣狀況和體育新聞，卻完全忽
略討論屬靈事務。我不是說基督徒開口閉口就要談到聖
經、最近禱告蒙應允的經歷，或今日靈修心得等等。但我

觀察到，許多看似委身的基督徒，卻在屬靈操練的實踐上
過分特立獨行，幾乎從未與其他基督徒在心靈層面上談論
這些屬靈的事務，或是也沒有就共同的興趣、困難與門徒
志向等建立切身的交流，以致屬靈生命受到耗損，到了最
後本只是社交，卻以爲是基督徒之間的團契。只有基督徒
能享受 *koinonia* 的盛宴，我們卻常甘於接受一般人都能經
驗的快餐式社交生活。

我們需要在未信者中間操練以身作則，與他們談論
耶穌，也同樣需要在基督徒中間實踐相同的操練。操練傳
福音、分享耶穌的生命，是單向的；然而，團契則不同，
基督徒可以彼此分享屬靈生命，產生雙向的交流。巴刻把
241 團契定義爲「透過分享，使人得以認識神，好讓靈命得到
力量、更新與訓誨」。[2] 至於團契的方式，就像基督徒社交
生活那樣繁多——敬拜、服事、吃喝、娛樂、逛商店、作
見證、分享交流和禱告等。無論團契的場合如何，都應該
透過言語和行爲分享耶穌的生命。我們在一起的時候活得
像耶穌，就在基督徒的生活裡彼此同得激勵。當我們像耶
穌那樣談論屬靈事務，同時也就互相激勵，邁向敬虔之
路。

以弗所書四章16節形容這種互相造就的局面：「全身
都靠他聯絡得合式，百節各按各職，照著各體的功用彼此
相助，便叫身體漸漸增長，在愛中建立自己。」我們在恩

典中成長，就可以恰當地「照著各體的功用彼此相助」。基督的身體若是「在愛中建立自己」，每位基督徒也就在敬虔中得著建立。坦白說，每位基督徒若是在敬虔上操練自己，又彼此相交，個人的靈命成長也有助於建立基督徒的群體。基督徒群體若一同得到建立，更能激勵每位基督徒藉著屬靈操練追求敬虔，提升個人靈命成長。按著聖經的教導實踐屬靈操練，會增加信徒的相交。按照聖經的教導相交，也會增強屬靈操練的實踐。

可是，若沒有真正的團契相交，即使是熱切實踐靈性操練的基督徒，也不能以平衡的屬靈方式建立自己。希伯來書的作者在三章13節提出警告：「總要趁著還有今日，天天彼此相勸，免得你們中間有人被罪迷惑，心裡就剛硬了。」基督徒相交，是要「彼此相勸」。神本是希望我們藉著相交得著屬靈的保護，若是離開這樣的保護，就很容易被罪蒙蔽。我認識一些人，他們過分靠自己研經和禱告，深信自己不再需要教會裡任何的「非屬靈人」。然而，事實是，每位基督徒各有不同的恩賜，沒有他們的薰陶和影響，人就會自以為是，扭曲聖經的觀點，向每個人傳達「從神來的話語」，自恃屬靈，甚至為自己的罪惡行徑尋找合理藉口。很明顯地，這些都是極端的例子，但足以說明的是，即使是用最嚴苛的方式操練自己的人，也需要按照神的心意與其他基督徒團契相交。

清教徒牧師華生提出建議：「與聖徒連結，他們的勸告、禱告和神聖的榜樣，都可以帶你走向聖潔。」[3]

基督徒生活中的掙扎

基督徒的生活中少不了遭遇掙扎。在進入天堂之前，總有許多勢力阻撓靈性的進步。耶穌為人預備的道路，不是總讓人承受內心的掙扎，無時無刻都在爭戰的；但也並非完全是一生暢通無阻，全無障礙。所以，不要認為你藉由屬靈操練飽嘗神的恩典，過基督徒生活就會變得簡單容易且毫無挑戰。

在我寫基督徒生活中的掙扎這一段時，本意是希望鼓勵你，即使遇見困難，也要追隨基督，實踐屬靈操練。正巧在撰寫上述段落時，我接到一位年輕女孩的電話，她信主差不多已有三年的時間。然而，她卻表達最近因靈性軟弱而感到沮喪，很想知道許多外表看來成熟的基督徒，是否也會像她一樣，經歷慘痛的爭戰。她再次透過嶄新的視野認識到，所有的基督徒，也都承受著如她所經歷的那些掙扎，因而得著了及時的提醒、安慰與盼望。但願你也能同樣得著。

有些人會向你灌輸一種觀念：只要你依循某些步驟，或有某種經驗，就能擺脫阻撓你追求聖潔的罪惡，免

去一切掙扎。然而，我認為你要避開這些人。這樣的承諾只會帶給你虛假、永遠不會實現的盼望。

　　實踐屬靈的操練，在敬虔上能有長進，必然會伴隨掙扎。這個觀念在我們的主題經文和章節脈絡中已得到證實。使徒保羅在提摩太前書四章7～8節提到敬虔，又在第10節寫道：「我們勞苦努力，正是為此」。**勞苦**和**努力**這兩個詞表示，要有耶穌的形象，不單是「放手，交託給神」就能做到。「勞苦」的希臘文，意思是辛勞付出，直至疲累為止。「努力」也可譯作受折磨，字面上來看就是「掙扎」之意。聽起來是否像倚靠行為的神學，而非憑著恩典的神學？我是否因而主張，雖然我們靠著聖靈開始基督徒的生活，但必須靠著肉體的行為成聖（加三3）？這是何等荒謬的論點！這個觀點自始至終是合乎新約聖經中提及屬靈成長時所論到的均衡教導。若要在基督徒的生命中獲得進步，不單是由聖靈做成，也不單是靠我們自己的努力做到，而是由聖靈啟動來維持恩典的作為，而我們加以回應與協助。在效法耶穌的經歷上，我們會像保羅一樣說：「我也為此勞苦，照著他在我裡面運用的大能盡心竭力。」（西一29）留意這句經文，保羅提及他自己也同樣努力且經歷掙扎，但他仍是照著在他裡面運行（字面意思是「使折磨」）的聖靈大能來行事。我們在前面提過，聖靈是保守我們在屬靈操練上能夠忠誠，藉此培養出基督品

格的重要角色。倘若想要有平衡的屬靈成長，必須記得蒙
恩的罪人在追求效法耶穌時，必然會遇到掙扎。

這是切中要害的新約教導，要我們提防世界、肉體
及魔鬼發出的爭戰。聖經上說，由於如此，只要我們仍在
這身體裡，就必須竭力掙扎克服罪惡。

只要我們仍在世上，世界就會不斷向我們施加壓
力。耶穌提醒我們，世界（和合本譯為「世人」）恨祂，
也會恨我們，因為我們操練自己跟隨祂（約十五18～
19）。約翰勸勉我們：「不要愛世界」（約壹二15）。他繼
續論到肉體的情慾、眼目的情慾和今生的驕傲，這些都是
屬世界的事。除非你離開世界，否則沒有任何經驗能讓你
永久逃離這些屬世的試探。

另一段更清楚闡明屬靈掙扎的經文，包含我們對抗
肉體的爭戰及犯罪的內在傾向。加拉太書五章17節提
到：「因為情慾和聖靈相爭，聖靈和情慾相爭，這兩個是
彼此相敵，使你們不能做所願意做的。」有時候，我們並
沒有什麼問題，可以做正確的事、遵行神的心意、喜樂沉
浸在神的話語之中，也能不住地向神禱告。然而，你也很
244 清楚，有時候屬靈操練宛若一場爭戰，聖靈不斷催促你追
求效法耶穌，實踐屬靈操練，肉體卻藐視聖靈的聲音。因
為聖靈和情慾「彼此相敵」。但是，即使操練自己，會因
「情慾和聖靈相爭……使你們不能做所願意做的」，遇上困

難和掙扎，然而，不要把這場爭戰視為自我懲罰，而是在聖靈催促下，做你心裡願意做的事。更合乎聖經的看法，也是在加拉太書六章8節所鼓勵我們的，是把實踐屬靈操練看為「順著聖靈撒種」。情慾與聖靈相爭，聖經闡明這個事實，只要我們還在這身體裡，就不可能永久擺脫情慾與聖靈相爭所構成的張力。

　　當然，你有個貼身的仇敵，就是魔鬼，牠傾力要使你在屬靈操練上失敗。使徒彼得提醒我們：「務要謹守，警醒，因為你們的仇敵魔鬼，如同吼叫的獅子，遍地游行，尋找可吞吃的人。」（彼前五8）如果我們可以憑藉某些經驗不必參與屬靈爭戰，為什麼聖經不告訴我們，卻要呼籲我們警醒呢？為何以弗所書第六章還特別命令我們，要穿上聖靈所賜的全副屬靈軍裝？因為我們正在爭戰、衝突與掙扎之中，這樣的掙扎是基督徒生活的一部分，我們無從逃避。

　　那麼，我們憑著什麼得勝？耶穌基督早已為我們取得決定性且永恆的勝利，勝過世界、肉體和魔鬼。這場勝利經由聖靈傳遞給我們。對神而言，祂在恩典中保守我們，包括使我們能夠持守且忠誠地跟隨耶穌，承受起十字架的磨難，藉著操練靈性，活出祂的形象。我們終能勝過屬靈操練所遭逢的阻力。實際上，我們是藉著屬靈操練獲得勝利。換言之，透過堅忍地實踐屬靈操練，我們最終能

夠體會到勝利，戰勝那些阻撓我們實踐屬靈操練的仇敵。
若我們可以運用這些屬靈兵器，就能憑著神的恩典和能力
取得更多勝利。有一天，一切掙扎都會過去，一切應許也
245 必實現，那時就不再需要屬靈操練，因為最後「我們必要
像他，因為必得見他的真體」（約壹三2）。讓我們用聖靈
激發的決心來面對這場掙扎，因為我們會像清教徒一樣，
他們的座右銘是：「受苦的必得勝」（*Vincit qui patitur*）[4]。

　　巴刻提出勸戒：「因此，我們必須謹記，我們在今世
追求聖潔的過程中，任何以為可以擺脫內在或外在的掙
扎，都是逃避現實的幻想，只會令我們感到理想幻滅，灰
心喪志。每天當我們在清醒時刻得到的經驗，都已駁斥了
這種想法。我們必須明白，生命中任何真正的聖潔，隨時
隨地都會遭受敵意的攻擊，如同我們的主所遭受的一
樣。」[5]希伯來書作者告訴我們：「那忍受罪人這樣頂撞
的，你們要思想，免得疲倦灰心。你們與罪惡相爭，還沒
有抵擋到流血的地步」（來十二3～4）。

　　對於聖靈、團契、基督徒生命中的掙扎有所認識，
都會幫助你堅忍地實踐屬靈操練。若沒有這樣的堅忍，屬
靈操練就不完整，而且毫無效用。依據彼得後書一章6節
所說，堅忍是聯繫操練（或稱節制）和敬虔的橋樑：「在
節制上加以供應堅忍，在堅忍上加以供應虔敬」（呂振中
譯本）。若沒有堅忍在兩者中間，節制的屬靈操練和敬虔

會如同電池，縱然電力充沛，卻因與燈泡通路不良，所以燈光仍舊搖曳不定，未能帶來任何用處。但若兩者之間有持續的連結，燈光就會發出亮光。因此，若我們在實踐屬靈的操練上更為堅忍，基督的生命之光就會透過我們，更穩定地照亮世人。

深入思考

你想活得敬虔嗎？那麼請從永恆的角度實踐屬靈操練。有人曾和我提過，愛德華茲如此禱告：「神哪，求祢把永恆烙印在我的眼球上！」想像一下，假若我們從永恆的視野來看每件事物，我們運用時間或是作人生抉擇的方式會有多大的不同。許多現在看似重要的事情，突然好像都變得無關緊要。本來我們列入「有空才做」的事項，很快就顯得前所未有般的重要。所以，當我們以帶有永恆印記的眼光來看，屬靈操練的實踐就有無可比擬的價值，居有優先位置，因為它與敬虔的關係極其密切。

帶著永恆的眼光實踐屬靈操練，一直是神的計畫。本書主旨以提摩太前書四章7節作為基礎：「操練自己達到敬虔的地步」（新譯本）。緊接著，第8節經文寫道：「操練身體，益處還少，惟獨敬虔，凡事都有益處，因有今生和來生的應許。」單單從實用和短暫的角度來看屬靈操

練，不免有些短視近利，但若我們思想得更深遠些，不該只問這些操練對於今天或今生有何益處。藉由屬靈操練培養敬虔，當然有今生的應許，值得為此追求；但敬虔的價值、與敬虔息息相關的屬靈操練，都還包含永恆的意義。

不管你是否察覺自己所做的一切都是為永恆而做，事實上，發生在我們身上的事，沒有任何一件只對今生有影響。我們從以下經文會明白這一點：各人必須為自己今生所做的事向神交帳（參羅十四12）；各人按著今生所做的，或是得獎賞，或是受虧損（參林前三10～15）。按清教徒傳道人布魯克斯（Thomas Brooks）的話來說，永恆的重量懸在緊細的時間軸上，因此讓我們善用時間，不只在今生得益處，也為在永恆作最好的預備。而能為我們今生和來生作最合宜預備的方式，莫過於忠誠地實踐屬靈操練。

你想活得敬虔嗎？沒有別的途徑，惟有透過屬靈操練才能達成此目標。通往敬虔的屬靈之路，顯而易見的是，耶穌透過使徒保羅，在提摩太前書四章7節（新譯本）說：「操練自己達到敬虔的地步。」除此以外，再無別的途徑。

若想達到敬虔，沒有捷徑可尋。我們的肉體渴望尋找屬靈操練以外其他的便捷路徑。它揚聲抗議：「為什麼基督徒的生活不可以更加隨興而發、隨意而行？一味提倡

操練自己的老調，聽起來宛如律法主義、教條規定，遠比我想像中效法耶穌的方式更加艱難。我只想自然而然！」

傳道人格斯特（John Guest）敏銳地回應這種試探：　247

在我們的文化中，「操練」變成忌諱的字詞……我知道在許多圈子裡，人們會把我所說的視為異端，但是當自發性受到過分的重視，「自發」的人對於操練的需要就會不屑一顧。好比一位農夫出去收雞蛋，當他經過庭院，走向雞棚，注意到水泵在漏水，於是停下來修理。又發現它需要換上新的墊圈，所以他到穀倉去找。就在前往的路上，他看到乾草棚需要整理，於是又去拿乾草叉。眼見乾草叉旁吊著一把掃帚，掃帚的手柄壞了，他在心裡惦念著：「我得記下來，下次進城要買個手柄。」……

很明顯地，農夫不會去收雞蛋了，也做不成他原本計畫要做的事。他徹頭徹尾、得意忘形地隨意而行，但看起來很難稱得上他是自由無束的。甚至可以說，他已經被自己不受約束的自發興致所囚禁了。

事實證明，操練是通往自由的惟一途徑，也是自發性的必要條件。[6]

　　農夫的故事，有沒有讓你想起自己的屬靈生命，是
如何隨興而發，卻斷斷續續。你是否做什麼事都匆忙掠
過，對於在恩典中成長沒有幫助？我們當然都想隨著興致
而行，不過，只求興致卻無紀律，是膚淺的。我有幾位朋
友，他們可以用琴鍵或吉他即興彈奏優美的旋律，但是他
們能夠「隨興」彈奏，是因爲花了多年的時間練習音階及
其他技巧。耶穌基督可以活出「隨興而發」的屬靈生命，
是因爲祂是具有屬靈節制力的人。只要什麼事都不做，你
的生活就可以隨興而發。但如果你渴望過著隨興而發，又
活出**滿有果效**的基督徒生活，必然要結出節制的屬靈果
子。

　　許多信徒無法實踐屬靈操練，不是因爲他們希望隨
興行事，而是覺得找不到時間。然而，若你渴望敬虔，就
必須面對一個事實：你會一直忙碌下去。神最切慕你做
的，就是盡心、盡性、盡意、盡力愛祂，並且愛人如己
（參可十二29～31）。但要做到這件事，不能只選擇有空
閒的時候。若想藉由言語和行爲愛神與其他有需要的人，
你就會過著忙碌的生活。這並不表示神希望我們過忙亂的
生活，而是想要強調，敬虔的人從來不是懶惰的人。

　　如果你在乾等有更多的時間來實踐屬靈操練，你只
會空等下去。費琳明在她送給我和我妻子的卡片上寫道：
「我在想：『只要生活安頓下來，我就會……』但是，現在

248

我明白了，生活永遠不會長久安頓下來。無論我想做成什麼事，都必須在不安定的生活中完成。」我認為這是對於平凡生活的精闢洞見。因為生活從來不會真的安頓下來，又因為我們總有很多事要做，所以若想要藉著屬靈操練在敬虔上長進，就必須從現在的生活中開始著手。

在我讀初中和高中時，對籃球有興趣的人都想成為瑪拉維奇（Pete Maravich）。他的綽號叫「手槍彼特」，創下大學籃球史上總得分的最高紀錄，也是當時動作最快的球員。在瑪拉維奇出道前，胯下運球和背後傳球的技巧被視為表演的花招，他卻能把這些技巧變成等閒之事。等到他的職業球員生涯結束後，他入選美國國家籃球協會（National Basketball Association）的名人堂。他在三十多歲時成為基督徒。一九八八年一月，瑪拉維奇因心臟病發猝然逝世，當時他才四十歲。

瑪拉維奇在去世前一年的一次訪問中說：

> 我能培養這般能力，關鍵在於重複。我練習，練習，再練習，全心全力投入這項運動。用盡方法，為要把球技磨練到完美的境界，就像是著了迷一樣。身為球員，我這樣苦練得著了回報。但若提到人生，我並無把握。因為直到現在，我才在信仰上投入相同的熱忱，若是我再早些開始，也許我已經成為更好的人。[7]

　　瑪拉維奇自律地練習射球、傳球、運球，成為有史
以來最偉大的籃球員之一。雖然他憑著這項運動贏得金錢
和名聲，最終他卻後悔沒有把嚴格的操練投入信仰之中。
你願意像他所願的那樣操練自己嗎？你願意「操練自己達
249 到敬虔的地步」，如同他在籃球事業上嚴格要求自己一般
嗎？敬虔對於你的意義，是否也是如此深刻？

　　若不是藉著基督，沒有人能到神那裡去；同樣地，
若不是藉著屬靈操練，沒有其他方式能達到敬虔的地步。
你會「操練自己達到敬虔的地步」嗎？你會從何處開始？
你會何時開始？

附註

第一章 屬靈操練──達到敬虔

1. C. H. Spurgeon, "Peace By Believing," in *Metropolitan Tabernacle Pulpit* (London: Passmore and Alabaster, 1864; reprint, Pasadena, TX: Pilgrim Publications, 1970), vol. 9, p. 283.

2. Tom Landry, 由 Ray Stedman 引述, 收錄於 *Preaching Today* (Carol Stream, IL: Christianity Today, n.d.), tape number 25。

3. Dallas Willard, *The Spirit of the Disciplines* (San Franscisco, CA: Harper & Row, 1988), page ix；中譯：魏樂德著，文子梁、應仁祥譯：《靈性操練真諦》（台北：校園，2006）。

4. George Kaufman，引自 *The Little, Brown Book of Anecdotes* (Boston, MA: Little , Brown and Company, 1985), p. 321。

5. William Barclay, *The Gospel of Matthew* (Philadelphia, PA: Westminster, 1958), vol. 1, p. 274；中譯：巴克萊著，方大林、馬明初譯：《馬太福音注釋》（上冊），「每日研經叢書」（香港：基督教文藝，2010五版）。

6. Elton Trueblood, 引自 *Leadership*, vol. 10, no. 3, summer 1989, p. 60。

7. Elisabeth Elliot, 引自 *Christianity Today*, November 4, 1988, p. 33，強調重點由筆者所加。

第二章 研讀聖經（上）

1. Peter Lewis, *The Genius of Puritanism* (Haywards Heath, Sussex, England: Carey Publications, 1979), p. 54.

2. Princeton Religious Research Center, *100 Questions and Answers:*

Religion in America (1989)，引自 *USA Today*, February 1, 1990。

3. *Bookstore Journal*，引自 *Discipleship Journal*, issue 52, p. 10。

4. Harold O. J. Brown, "What's the Connection Between Faith and Works?" *Christianity Today*, October 24, 1980, p. 26.

5. John Blanchard, *How to Enjoy Your Bible* (Colchester, England: Evangelical Press, 1984), p. 104.

6. Robert L. Summer, 引自 "Treasuring God's Word," *Our Daily Bread*, October 5, 1988。

7. Jerry Bridges, *The Practice of Godliness* (Colorado Springs, CO: NavPress, 1983), page 51. 中譯：畢哲思著：《敬虔的操練》（香港：宣道，1983）。

8. R. C. Sproul, *Knowing Scripture* (Downers Grove, IL.: InterVarsity Press, 1977), p. 17.

9. Geoffrey Thomas, *Reading the Bible* (Edinburgh, Scotland: The Banner of Truth Trust, 1980), p. 22.

第三章　研讀聖經（下）

1. Dallas Willard, *The Spirit of the Disciplines* (San Francisco, CA: Harper $ Row, 1988), p. 150. 中譯：《靈性操練眞諦》（台北：校園，2006）。

2. Thomas Watson, "How We May Read the Scripture with Most Spiritual Profit," in *Puritan Sermons* (1674; reprint, Wheaton, IL: Richard Owen Roberts, 1981), vol. 2, p. 62.

3. Thomas Brooks, 引自 *The Banner of Truth*, February 1989, p. 26.

4. Elisabeth D. Dodds, *Marriage to a Difficult Man* (Philadelphia, PA: Westminster Press, 1971), pp. 67-68.

5. 聖經提到四大默想主題，當中提及最多次的是默想聖經經文本身的內容，其次是默想神的創造。即使我們不必手拿聖經去沉思神在日落中彰顯的榮耀，或祂藉著一朵向日葵施展創造性的技藝，我們默想神的創造時應該受聖經的引導。聖經也談及默想神的看顧和祂的本性，我們可以在自身的處境中領受到這兩方面，但惟有聖經將之無謬誤地彰顯出來。我所要提出的要點是，聖經並沒有把默想範圍限縮在聖經的原則之內。不過，所有默想都應該聚焦於聖經所顯明，或是聖經所引導的內容。以下是明確提到默想題目的聖經經文：

神的話語	書一8，「書上所寫的一切話」
	詩一2，「耶和華的律法」
	詩一一九15，「你的訓詞」
	詩一一九15，「你的道路」
	詩一一九22，「你的法度」
	詩一一九48，「你的命令」
	詩一一九78，「你的訓詞」
	詩一一九97，「你的律法」
	詩一一九99，「你的法度」
	詩一一九148，「你的話語」
神的創造	詩一四三5，「你手的工作」
神的照管	詩七十七12，「你的經營」
	詩七十七12，「你的作為」
	詩一一九27，「你的奇事」
	詩一四三5，「你的一切作為」
	詩一四五5，「你奇妙的作為」

神的本性　　　　詩六十三6,「你」

詩一四五5,「你威嚴的尊榮」

6. Maurice Roberts, "O the Depth!" *The Banner of Truth*, July 1990, p. 2.

7. Jonathan Edwards, *The Works of Jonathan Edwards*, rev. Edward Hickman (1834; reprint, Edinburgh, Scotland: The Banner of Truth Trust, 1974), vol. 1, p. xiv.

8. 引自 Philip Yancey, "Breaking the Bible Barrier," *Moody*, July/August 1986, p. 30。

9. Watson, p. 65.

10. William Bridge, *The Works of the Reverend William Bridge* (reprint, 1845; reprint, Beaver Falls, PA: Soli Deo Gloria, 1989), vol. 3, p. 126.

11. Bridge, p. 152.

12. Bridge, p. 135.

13. Richard Baxter, *The Practical Works of Richard Baxter: Select Treatises* (Grand Rapids, MI: Baker Book House, 1981), p. 90.

14. J. I. Packer, forword to R. C. Sproul, *Knowing Scripture* (Downers Grove, IL: InterVarsity Press, 1979), pp. 9-10.

第四章　禱告

1. 出自一九九〇年一月,芝加哥公眾電視臺WTTW節目《無限旅程》(Infinite Voyage)。

2. Carl Lundquist, *The Burning Heart* Newsletter (St. Paul, MN: Evangelical Order of the Burning Heart, November 1984), p. 2.

3. John Blanchard, com., *Gathered Gold* (Welwyn, Hertordshire, England: Evangelical Press, 1984), p. 227.

4. 摘自 John Piper, *Desiring God: Meditations of a Christian Hedonist*。版權為 Multnomah Press 擁有，1986年；出版者為 Multnomah Press, Portland, Oregon 97266。蒙允准使用，p. 147。

5. Andrew Murray, 引自 *Christianity Today*, February 5, 1990, p. 38。

6. Richard Baxter, *The Practical Works of Richard Baxter: Select Treaties* (Grand Rapids, MI: Baker Book House, 1981), p. 103.

7. John Owen, 引自 *The Banner of Truth*, August-September 1986, p. 58。

8. Matthew Henry, *Commentary on the Whole Bible* (Old Tappan, NJ: Revell, n.d.), vol. 3, p. 255.

9. Thomas Manton, *The Works of Thomas Manton* (reprint, Worthington, PA: Maranatha Publications, n.d.), pp. 272-273.

10. William Bates, *The Whole Works of the Rev. W. Bates*, arr. And rev. W. Farmer (reprint, Harrisburg, PA: Sprinkle, 1990), vol. 3, p. 130.

11. William Bridge, *The Works of the Reverend William Bridge* (reprint, 1845; reprint, Beaver Falls, PA: Soli Deo Gloria, 1989), vol. 3, pp. 132, 154.

12. Peter Toon, *From Mind to Heart: Christian Meditation Today* (Grand Rapids, MI: Baker Book House, 1987), p. 93.

13. 摘自 *Spiritual Secrets of George Muller*, 1985 by Roger Steer。美國版權承蒙 Harold Shaw Publishers, Wheaton, IL 60189 允准。pp. 60-62，強調字由筆者所加。

14. Andrew Murray, *With Christ in the School of Prayer* (Old Tappen, NJ: Spire Books, 1975), p. 33. 中譯：慕安得烈：《禱告的學校》（台北：校園，1986）。

15. C. H. Spurgeon, "Thought-Reading Extraordinary," *Metropolitan*

Tabernacle Pulpit (London: Passmore and Alabaster, 1885; reprint, Pasadena, TX: Pilgrim Publications, 1973), vol. 30, pp. 539-540.

16. Piper, pp. 150-151, 蒙允准使用。

17. Roger Steer, *George Muller: Delighted in God!* (Wheaton, IL: Harold Shaw, 1975), pp. 310.

18. C. H. Spurgeon, "Prayer — The Forerunner of Mercy," in *New Park Street Pulpit* (London: Passmore and Alabaster, 1858; reprint, Pasadena, TX: Pilgrim Publications, 1973), vol. 3, p. 251.

19. J. C. Ryle, *A Call to Prayer* (Grand Rapids, MI: Baker Book House, 1979), p. 35.

第五章 敬拜

1. 摘自 John Piper, *Desiring God: Meditations of a Christian Hedonist* (Portland, Or: Multnomah Press, 1986), p. 70。版權由 Multnomah 出版社擁有，蒙允准使用。

2. Piper, pp. 72-73. 蒙允准使用。

3. David Clarkson, *The Works of David Clarkson* (London: James Nichol, 1864; reprint, Edinburgh, Scotland: The Banner of Truth Trust, 1988), vol. 3, pp. 193-194.

4. John Blanchard, comp., *Gathered Gold* (Welwyn, Hertordshire, England: Evangelical Press, 1984), p. 342.

5. Geoffrey Thomas, "Worship in Spirit," *The Banner of Truth*, August-September 1987, p. 8.

6. John Blanchard, comp., *More Gathered Gold* (Welwyn, Hertfordshire, England: Evangelical Press, 1984), p. 344.

7. Clarkson, p. 209.

8. Lewis C. Henry, ed., *5000 Quotations for All Occasions* (Philadelphia, PA: The Blakiston Company, 1945), p. 319.

第六章　傳福音

1. 見J. I. Packer, *Evangelism and the Sovereignty of God* (Downers Grove, IL.: InterVarsity Press, 1979), pp. 37-57.

2. 引自 *Discipleship Journal*, issue 49, p. 40.

3. C. H. Spurgeon, "Tearful Sowing and Joyful Reaping," in *Metropolitan Tabernacle Pulpit* (London: Passmore and Alabaster, 1869; reprint, Pasadena, TX: Pilgrim Publications, 1970), vol. 15, p. 237.

4. 引自 Ernest C. Reisinger, *Today's Evangelism: It's Message and Methods* (Phillipsburg, NJ: Craig Press, 1982), pp. 142-143.

第七章　服事

1. Richard Foster, *Celebration of Disciplines* (San Franscisco, CA: Harper & Row, 1978), p. 10. 中譯：傅士德著，周天和譯：《屬靈操練禮讚》（香港：學生福音團契，1982初版）。

2. Dallas Willard, *The Spirit of the Disciplines* (San Franscisco, CA: Harper & Row, 1989), p. 182. 中譯：魏樂德著，文子梁、應仁祥譯：《靈性操練真諦》（台北：校園，2006）。

3. E. M. Bounds, *The Essentials of Prayer* (Grand Rapids, MI.: Baker Book House, 1970), p. 19.

4. C. H. Spurgeon, "Serving the Lord with Gladness," in *Metropolitan*

Tabernacle Pulpit (London: Passmore and Alabaster, 1868; reprint, Pasadena, TX: Pilgrim Publications, 1989), vol. 13, pp. 495-496.

5. Foster, pp. 112, 114.

6. John Blanchard, comp., *More Gathered Gold* (Welwyn, Hertfordshire, England: Evangelical Press, 1986), p. 291.

7. Jerry White, *Choosing Plan A in a Plan B World* (Colorado Springs, CO: NavPress, 1986), p. 97.

8. Harry Verploegh, comp., *Signposts: A Collection of Sayings from A. W. Tozer* (Wheaton, IL.: Victor Books, 1989), p. 183.

9. Verploegh, p. 183.

第八章 作管家

1. Jonathan Edwards, *The Works of Jonathan Edwards*, rev. Edward Hickman (1834; reprint, Edinburgh, Scotland: The Banner of Truth Trust, 1974), vol. 2, pp. 233-236.

2. Herbert Lockyer, *Last Words of Saints and Sinners* (Grand Rapids, MI: Kregel, 1969), p. 133.

3. Lockyer, p.132.

4. Edwards, vol. 1, p. xxi.

5. Richard Baxter, *The Practical Works of Richard Baxter in Four Volumes, A Christian Directory* (1673; reprint, Lignier, PA: Soli Deo Gloria Publications, 1990), vol. 1, p. 237.

6. Wayne Watts, *The Gift of Giving* (Colorado Springs, CO: NavPress, 1982), pp. 35-36.

7. "Plain Talk," *USA Today*, December 23, 1988.

8. Robert Rodenmeyer, 引自 John Blanchard, comp., *Gathered Gold* (Welwyn, Hertfordshire, England: Evangelical Press, 1984), p. 113。

9. Roger Steer, ed., *The George Muller Treasury* (Westchester, IL.: Crossway Books, 1987), p. 183.

10. Roger Steer, ed., *Spiritual Secrets of George Muller* (Wheaton, IL: Harold Shaw; and Robesonia, PA: OMF Books, 1985), p. 103.

第九章　禁食

1. LaVonne Neff, et al., ed., *Practical Christianity* (Wheaton, IL: Tyndale House, 1987), p. 300.

2. D. Martyn Llyod-Jones, *Studies in the Sermon on the Mount* (Grand Rapids, MI: Eerdmans, 1960), vol. 1, p. 38.

3. R. D. Chatham, *Fasting: A Biblical-Historical Study* (South Plainfield, NJ: Bridge, 1987), pp. 96-97, 161-181.

4. Andy Anderson, *Fasting Changed My Life* (Nashville, TN: Broadman, 1977), p. 47-48.

5. John Calvin, *Institutes of Christian Religion*, ed. John T. McNeil, trans. and indexed by Ford Lewis Battles (Philadelphia, PA: Westminster, 1960), vol. 3, p. 1242. 中譯：加爾文著：《基督教要義》（台北：加爾文出版社，2007）。

6. Arthur Wallis, *God's Chosen Fast* (Fort Washington, PA: Christian Literature Crusade, 1968), p. 42.

7. Wallis, p. 42.

8. Jonathan Edwards, ed., *The Life and Diary of David Brainerd*, revised edition ed. by Philip E. Howard, Jr. (Chicago: Moody Press, 1949), p. 80.

9. Edwards, p. 81.

10. Thomas Boston, *The Works of Thomas Boston*, ed. Samuel McMillan
(London: William Tegg and Company, 1853; reprint, Wheaton, IL:
Richard Owen Roberts, 1980), vol. 11, p. 347.

11. Calvin, pp. 1243-1244.

12. David R. Smith, *Fasting: A Neglected Disciplines* (Fort Washington, PA:
Christian Literature Crusade, 1954; American ed., 1969), p. 46-47.

13. Edwards, p. 88.

14. Smith, p. 44.

15. Matthew Henry, *A Commentary on the Whole Bible* (New York: Funk
and Wagnalls, n.d.), vol. 4, p. 1478.

第十章　安靜和獨處

1. Anton Chekov, "The Bet," in *Introduction to Literature* (New York:
Rinehart and Company, 1948), vol. 2, pp. 474-480.

2. Jean Fleming, *Finding Focus in a Whirlwind World* (Dallas: Roper Press,
1991), p. 73.

3. Dallas Willard, *The Spirit of the Disciplines* (San Francisco, CA: Harper
& Row, 1988), p. 161.

4. Iain Murray, *Jonathan Edwards: A New Biography* (Edinburgh, Scotland:
The Banner of Truth Trust, 1987), p. 92.

5. 懷特腓，引自他的日記，摘自 Arnold Dallimore, *George Whitefield:
The Life and Times of the Great Evangelist of the Eighteenth-Century
Revival* (Westchester, IL: Cornerstone Books, 1979), p. 194.

6. Jonathan Edwards, ed., *The Life and Diary of David Brainerd*, revised

edition ed. by Philip E. Howard, Jr. (Chicago: Moody Press, 1949), pp. 83-84.

7. C. H. Spurgeon, "Solitude, Silence, Submission," in *Metropolitan Tabernacle Pulpit* (London: Passmore and Alabster, 1896; reprint, Pasadena, TX: Pilgrim Publications, 1876), vol. 42, p. 266.

8. John Pollack, *Billy Graham: The Authorized Biography* (London: Hodder and Stoughton, 1966), pp. 80-81.

9. John Owen, *The Works of John Owen* (London: Johnstone and Hunter, 1850-1853; reprint, Edinburgh, Scotland: The Banner of Truth Trust, 1965), vol. 5, p. 455.

10. Dr. and Mrs. Howard Taylor, *Hudson Taylor and the China Inland Mission: The Growth of a Work of God* (Singapore: China Inland Mission, 1918; special anniversary ed., Singapore: Overseas Missionary Fellowship, 1988), pp. 31-32.

11. Willard, p. 101.

12. Austin Phelps, *The Still Hour or Communion with God* (1859; reprint, Edinburgh, Scotland: The Banner of Truth Trust, 1974), p. 64.

13. John Blanchard, comp., *More Gathered Gold* (Welwyn, Hertfordshire, England: Evangelical Press, 1986), p. 295.

14. Dallimore, p. 239.

15. Murray, p. 53.

16. Murray, p. 100.

17. Betty Lee Skinner, Daws: *The Story of Dawson Trotman, Founder of the Navigators* (Grand Rapids, MI: Zondervan, 1974), p. 257.

18. Warren Wiersbe, comp., *The Best of A. W. Tozer* (Grand Rapids, MI:

Baker Book House, 1978), pp. 151-152.

19. Francis Schaeffer, *True Spirituality* (Wheaton, IL: Tyndale House Publishers, 1971), p. ix.

20. Schaeffer, p. ix.

21. Francis Wayland, *A Memoir of the Life and Labors of the Rev. Adoniram Judson*, D.D. (London: James Nisbet and Company, 1853), vol. 1, p.435.

22. Wayland, p. 437.

23. Jonathan Edwards, *The Works of Jonathan Edwards*, rev. Edward Hickman (1834, reprint, Edinburgh, Scotland: The Banner of Truth Trust, 1974), vol. 1, pp. 311-312.

第十一章　寫日記

1. Maurice Roberts, "Are We Becoming Reformed Men?" *The Banner of Truth*, issue 330, March 1991, p. 5.

2. John Calvin, *Institute of the Christian Religion*, ed. John T. Mcneil, trans. and indexed by Ford Lewis Battles (Philadelphia, PA: Westminster, 1960), vol. 2, p. 35.

3. Josiah H. Pratt, ed., *The Thought of the Evangelical Leaders* (James Nisbet, 1865; reprint, Edinburgh, Scotland: The Banner of Truth Trust, 1978), p. 305.

4. Edmund S. Morgan, *The Puritan Family* (New York: Harper & Row, 1966), p. 5.

5. Jonathan Edward, ed., *The Life and Diary of David Brainerd*, revised edition ed. by Philip E. Howard, Jr. (Chicigo, IL: Moody Press, 1949), p.186.

6. Edwards, p. 193.

7. Roberts, p. 6.

8. LaVonne Neff, ed al., ed., *Practical Christianity* (Wheaton, IL: Tyndale House, 1945), p. 310.

9. Ralph Woods, ed., *A Treasury of the Familiar* (Chicago, IL: Peoples Book Club, 1945), p. 14.

10. C. H. Spurgeon, *Autobiography, Volume 1: The Early Years, 1834-1859*, rev. ed. in vols., com. Susanah Spurgeon and Joseph Harrald (Edinburgh, Scotland: The Banner of Truth Trust, 1962), p. 122.

11. Stephen Charnock, *The Existence and Attributes of God* (Robert Carter and Brothers, 1853); reprint, Grand Rapids, MI: Baker Book House, 1979), vol. 1, p. 277.

12. Roger Steer, ed., *The George Muller Treasury* (Westchester, IL: Crossway Books, 1987), pp. 55-56.

13. Jonathan Edwards, *The Works of Jonathan Edwards*, rev. Edward Hickman (1834; reprint, Edinburgh, Scotland: The Banner of Truth Trust, 1974), vol. 1, p. xxiv.

14. Edwards, p. xxiv.

15. Arnold Dallimore, *George Whitefield: The Life and Times of the Great Evangelist of the Eighteenth-Century Revival* (Westchester.IL: Crossway Books, 1979), vol. 1, p. 80.

16. Dallimore, pp. 80-81.

17. Maurice Roberts, "Where Have the Saints Gone?" *The Banner of Truth*, October 1988, p. 4.

18. Elisabeth Elliot, ed., *The Journals of Jim Elliot* (Old Tappan, NJ: Fleming

H. Revell, 1978), p. 474.

19. Ronald Klug, *How to Keep a Spiritual Journal* (Nashville, TN: Thomas Nelson, 1982), p. 58.

20. Edward Donnelly, ed., "The Diary of Thomas Houston of Knockbracken," *The Banner of Truth*, August-September 1989, pp. 11-12.

第十二章　學習

1. 引自 Iain Murray, Jonathan Edwards: *A New Biography* (Edinburgh, Scotland: The Banner of Truth Trust, 1987), p. 184。

2. R. C. Sproul, "Burning Hearts Are Not Nourished by Empty Heads," *Christianity Today*, September 3, p. 100.

3. John Blanchard, comp., *Gathered Gold* (Welwyn, Hertfordshire, England: Evangelical Press, 1984), p. 203.

4. Richard Foster, *Celebration of Discipline* (San Franscisco, CA: Harper &Row, 1978), p. 54.

5. Jo H. Lewis and Gordon A. Palmer, *What Every Christian Should Know* (Wheaton, IL.: Victor Books, 1990), p. 74.

6. Bob Greene, "A Controversy Abrewing," *Chicago Tribune*, July 23, 1990, sec. 5, p. 1.

7. Lewis and Palmer, pp. 80, 82.

8. 引自 *Discipleship Journal*, issue 23 (1984), p. 27。

9. Paul Thigpen, "No Royal Road to Wisdom," *Discipleship Journal*, issue 29 (1984), p. 7.

10. 引自 *Discipleship Journal*, issue 23 (1984), p. 16。

第十三章　堅忍操練

1. Timothy K. Jones, "What Can I Say?" *Christianity Today*, November 5, 1990, p. 28.

2. J. I. Packer, *God's Words: Studies of Key Bible Themes* (Downers Grove, IL.: InterVarsity Press, 1981), p. 195.

3. Thomas Watson, *A Body of Divinity* (1692; reprint, Edinburgh, Scotland: The Banner of Truth Trust, 1970), p. 249.

4. John Geree, *The Character of an Old English Puritan or Nonconformist of the Christian Life* (Wheaton, IL.: Crossway Books, 1990), p. 23.

5. J. I. Packer, *Keep in Step with the Spirit* (Old Tappan, NJ: Fleming H. Revell, 1984), p. 111.

6. John Guest, 引自 *Christianity Today*, April 23, 1990, p. 33。

7. *USA Today*, January 18, 1988.

經文索引

（編按：索引標示之頁碼，皆代表英文原書頁數，亦即本書內文中左右空白處之頁碼，而非每頁上方左右側之本書頁碼。）

創世記
一1　44
十二1～7　58
二十四63　73

出埃及記
十九5　140

利未記
十六29～31　162

申命記
六4～7　212
九9　161, 164
十三4　118
十六16　142
十七18　211

約書亞記
一8　48～49, 52, 57, 64, 208
十12～14　135
二十四15　128

士師記
二十26　164, 167, 168
二十28　167

撒母耳記上
二30　43
七6　164, 171
十二24　118
二十34　169
三十一13　164, 168

撒母耳記下
一11～12　168
一12　164
三35　164
十二16～23　164

列王紀上
六7　199
十27　137
十九8　161-162, 164
十九11～13　186
二十一27～29　172

歷代志下
二十3　162
二十3～4　169

以斯拉記
七10　35～36
八21～23　169
八23　166
十6　161

尼希米記
一3～4　173
一4　166
二2　119
九1　162, 164

以斯帖記
四16　161, 162, 164, 170

約伯記
三十二9　228
四十一11　140

詩篇
一　52
一1～3　49, 57, 208
一2　64
五1　71
十九7　72
十九11　72
十九14　71-72, 73
二十四1　140

三十一15　135
三十五13　172
三十七4　90
三十九3　49
四十二7　184
四十六10　186
六十二1～2　187-188
六十二5～6　188
六十二8　209
六十三6　64
六十五2　78
七十七11～12　211
七十七12　64
八十四10　120
九十五6　86
一〇〇2　118, 119
一〇二18　212
一〇九24　170
一一二7～8　186
一一九11　42, 45, 216
一一九15　59, 64
一一九18　54
一一九23　64
一一九24　43
一一九27　64
一一九36　62
一一九48　64
一一九50　54
一一九78　64
一一九97　44, 55, 64
一一九98～99　50
一一九99　50, 64
一一九148　64
一四三5　64
一四五5　64

箴言
五11～13　138
九9　224
十14　225
十三4　233
十三20　77
十七27～28　193
十八15　225～226
二十二17～19　42-43
二十三12　20, 226
二十四33～34　137
二十六13～14　137

二十七1　135
二十七17　17～18, 77

傳道書
三1　156
三7　193
七10　194

以賽亞書
六6～8　120
三十15　188
五十八3～4　174
五十八6～7　174

耶利米書
二十三29　49
三十六6　164

耶利米哀歌
三25～28　189

但以理書
一12　161
六18～24　164
九3　166, 173
十3～13　164

約珥書
二12　166, 171
二15～16　162

約拿書
三5～8　162, 171

哈巴谷書
二1　186
二20　187

西番雅書
一7　187

哈該書
二8　141

撒迦利亞書
七5　177-178
八19　162

馬太福音
三4　161
四1　185
四1～11　42, 175
四2　161, 164
四4　32, 179
四10　86, 94
五16　106
六2～3　163
六5　67
六5～7　163
六6　67
六7　67, 77
六9　67
六16～17　163
六16～18　162, 163-164
六17～18　178
七7～8　78, 81
九14　164
九14～15　163
九15　162
十一15　185
十一28～29　233
十一29　20
十二36　136
十四23　185
十五8～9　86
二十五14～30　136
二十八19～20　100, 107

馬可福音
一35　185
六31　189
十二28～31　123
十二29～30　226
十二29～31　247-248
十二30　91
十二41～44　143
十六15　100

路加福音
一20　190
一63～64　190
二37　164, 176
二46～47　224
二52　239
四1　185
四2　161

四14　185
四42　185
五16　69, 93
六12～13　191-192
六38　153
九23　20
十一1　70, 77
十一5～13　53
十一9　67
十一9～10　53
十一28　29
十六10～13　145-146
十六25　139
十八1　67, 81
十八12　162, 172
十八35～43　19
十九1～10　19
二十二27　129
二十三43　58
二十四47　100

約翰福音
一1　88
一14　88
一18　88
三16　44, 59
四53
四22　227
四23～24　89
四34　126
五22～29　139
七15　224
七38　91-92
九4　135
九25　106
十一25　53
十三12～16　121
十三17　56
十四17　89
十四26　54
十五5　69
十五18～19　243
十六13　71
十七4　131-132
十七17　18, 37
二十21　100
二十28　86-87

使徒行傳
一8　100, 103-104
二14～40　43
二43～45　149
四32～35　149-150
九5　36
九9　161, 163-164
十一27～30　150
十三2　162, 163, 164
十三3　166
十四2～3　164
十四10　36
十四23　163, 167
十七11　36
十九23～二十1　132
二十35　154
二十七33～34　164

羅馬書
一1　126
一16　104
一20　88
八13　216
八26　238-239
八28　18
八29　16, 237
八29～30　105
十14　227
十17　29, 104, 105
十一33　81
十二2　52, 227
十二3　206
十二4～8　123
十四12　136
十四22～23　176

哥林多前書
一21　111
三10～15　246
三13～15　136
六19　199
八1　233
九23　114
九27　58
十26　140
十二3　89
十二4　123
十二4～7　22

十二5　123
十二6～11　123
十二11　123
十二12　92
十二27～31　123
十三　114
十四　123
十四20　230
十五58　127
十六1～2　150-151
十六2　147

哥林多後書
二14～17　105
三18　19
五14～15　123
六2　133
八1～5　144
八7～8　147
九6～8　153
九7　147, 148
十二1～6　36

加拉太書
一17　186
三3　243
五13　122
五17　243
五22～23　20
五23　238
六8　244

以弗所書
二1～10　165
二8～9　104
二19　92
二21　92
四7～13　123
四11　101
四12　125
四16　241
四29　44
五15～16　132
五16　231
五26　49
六4　107
六17　42, 45

腓立比書
一6　237
二3　122
三12～16　214
三13　38
三13～14　135-136
三19　176
四8　52-53
四13　61
四18　141

歌羅西書
一29　126, 243
二20～23　17
二21　58
三2　42, 132
四2　67
四5～6　108

帖撒羅尼迦前書
二13　31
五17　67
五23　18

提摩太前書
四7　13, 16, 17, 18, 32, 216, 229, 246
四7～8　242
四8　17, 246
四10　242-243
四13　30
五8　140

提摩太後書
一5　212
一7　237-238
三16　32, 88
四13　36

提多書
三5～7　165

希伯來書
一1～2　88
二11　18
三13　241
四7　155
四16　68
五12　136

六10　127
九14　117-118
十25　92
十二3-4　245
十二14　16
十三8　213

雅各書
一19　193
一22　63
一22～25　56
一26　193
三2　193
四14　134

彼得前書
一15～16　20
二9　101
三15　107, 213
三18　168
四10　123, 124
四10～11　109-110
四11　123
五8　244

彼得後書
一6　24, 245
一19　65
一20～21　88
三16　36, 38

約翰一書
一3　239
一9　59, 168
二15　243
17　134
三2　16, 244-245

猶大書
20　216

啟示錄
一1　67
一3　32
四8　87, 97
四11　87
五12　87
五13　87

主題與人名索引

（編按：本索引標示之頁碼，皆代表英文原書頁數，亦即本書內文中左右空白處之頁碼，而非每頁上方左右側之本書頁碼。於章名頁提及之人名，則以「章名頁」標示，如「第五章章名頁」。）

Accountability 執行（交帳）另見 Fellowship 團契
　memorizing God's Word 背誦神的話, 46
　stewardship of time 運用時間的管家, 136
Action 行動 另見 Serving 服事
Adams, Jay 傑伊・亞當斯, 見第十章名頁
Adams, John 亞當斯, 162
Answered prayer 禱告蒙應允, 78-79, 81
Application of God's Word 運用神的話語, 56-60, 63
　ask questions of the text 針對經文提出應用性問題, 60
　benefits of 益處, 56-57
　expect to discover 期望找到方式, 57-58
　meditate for discernment in 透過默想辨別, 59-60
　methods 方式, 58-60
　respond specifically 具體回應, 60-61
　understand the text 了解經文, 58-59
Augustine 奧古斯丁, 17

Bacon, Francis 培根, 211, 213
Barclay, William 巴克萊, 22
Barna, George 喬治・巴拿, 102-103
Bates, William 貝茲, 73
Baxter, Richard 巴克斯特, 51, 52, 62, 72, 139
Benefits 益處
　of applying God's Word 運用神的話

語, 56-57
　of journaling 寫日記, 206-217
　of meditating on God's Word 默想神的話語, 47-52
　of memorizing God's Word 背誦神的話語, 41-45
　of time 時間, 137-138
Bible intake 研讀聖經, 27-64 另見 Application of God's Word 運用神的話, Meditating on God's Word 默想神的話, Memorizing God's Word 背誦神的話, and Reading God's Word 研讀神的話
　applying 運用, 56-63
　hearing 聆聽, 29-31
　importance of 重要, 28
　meditating 默想, 47-55
　memorizing 背誦, 41-47
　most critical discipline 最關鍵的操練, 32
　reading 研讀, 32-35
　studying 研究, 35-37
Blanchard, John 布蘭查, 27, 33
Blessing 祝福
　on evangelistic words 傳福音的言語, 112-113
　giving and 奉獻, 153-154
　worship and 敬拜, 92-94
Bloesch, Donald G. 畢樓奇, 見第七章與第十一章章名頁
Boston, Thomas 波士頓, 171-172
Brainerd, David 布銳內德, 78, 167-168, 173-174, 188, 209-210

Bridge, William 布瑞基, 61-62, 73
Bridges, Jerry 畢哲思, 35
Brooks, Thomas 布魯克斯, 246
Bunyan, John 本仁約翰, 17, 112
Burroughs, Jeremiah 布洛斯, 31

Calvin, John 加爾文, 17, 165, 172, 207
Carnegie, Andrew 卡內基, 156
Charnock, Stephen 查諾克, 212
Chekhov, Anton 契訶夫, 181-183
Christ 基督 同見 Jesus Christ 耶穌基督
Christlikeness 效法基督, 131-132
Clark, Joseph 約瑟‧克拉克, 114
Clarkson, David 克拉森, 93, 96
Cloistering 隔離自己 同見 Silence and
solitude 安靜和獨處
Coleridge, Samuel 柯爾律治, 22
Commands 命令 同見 Expectations from
God 神的期望
Commitment 委身 同見 Perseverance in
Discipline 持續操練
Communication 對話溝通 同見 Evang-
elism and Journaling 傳福音與寫日記
Confidence in evangelism 傳福音的信
心, 103-105, 112-113
Congregation 群體 見 Fellowship 團契
Coolidge, Calvin 柯立芝, 97
Counseling 諮詢輔導
    medical, before fasting 禁食前的醫療
    性, 179
    memorizing God's Word for 背誦神話
    語的目標, 43
Cowper, William 威廉‧古柏, 212

Dallimore, Arnold 達里茂, 197, 215
Danger of neglecting Spiritual Discip-
lines 忽視屬靈操練的危險, 22-23
Day, Albert Edward 戴依, 見第四章章
名頁
Dedication to God through fasting 透過
禁食獻己於神, 175
Definitions and explanations 定義和解釋

of evangelism 傳福音, 100-101
of fasting 禁食, 160-162
of fellowship 團契, 239-241
of journaling 寫日記, 205-206
of meditating 默想, 47-48
of silence and solitude 安靜和獨處,
184
of Spiritual Disciplines 屬靈操練, 17
of worship 敬拜, 86-87
Devil, persevere in Discipline despite 雖
有仇敵仍然持續操練, 244
Devotions 委身 同見 Silence and solitude
安靜和獨處
Diary 日記 同見 Journaling 寫日記
Discernment, for application of God's
Word 辨別如何實際應用神的話, 59-60
Discipline 操練 同見 Spiritual Disci-
plines 屬靈操練
Dodds, Elisabeth 陶茲, 51-52

Edman, V. Raymond 艾德滿, 見第一章
章名頁
Edwards, Jonathan 愛德華茲, 17, 50-52,
54, 55-56, 137, 139, 155-156, 186,
197, 201-202, 214-215, 226, 245
Edwards, Sarah 莎拉‧愛德華茲, 17,
51, 186
Elliot, Elisabeth 艾略特, 23-24
Elliot, Jim 吉姆‧艾略特, 196, 216-217
Endurance 忍耐 同見 Perseverance in
Discipline 持續操練
Eternity 永恆
    practice disciplines in light of 實踐屬靈
    操練的眼光, 245-246
    stewardship to prepare for 作預備,
    133-134
    time valued in 時間的價值, 139
Euclid 歐幾里得, 233
Evangelism 傳福音, 99-114
    confidence in 信心, 103-105, 112-113
    definition 定義, 100
    discipline of 操練, 106-111

empowered能力, 101-106
expected吩咐, 100-101, 103
God's blessing on 神賜下的祝福, 112-113
home meetings 家庭福音聚會, 110
memorizing God's Word and背經, 43
plan for計畫, 113
reasons Christians don't evangelize 基督徒不傳福音的原因, 101-103, 106-107
requires communicating content傳講的內容, 110-111
spiritual gifts and屬靈恩賜, 101, 109-110
success in成功, 103
through serving透過服事, 109-110
Examples榜樣 另見Models寫日記的模範 of journaling, 205-206, 217-219
Expectations from God 神的期待
evangelism傳福音, 100-101, 103
fasting禁食, 163-164
prayer禱告, 66-70, 80
serving服事, 117-123
Spiritual Disciplines屬靈操練, 20-22
worship publicly and privately公眾和個人層面的敬拜, 92-94
Explanations解釋 另見 Definitions and explanations定義與解釋
Expressions表達
of concern for God's work by fasting, 透過禁食表達對神工作的關心173-174
of faith by silence and solitude透過安靜和獨處表達信心, 187-188
of grief by fasting透過禁食來哀傷, 168-169
of humility by fasting透過禁食來在神面前謙卑, 172-173
of love by giving透過奉獻表達愛, 147
of love and worship to God by fasting 透過禁食表達對神的愛和敬拜, 176-178

of repentance and return to God by fasting透過禁食表達悔改和回轉向神, 171
of thoughts and feelings by journaling 透過寫日記表達想法和感受, 208-210
of worship by fasting透過禁食來敬拜, 176-178
of worship by serving透過服事來敬拜, 127
of worship by silence and solitude透過安靜和獨處來敬拜, 189

Faith信心
expressed by silence and solitude, 以安靜和獨處來表達187-188
in God's power to bless our words evangelistically神有能力祝福我們傳福音的話語, 112-113
in God's provision reflected by giving 奉獻反映神的供應, 143-144
strengthened by memorizing God's Word背誦神的話得著力量, 42-43
Fasting禁食, 159-180
absolute全面, 161
blessed by God神賜福, 178
cannot earn God's favor不是為了賺取神的接納, 165
congregational群體, 162
dedicate yourself to God through 藉此獻己於神, 175
definition定義, 160-162
expected期待, 163-164
to express concern for God's work表達對神工作的在意, 173
to express grief表達哀傷, 168-169
to express love and worship to God表達對神的愛和敬拜, 176-178
to express repentance and return to God 表達悔改與回轉向神, 171
feared 令人害怕, 159, 179
Holy Spirit and聖靈, 179

to humble oneself before God 在神面前
謙卑, 172
length of 禁食的時間, 164
medical counsel before 先前的醫療諮
詢, 179
to minister to the needs of others 服事
別人, 174-175
misunderstood 遭到誤解, 159-160
national 全民, 162
normal 一般, 161
occasional 臨時, 162
to overcome temptation 勝過試探, 175
partial 局部, 161
private 個人, 162
purposes of 目標, 164-178
regular 定期, 162
to seek God's guidance 尋求神的引導,
167-168
to strengthen prayer 增添禱告的力量,
165-167
supernatural 超自然, 161
Fear 害怕
of fasting 禁食, 159, 179
Feelings 感受
expressed in journaling 以寫日記來表
達, 209-211
in worship 敬拜時, 90-91
Fellowship 團契
among Puritans 清教徒, 242
congregational fasting 群體禁食, 162
definition 定義, 240-241
distinction between socializing and 與
社交的不同, 240
needed for spiritual growth 屬靈成長的
必須要素, 241
in prayer 與別人一同禱告, 77
public worship 公眾敬拜, 92-93, 95-96
role of, in perseverance in the Disci-
pline, 群體在持續操練當中的角色,
239-242
Fleming, Jean 費琳明, 184, 232, 248
Focusing in God 聚焦於神, 86-89

Ford, Henry 亨利‧福特, 156
Forgiveness 饒恕, 120-121
Foster, Richard 傅士德, 23, 66, 122, 160,
228
Freedom 自由
in Spiritual Disciplines 屬靈操練, 23-
24
through spontaneity 透過自發性, 246-
247
Fruitfulness 成果
of journaling 寫日記, 219-220
of meditating on God's Word 默想神的
話, 50-52

Generosity 慷慨 另見 Giving 奉獻
Gifts 恩賜 另見 Spiritual gifts 屬靈恩賜
Giving 奉獻 另見 Stewardship of money
金錢的管家
as an act of worship 作爲敬拜的行爲,
141-143
appropriate to real needs 恰當回應眞正
的需要, 149-150
and bountiful blessing 富足的福分,
153-154
reflects faith in God's provision 反映對
神的供應有信心, 143-144
reflects spiritual trustworthiness 反映屬
靈的忠誠, 145-146
should be an expression of love, not
legalism 本於愛, 而非律法主義,
147
should be planned and systematic 有計
畫、有組織, 150-153
should be sacrificial and generous 有犧
牲和慷慨的精神, 144-145
willingly, thankfully, and cheerfully 樂
意、懷著感恩、甘心, 148-149
Gladness 樂意, 119-120
Goals 目標
of journaling 寫日記, 206
of learning 學習, 233
of memorizing God's Word 背誦神的

話語, 46-47

monitoring 提醒, 214-215

silence and solitude, daily 日常的安靜和獨處, 195-196, 199

Gospel 福音 另見 Evangelism 傳福音

Gould, Glenn 顧爾德, 190

Graham, Billy 葛理翰, 190-191

Gratitude 感恩, 118-119

Grief 哀傷, 168-169

Growth 成長 另見 Application of God's Word 應用神的話語及 Fruitfulness 成果

Guest, John 格斯特, 246-247

Guidance 引導 另見 Will of God 神的引導

Guilt 罪, 120-121

Halverson, Richard 哈維生, 見第三章章名頁

Handel, George F. 韓德爾, 51

Harris, Howell 哈里斯, 197

Havner, Vance 哈夫納, 見第二章章名頁

Hearing God's Word 聆聽神的話語, 29-31

application 運用, 56-57

ways of 方式, 30

Henry, Matthew 馬太‧亨利, 73, 93, 178

Hobbes, Thomas 霍布斯, 138

Holy Spirit 聖靈

and Fasting 與禁食, 179-180

role of, in perseverance 在堅忍上扮演的角色, 237-239, 245

Hopkins, Samuel 霍普金斯, 226

Houston, Thomas 休斯敦, 220-221

Humility 謙卑

expressed by fasting 以禁食表達, 172-173

motivates serving 驅動服事, 121-122

Huntingdon, Lady 亨廷頓夫人, 17

Jesus Christ 耶穌基督

learning modeled by 學習祂的樣式, 224

perseverance modeled by 學習祂的忍耐, 244-245

serving modeled by 學習祂的服事, 121-122, 128-129

silence and solitude modeled by 學習祂的安靜和獨處, 185-186

Spiritual Disciplines modeled by 學習祂的屬靈操練, 20-21, 24

stewardship of time modeled by 學習祂作時間的管家, 156

Jones, Timothy K., 238-239 見第十三章附註 1

Journaling 寫日記, 205-222

benefit of 益處, 206-217, 220-221

biblical examples of 聖經的實例, 206

to clarify and articulate insights and impressions 闡明心得和感想, 213

to create and preserve a spiritual heritage 創造和保存屬靈遺產, 212

explanation of 意義, 205-206

to express thoughts and feelings 表達思想和感受, 209-211

fruitfulness of 成果, 219-220

goal of 目標, 206

to maintain the other Spiritual Disciplines 維持進行其他的屬靈操練, 215-217

and meditation 默想, 208

to monitor goals and priorities 提醒目標和次序, 214-215

persistence with 堅忍, 220 另見 Perseverance in Discipline 堅忍操練

to remember the Lord's works 操練記得神的工作, 211-212

self-understanding and evaluation by 藉此自我了解和評估, 206-208

ways of 方法, 217-219

Judson, Adoniram 耶德遜, 201

Kaufman, George 考夫曼, 21

Kehl, D. G. 克爾, 見第三章與第五章章名頁

Landry, Tom 蘭德里, 20
Learning 學習, 223-224
　by reading 透過閱讀, 231-232
　characterizes the wise person 智慧人的特點, 224-226
　essential for increased Godliness 追求敬虔的要素, 227-228
　fulfilling the Greatest Commandment 履行最大的誡命, 226-227,
　goal of 目標, 233
　lifelong Discipline of 一生的操練, 226
　modeled by Jesus 學習耶穌的榜樣, 224
　mostly by discipline, not by accident 靠操練，不是靠運氣, 228-230, 233
　prayer 禱告, 70-78, 80-81
　in a variety of ways 不同的學習方法, 231-232
LeTourneau, R. G. 雷多諾, 152
Lewis, C. S. 魯益師, 104
Lewis, Jo H. 路易斯, 229-230
Lincoln, Abraham 林肯, 162
Lloyd-Jones, D. Martyn 鍾馬田, 131, 160, 177, 28, 235
Lordship 統治 另見 Expectations from God 神的期待
Love 愛
　expressed by giving 以奉獻表達, 147-148
　expressed to God by fasting 以禁食向神表達, 176-178
　motivates serving 驅動服事, 122-123
Lundquist, Carl 藍桂思, 66
Luther, Martin 馬丁‧路德, 17, 68

MacArthur, John Jr. 麥克阿瑟, 見第六章名頁
Madison, James 麥迪遜, 162
Maintenance 維持 另見 Perseverance in

Discipline 堅忍操練
Manton, Thomas 孟頓, 73
Maravich, Pete 瑪拉維奇, 248-249
Mather, Cotton 米沙, 208
Meditating on God's Word 默想神的話, 47-55, 61-62, 63
　benefits 益處, 47-52
　biblical meditation differs from other kinds 聖經默想與其他類型默想的區別, 47
　definition 定義, 47
　discernment 辨別, 59-60
　don't rush 不要匆忙, 55-56
　fruitfulness 成果, 50-52
　journaling and 寫日記, 208
　look for applications 尋找經文的應用意義, 54
　methods 方法, 52-55
　objects of 目標, 63
　pray through the text 以經文禱告, 54
　prayer and 禱告, 71-76
　promises and Psalm 1:3 詩篇一篇3節與神的應許, 49-52
　repeat different ways 以不同的方式重複, 53
　rewrite in your own words 用自己的話重寫, 54
　selecting a passage 選取一段經文, 52-53
　success and Joshua 1:8 約書亞記一章8節與成功的應許, 48-49
Memorizing God's Word 背誦神的話, 41-46, 61
　ability to 能力, 44-45
　accountability 執行, 46
　bad memory? 記憶不好？, 44
　benefits of 益處, 41-44
　goal of 目標, 46-47
　means of guidance 方法, 45-46
　picture reminders 畫圖幫助記憶, 45
　planning 設定計畫, 45
　review and meditate daily 每天溫習和

默想, 46-47
stimulates meditation 激發默想, 44
strengthens faith 強化信心, 42-43
supplies spiritual power 得著屬靈力量, 42
witnessing and counseling 作見證和輔導, 43
word-perfectly 精準地背經, 45-46
writing 寫下經節, 45
Methods 方法 另見 Planning 計畫
　for applying God's Word 運用神的話語, 57-60
　of hearing God's Word 聆聽神的話語, 29-31
　of journaling 寫日記, 217-219
　for meditating on God's Word 默想神的話語, 52-55
　for memorizing God's Word 背誦神的話語, 45-46
　variety, for learning 不同的學習方法, 231-232
Milton, John 米爾頓, 233
Ministering 牧養 另見 Serving 服事
Missions 宣教, 111
Models 榜樣
　of learning 學習, 224
　of perseverance 忍耐, 244-245
　of serving 服事, 121, 128
　of silence and solitude 安靜和默想, 185-186
　of Spiritual Disciplines 屬靈操練, 20-21, 23
　of stewardship of time 時間的管家, 155-156
Moody, Dwight L. 慕迪, 33
Morgan, Edmund S. 摩根, 207-208
Morgan, J. P. 莫根, 156
Motivations for serving 服事的動力
　by forgiveness, not guilt 蒙饒恕而非罪咎, 120-121
　by gladness 樂意, 119-120
　by gratitude 感恩, 118-119
　by humility 謙卑, 121-122
　by love 愛, 122-123
　by obedience 順服, 118
Muller, George 慕勒, 17, 74, 76, 78, 81, 92, 152-153, 213
Murray, Andrew 慕安得烈, 71, 78

Needs 需要 另見 Giving and Serving 奉獻和服事
Neglecting Disciplines 忽略操練
　danger of 危險, 21-22
　reasons for 原因, 36-37, 68-69, 80
Nero 尼祿, 42
Newton, John 約翰‧紐頓, 118

Obedience 順服, 118
Obstacles 阻礙 另見 Perseverance in discipline 堅忍操練
Overcoming temptation 勝過試探, 175
Owen, John 歐文, 72, 191
Ownership 所有權 另見 Stewardship of money 金錢的管家

Packer, J. I. 巴刻, 63, 100, 124, 240-241, 245
Palmer, Gordon A. 巴爾默, 229-230
Perseverance in Discipline 堅忍操練, 235-249
　busy people and 忙碌的人, 235-237
　despite the devil 仇敵的壓力, 244
　despite the flesh 肉體的壓力, 243-244
　despite the world 世界的壓力, 243
　enduring in service 在服事中忍耐, 127
　journaling to maintain 寫日記好以維持, 215-217
　modeled by Jesus 學像耶穌, 244-245
　role of fellowship 團契的角色, 239-242
　role of the Holy Spirit 聖靈的角色, 237-239, 245
　role of struggle 掙扎的角色, 242-245
　source of victory for 得勝的源頭, 244

Perspective regained through silence and solitude 透過安靜和獨處重獲屬靈眼光, 190-191

Phelps, Austin 菲普斯, 194

Piper, John 約翰・派博, 68, 80, 90

Planning 制定計畫 另見 Goals 目標
  evangelism 傳福音, 113
  giving 奉獻, 150-153
  memorizing God's Word 背誦神的話語, 45
  reading God's Word 研讀神的話語, 33-34

Plantinga, Cornelius, Jr. 普蘭丁格, 見第九章章名頁

Pony Express 小馬快遞, 115-116

Possessions 財物 另見 Stewardship of money 金錢的管家

Power 力量 另見 Spiritual power 屬靈的能力

Praise 讚美 另見 Worship 敬拜

Pratt, Josiah 普拉特, 207

Prayer 禱告, 65-83
  answered 蒙應允, 78-80, 81
  expected 期待, 66-70, 80
  fasting to strengthen 透過禁食增添力量, 165-166
  importance of 重要性, 66
  learned 學習, 70-78, 80-81
  meditation and 默想, 71-76
  with others 與別人一同禱告, 77
  pray about praying 為禱告生活向神祈求, 238
  purpose of, as Spiritual Discipline 作為屬靈操練的目標, 81-82
  reading about 閱讀相關著作, 77-78
  reasons for prayerlessness 不禱告的原因, 69-70, 80
  through a text of Scripture 以經文禱告, 54

Preparation 預備 另見 Planning 制定計畫
  for the end time 終了的那一刻, 153-154
  for eternity 為著永恆, 133-134

Priorities, monitored by journaling 以寫日記來提醒次序, 214-215 另見 Benefits and Goals 益處和目標

Promises 應許 另見 Meditating on God's Word 默想神的話語

Ptolemy I 多利買一世, 233

Puritans 清教徒
  applying God's Word 運用神的話語, 57
  Boston, Thomas 波士頓, 171-172
  Bates, William 貝茲, 73
  Baxter, Richard 巴克斯特, 51-52, 62, 72, 139
  Bridge, William 布瑞基, 61, 62, 73
  Bunyan, John 本仁約翰, 17, 112
  Burroughs, Jeremiah 布洛斯, 31
  Charnock, Stephen 查諾克, 212
  Clarkson, David 克拉森, 93, 96
  fasting 禁食, 171-172, 177-178
  fellowship 團契, 242
  hearing God's Word 聆聽神的話語, 31
  Henry, Matthew 馬太・亨利, 73, 93, 178
  journaling 寫日記, 207-208, 211-212, 214, 215
  Manton, Thomas 孟頓, 73
  Mather, Cotton 米沙, 208
  meditation 默想, 49, 55, 61-62
  meditation and prayer 默想與禱告, 72-74
  motto 座右銘, 245
  Owen, John 歐文, 72-73, 191
  prayer 禱告, 72-74
  silence and solitude 安靜和獨處, 188, 191, 197, 201-202
  stewardship of time 時間的管家, 139
  Watson, Thomas 華生, 49, 57, 58, 242
  worship 敬拜, 93, 96

Purposes 目標 另見 Benefits and Goals 益處和目標

of fasting 禁食, 164-178
of prayer 禱告, 82
of Spiritual Disciplines for Godliness 爲求達到敬虔的屬靈操練, 15-16, 32-33

Questions, for application of God's Word 針對神的話提出應用性的問題, 60
Quiet 安靜 另見 Silence and solitude 安靜和獨處

Reading 看書, 230, 231-232
about prayer 關於禱告的主題, 77-78
Reading God's Word 研讀神的話, 32-35 另見 Bible intake 研讀聖經
frequency of 頻率, 33-34
learning by 學習, 231-232
meditation 默想, 34
plan 計畫, 33-34
time for 時間, 33
Recording 記錄 另見 Journaling 寫日記
Reisinger, Ernest C. 萊辛格, 見第六章附註 4
Repentance, expressed by fasting 以禁食表明悔改, 171-172
Requirements 要求 另見 Expectations from God 神的期待
communicating content in evangelism 傳福音的內容, 110-111
stewardship of time for Christlikeness 成爲時間的管家爲求效法基督, 131-132
worship for Godliness 爲求敬虔的敬拜, 94-95, 96-97
Responding to God 回應神, 86-89
through specific application 具體回應, 60-61
Responsibilities 責任 另見 Expectations from God 神的期待
Restoration, spiritual 靈性上的復原, 189-190
Retreat 退修 另見 Silence and solitude 安靜和獨處

Revelation of God in Scripture 神透過經文啓示自己, 88
Review after memorization 背誦後的溫習, 46-47
Roberts, Maurice 羅柏斯, 55, 206, 210, 216
Rodenmeyer, Robert, 148 見第八章附註 8
Roles 角色
of fellowship 團契, 239-242
of the Holy Spirit 聖靈, 237-238, 244
of struggle 掙扎, 242-245
Ryle, J. C. 賴爾, 82

Sacrificial giving, 犧牲和慷慨的精神 144-145
Salvation, silence and solitude when 安靜獨處尋求神的救恩, 188-189
Schaeffer, Francis 薛華, 200
Scheduling 行程 另見 Perseverance in Discipline and Planning 堅忍操練和制訂計畫
Scripture 經文 另見 Bible intake 研讀聖經
Segovia, Andres 塞戈維亞, 24
Self 自我
dedication to God through fasting 透過禁食奉獻給神, 175
humility before God 在神面前謙卑, 172-173
understanding and evaluation by journaling 藉由寫日記了解和自我評估, 206-208
Serving 服事, 115-129
Christians gifted for 每位基督徒都被賦予恩賜, 123-125
disciplined 操練, 125
empowered by worship 透過敬拜增添力量, 127
enduring 持久, 127
expected 應當、被期待, 117-123

expresses worship 表達敬拜, 127

fasting and 禁食, 174-175

fulfilling 令人心滿意足, 126

ministering to others through fasting 透過禁食照顧別人的需要, 174-175

modeled by Jesus 以耶穌爲榜樣, 121-122, 128-129

motivated by 以……爲動機

　forgiveness, not guilt 蒙饒恕而非罪咎, 120-121

　gladness 樂意, 119-120

　gratitude 感恩, 118-119

　humility 謙卑, 121-122

　love 愛, 122-123

　obedience 順服, 118

often hard work 付上代價, 125-127

spiritual gifts and 屬靈恩賜, 123-125

typically mundane and hidden 通常是平凡且隱藏的, 116-117

willingness for 期望, 128

Shaw, Harold 蕭赫羅, 211

Shaw, Luci 露西, 211

Silence and solitude 安靜和獨處, 181-203

　to be physically and spiritually restored 渴望身體和靈性上的復原, 189-190

　cloistering wrong 不正確的與世隔絕, 183-184

　daily goal of 每天的目標, 195-196, 198-199

　definition and explanation 內涵和意義, 184

　to express faith in God 表達對神的信心, 187-188

　extended times of 較長的一段時間, 200-201

　to hear God's voice 聆聽神的聲音, 186-187

　to learn control of the tongue 學習管控舌頭, 193-194

　minute retreats 一分鐘退修, 195

　modeled by Jesus 以耶穌爲榜樣, 185-186

　to regain a spiritual perspective, 重獲屬靈眼光 190-191

　to seek God's will 尋求神的旨意, 191-193

　to seek the Lord's salvation 尋求主的救恩, 188-189

　special places 特別的地方, 197-198

　suggestions for 建議, 194-199

　trade-off daily responsibilities 日常職責的輪替, 198-199

　to worship God 敬拜神, 187

Small, Jimmy 吉姆, 128

Smith, David 史密斯, 172-173, 177

Solitude 獨處 另見 Silence and Solitude 安靜和獨處

Speaking 說話、傳講 另見 Evangelism 傳福音

Spirit, Holy 聖靈 另見 Holy Spirit 聖靈

Spiritual aspects 屬靈層面

　fellowship needed for growth 個人靈命成長有助於團契, 241

　heritage created by journaling 透過寫日記創造屬靈遺產, 212

　perspective regained 重獲眼光, 190-191

　restoration through silence and solitude 經由安靜和獨處尋求主的救恩, 189-190

　trustworthiness in giving 奉獻反映屬靈的忠誠, 145-146

Spiritual Disciplines 屬靈操練, 15-25

　danger of neglecting 忽略的危險, 21-22

　definition 定義, 17

　evangelism 傳福音, 106-111

　expected by God 被神所期待, 20-21

　and fellowship 團契, 239-242

　freedom in 自由, 23-24

　Godliness the purpose 以敬虔爲目的, 15-16, 33

　Gumnasia 操練（希臘文）, 18

journaling to maintain 維持寫日記的習慣, 215-217

learning 學習, 226

means to Godliness 通往敬虔之路, 17-20, 237-238

modeled by Jesus 以耶穌爲榜樣, 20-21, 24

perseverance in 堅忍, 235-249

practice in light of eternity 從永恆的角度來練習, 245-246

prayer 禱告, 82

serving 服事, 125

spontaneity and 自然而然, 246-247

Spiritual gifts 屬靈恩賜

evangelism and 傳福音, 101, 109-110

serving and 服事, 123-125

Spiritual power 屬靈的力量

in evangelism 在傳福音的過程中, 101-106

faith in, to bless our words evangelistically 相信神使我們傳福音的言語充滿祝福, 112-113

supernatural fasting 超自然禁食, 161

supplied by memorizing God's Word 藉由背誦神的話得著力量, 42

worship empowers serving 敬拜爲服事增添力量, 127-128

Sproul, R. C. 史普羅, 36, 227

Spurgeon, Charles 司布眞, 17, 19, 79, 113, 120-121, 189, 211-212

Stewardship of money 作金錢的管家, 141-154, 156-157 另見 Giving 奉獻

crucial to Godliness 對於敬虔上的成長是重要的, 140

God owns everything 神擁有我們所有一切, 140-141

Stewardship of time 作時間的管家, 131-139, 154-156 另見 Time 時間

accountability 負責任, 136-137

modeled by Jesus 以耶穌爲榜樣, 156

necessary "Because the days are evil," 「因爲現今的世代邪惡」的必要

132-133

necessary for Christlikeness 爲了更像耶穌, 131-132

preparation for eternity 爲永恆作準備, 133-134

Strength 增添力量 另見 Spiritual power 屬靈的力量

in faith by memorizing God's Word 藉由背誦神的話語強化信心, 42-43

in prayer by fasting 在禁食之中禱告, 165-167

Studying God's Word 研究神的話語, 35-37. 另見 Bible intake 研讀聖經

reasons neglected 忽略研讀的理由, 36-37

Success 得勝

in evangelism 傳福音, 102

in meditating on God's Word 默想神的話語, 48-49

source of 源頭, 244

Suggestions for silence and solitude 安靜和獨處的建議, 194-199

Sumner, Robert, L. 森姆納, 35

Systematic giving 有組織的奉獻, 150-153 另見 Giving 奉獻及 Planning 制定計畫

Taylor, Hudson 戴德生, 192

Temptation 誘惑

fasting and 禁食, 175

Thigpen, Paul, 見第十二章附註9

Thomas, Geoffrey 托馬斯, 38-39, 94

Time 時間 另見 Stewardship of time 時間的管家

easily lost 容易失去, 137

minute retreats 「一分鐘退修」, 195

passing 流逝, 134

preparing for the end of 爲停留的那一刻預備, 154-155

for reading God's Word 研讀神的話, 33

remaining, is uncertain 無從得知剩下

多少, 135

for silence and solitude安靜和獨處, 200-201

short有限, 134

valued at death臨終才懂得珍惜, 138-139

valued in eternity在永恆中的價值, 139

when lost, cannot be regained無法失而復得, 135-136

Tongue舌頭, 193-194

Toon, Peter湯彼得, 74

Tozer, A. W., 陶恕 95, 127-128, 199, 223

Trotman, Dawson卓道森, 44-46, 198

Trueblood, Elton杜伯蘭, 23

Trust信靠 另見Faith信心

Unbelievers非基督徒 另見Evangelism傳福音

Understanding了解 另見Learning學習

fasting禁食, 159-160

Scripture經文, 58-59

self自我, 206-208

Very Large Array (VLA)「甚大天線陣」, 65

Victory, source of得勝的源頭, 244

Voltaire伏爾泰, 138

Wallis, Arthur華理斯, 166-167

Watson, Thomas華生, 49, 57-58, 242

Watts, Wayne沃茲, 142

Wesley, Charles查爾斯‧衛斯理, 198

Wesley, John約翰‧衛斯理, 66, 162, 198

Wesley, Susanna蘇珊娜‧衛斯理, 17, 198

White, Jerry傑瑞‧懷特, 125

Whitefield, George懷特腓, 17, 187, 197, 214-215

Whitney, Caffy凱菲‧惠特尼, 68, 79, 105-106, 147, 152, 169

Will of God神的引導 另見Application of God's Word運用神的話

fasting to seek以禁食來尋求, 167-168

memorizing God's Word as a means to以背經作爲方式, 43-44

sought through silence and solitude透過安靜和獨處來尋求, 191-193

Willard, Dallas魏樂德, 21, 47, 117, 186, 194, 232

Willingness樂意

in giving奉獻, 148-149

for serving服事, 128

Wisdom智慧 另見Learning學習

Witnessing見證 另見Evangelism傳福音

Word of God神的話語 另見Bible intake研讀聖經

Work工作 另見Serving服事

Worship敬拜, 85-97

based on revelation of God in Scripture根據神在經文中的啓示, 88

blessing and privilege of祝福和特權, 93-94

both an end and a means是目標也是方式, 94

definition定義, 86-87

discipline to be cultivated要培養的操練, 94-95

done in spirit and truth以心靈和眞理, 89-91

empowers serving爲服事增添力量, 127

expected both publicly and privately公眾和個人層面都很重要, 92-94

expressed by fasting以禁食表達, 176-178

expressed by serving以服事表達, 127

expressed by silence and solitude以安靜和獨處表達, 187

feelings in感覺, 89-91

focusing on and responding to God聚

焦於神並回應祂, 86-89
giving is an act of 奉獻是其中一種行
　動, 141-143
necessary for Godliness 達致敬前的必
　要要素, 94-95, 96-97
private not excused by public 公眾敬

拜並非迴避個人敬拜的藉口, 93
public preferred before private 公眾敬
　拜優於個人敬拜, 92-93, 95-96
Writing 寫作 另見 Journaling 寫日記

校園書房出版社 *Living* 生活館

我們靠「獲取」以謀生，卻因「付出」而生活。

書名	作者	譯者	建議售價
恩典多奇異	楊腓力	徐成德	290元
恩典百分百	路卡杜	葉嬋芬等	290元
愛上星期一	貝克特	徐中緒	210元
生活占上風	海波斯	邱艷芳	290元
科學尖兵	華特‧赫恩	蕭寧馨	170元
歡喜讀舊約——重新品味上帝的深情與智慧	楊腓力	徐成德	260元
擁抱耶穌的心——還有比像耶穌更棒的禮物嗎？	路卡杜	屈貝琴	280元
用祝福來著色	特倫德	吳美眞	290元
明白神旨意	史密斯	林智娟	320元
何必上教會	楊腓力	屈貝琴	160元
脫下你的鞋子	韋約翰	陳恩明	250元
上帝的悄悄話	路卡杜	鍾芥城	280元
克里姆林宮的鐘聲	楊腓力	李永成等	160元
行在水面上	奧伯格	屈貝琴	320元
破碎的夢	克萊布	林智娟	260元
愛從不缺席	特倫德	張玫珊	260元
沙塵上的手跡（書＋CD，附研讀指引）	卡爾德	徐成德	370元
一個星期五的6小時	路卡杜	邱豔芳、呂底亞	210元
神聖的渴望	艾傑奇	林智娟	320元
衣衫襤褸的福音	曼 寧	吳蔓玲	260元
耶穌眞貌	楊腓力	劉志雄	340元
我心狂野	艾傑奇	甘耀嘉等	280元
成長神學	克勞德、湯森德	劉如菁	380元
名不虛傳	葛法蘭	鄔錫芬	280元

◎ 書目及價格反映本書初版時情況，依出版時程及再刷當時物價調整，敬請到校園網路書房或致電本社查詢。

校園書房出版社 *Living* 生活館

我們靠「獲取」以謀生，卻因「付出」而生活。

書名	作者	譯者	建議售價
另一世界的傳言	楊腓力	徐成德	320元
耶穌的簽名	曼　寧	劉如菁	220元
起死回生	艾傑奇	平　山	260元
活著就是基督	貝思・穆爾	曾話晴	340元
褥子團契	奧伯格	屈貝琴	350元
上帝出難題	史特博	黃玉琴	320元
交換明天	葛尼斯	吳　品	250元
愛的撲滿	路卡杜	林智娟	280元
新品種的基督徒	麥拉倫	凌琪翔	310元
毫不留情的信任	曼　寧	吳蔓玲	250元
我的上帝　無限可能	海波斯	陸慕汐	250元
神要開道路	克勞德、湯森德	譚達峰	300元
我的鄰居叫耶穌	路卡杜	張悅、郭秀娟	250元
麻雀變鳳凰	艾傑奇夫婦	平　山	280元
以神為樂	路卡杜	吳　品	170元
無語問上帝（修訂版）	楊腓力	白陳毓華	300元
耶穌給你的紓壓祕方	路卡杜	吳蔓玲	300元
神隱上帝	奧伯格	林鳳英	280元
饒恕原理	柯恩德	朱麗文	240元
溫柔的智慧	曼　寧	沈眉綺	170元
給盼望一個理由	貝碧琦	嚴彩琇	250元
微笑工作論	丹尼斯・貝克	盧筱芸	380元
工作靈修學 ——微笑工作的十堂課（附 **DVD** 光碟）	雷蒙・貝克等	盧筱芸	380元
希望數字 **3:16**	路卡杜	平　山	250元
靈性壓力**OFF**學	克萊布	田耀龍、連玲玲	350元

◎ 書目及價格反映本書初版時情況，依出版時程及再刷當時物價調整，敬請到校園網路書房或致電本社查詢。

校園書房出版社 *Living* 生活館
我們靠「獲取」以謀生，卻因「付出」而生活。

書名	作者	譯者	建議售價
聖經領導學	貝克特	顧瓊華	260元
馬鈴薯湯教會	梁炳武	張雅惠、劉永愛	280元
禱告	楊腓力	徐成德等	420元
男子漢養成班	艾傑奇	譚達峰	380元
面對心中的巨人	路卡杜	屈貝琴	300元
耶穌全體驗	唐納修	吳品	250元
簡單中的富足	柯樂維	朱麗文	280元
這裡發現神的愛	奧伯格	宋雅惠	280元
靈火同行	艾傑奇	黃凱津	280元
勇於發光	林賽・布朗	潘定藩	280元
無懼人生	路卡杜	柳惠容	250元
改變生命的54封信	畢德生	徐成德	180元
與神摔角	衛雅各	申美倫	220元
創世記點燃敬拜之火	唐慕華	張玫珊	220元
小人物的大革命 ——使徒行傳第一～十二章的故事	路卡杜	屈貝琴、黃淑惠	300元
非死不可的門徒	劉曉亭		300元
情字這條天堂路	劉曉亭		300元
上帝的美麗	司傑恩	陳逸茹、盧筱芸	330元
迷上麻煩的耶穌	艾傑奇	宛家禾	320元
天國好生活	司傑恩	秦蘊璞	360元
為何上帝不理我	楊腓力	徐成德	360元

◎ 書目及價格反映本書初版時情況，依出版時程及再刷當時物價調整，敬請到校園網路書房或致電本社查詢。

國家圖書館出版品預行編目（CIP）資料

操練的力量：過好基督徒生活的 13 個法則 / 惠特尼
（Donald S. Whitney）作；譚達峰譯. -- 初版. --
新北市：校園書房, 2016.11
　面； 公分
譯自：Spiritual disciplines for the Christian life
ISBN 978-986-198-529-9（平裝）

　1.基督徒

244.9   105018787

門徒培育 **S P**，開展門徒新生命。

門徒培育 **S** **P**，開展門徒新生命。